Velódromo de Invierno

Jurado del Premio Biblioteca Breve 2001

GUILLERMO CABRERA INFANTE

SUSANA FORTES

ADOLFO GARCÍA ORTEGA

PERE GIMFERRER

LUIS GOYTISOLO

ALMUDENA GRANDES

JORGE VOLPI

Seix Barral Premio Biblioteca Breve 2001

Juana Salabert
Velódromo de Invierno

Diseño colección: Josep Bagà Associats

Primera edición: marzo 2001

Fotografía página 8:
© Bibliothèque Historique de la Ville de Paris.
(Fonds *France Soir.*)

© 2001, Juana Salabert

Derechos exclusivos de edición
en castellano reservados para
todo el mundo:
© 2001: Editorial Seix Barral, S. A.
Provenza, 260 - 08008 Barcelona

ISBN: 84-322-1096-X
Depósito legal: B. 13.978 - 2001
Impreso en España

A mi abuela, Juana Granel. Gracias por tu cariño, tu legado generoso de enseñanzas y tu fe imbatible en la libertad.

A Javier Franco, amigo del alma, porque te quiero. Vivirás en mí como yo continúo viviendo en ti.

In memoriam.

Y a la memoria, y en nombre, también, de los millones de ciudadanos europeos judíos y gitanos asesinados por la bestia nazi y quienes la llevaron al poder con sus votos criminales.

Mi agradecimiento y mi cariño a mi prima María Moreno, de la Universidad de Berkeley, por su valiosa ayuda sobre el judeo-español y las comunidades sefardíes.

Este libro les debe mucho, asimismo, y no sólo por lo que atañe a la labor documental, a los historiadores franceses Claude Lévy y Paul Tillard, resistentes y deportados, coautores del estremecedor libro La grande rafle du Vel d'Hiv.[1] *A ellos, así como a todos los integrantes de la 35 Brigada FTP-MOI[2] de Toulouse, a la que pertenecieron el propio Claude Lévy y su hermano Raoul, va mi agradecimiento de heredera beneficiaria de un mundo alumbrado por quienes redujeron a cenizas la monstruosa Alemania de Adolf Hitler, a un precio sin precio, porque ni las vidas ni las muertes lo tienen. De tanta sangre no en vano derramada somos hijos.*

1. *La grande rafle du Vel d'Hiv (La gran redada del Velódromo de Invierno)*, Editorial Robert Laffont, París, 1967.
2. Siglas del Movimiento de resistencia Franco-Tiradores y Partisanos-Mano de Obra Inmigrante.

París, 16 y 17 de julio, 1942. Redada del Velódromo de Invierno.
© *Bibliothèque Historique de la Ville de Paris. (Fonds France Soir.)*

Ne me chanterez-vous pas un chant du soir à la mesure de mon mal?

SAINT-JOHN PERSE, *Exil*

PARÍS, 16 DE JULIO DE 1942, VELÓDROMO DE INVIERNO

La pista y el graderío inferior iban llenándose poco a poco. Los gendarmes escoltaban a través de los corredores a los grupos de recién desembarcados de los traqueteantes autobuses municipales de la TCPR* que esa misma madrugada habían cruzado, distrito tras distrito, la ciudad vencida. En la calle Nélaton se afanaba a gritos, alrededor de los verdes autobuses atestados que llegaban cada diez minutos, el servicio de orden compuesto por jóvenes voluntarios doriotistas. Había pocos comercios abiertos y la mayoría de las ventanas circundantes permanecían cerradas. A cien metros escasos, en el muelle de Grenelle, el Sena destellaba bajo el sol de julio. Eran apenas las diez y media de la mañana y el día se anunciaba terriblemente caluroso. Pero en el interior del Velódromo de Invierno reinaba una semipenumbra fantasmal, macilenta y verdosa. La inmensa vidriera, recubierta por la pintura azul de la defensa antiaérea, desprendía, a la luz cónica de las bombillas y de los sus-

---

* TCPR: Autobuses de la Municipalidad parisiense.

11

pendidos proyectores metálicos, haces de un polvillo denso, seco. En las últimas gradas la oscuridad era casi total. Y la gente, cargada con sus paquetes y maletas llenados apresuradamente al alba, bajo las miradas conminatorias de la policía francesa, se sentaba, por pequeños grupos, o permanecía aún de pie, con aire indeciso, amedrentado, con sus bebés y los víveres «para un par de días» en el regazo, mirando hacia la pista hacinada. Únicamente los niños habían empezado a correr de un lado para otro, desobedeciendo los murmullos de aprensiva advertencia de los mayores. Aquellos niños que ocuparon con toda naturalidad los asientos junto a las ventanillas de los autobuses, y observaron sobre sus plataformas de madera el amontonamiento de los equipajes custodiados por la pareja de guardias armados mientras cruzaban París, con el pequeño juguete favorito, cogido en el último momento, entre los dedos, tenían, al igual que los adultos, un único rasgo distintivo en común. Todos ellos, a excepción de los menores de seis años, llevaban una estrella amarilla de seis puntas, con la inscripción «*Juif*» en su interior tejida en caracteres negros, cosida en sus ropas, a la altura del corazón. La misma estrella que sellaba, por orden de las autoridades germanas de ocupación y a instancias del gobierno colaboracionista con sede en Vichy presidido por el mariscal Pétain, todos sus documentos de identidad. Habían crecido, y en muchos casos nacido, en Francia, pero sus padres eran apátridas, alsacianos y loreneses desprovistos, de la noche a la mañana, por orden de los vencedores, de su nacionalidad francesa, o de origen alemán, austríaco, checo, polaco y ruso.

Ellos y sus familiares constituían, en aquella tórrida jornada de julio planificada minuciosamente desde tiempo atrás mediante la elaboración, a cargo de los servicios policiales franceses, de un completo fichero redactado por André Tulard, con nombres y datos extraídos del censo municipal, el primer objetivo de una vasta y escalonada operación de exterminio bautizada «Viento Primaveral» en el oeste y «Espuma de Mar» en el este.

La gran redada, iniciada a las tres de la madrugada del jueves 16, llegó a su fin hacia el mediodía. Pero hasta última hora de aquella tarde apenas estremecida por una corta tormenta siguieron llegando a las puertas del Velódromo de Invierno, desde las comisarías de distrito y las escuelas primarias reabiertas como centros de agrupamiento, los autobuses pintados de verde y crema con su carga de arrestados.

Más de siete mil personas (los cinco mil detenidos restantes, contabilizados dentro de la categoría de «adultos sin hijos u otros menores a su cargo», fueron conducidos directamente a Drancy), encerradas en el viejo pabellón deportivo, se aprestaban a pasar su primera noche de angustia y reclusión bajo las recalentadas cristaleras.

De ellas, 4.051 eran niños. Niños menores de dieciséis años.

El «Viento Primaveral» soplaba ya desde París hacia su destino final de fuego y humo dispersando humanas cenizas sobre el cielo mártir de Polonia.

Muy pocos (ni las mujeres ni los niños deportados sobrevivieron) regresaron de aquella partida al infierno llamado Auschwitz-Birkenau, con, como etapas intermedias del viaje, breves estancias de una o dos semanas en los siniestros campos franceses de Drancy, Pithiviers, Beaune-la-Rolande. Apenas una veintena de hombres.

Y aún menos, de entre los que trataron de evadirse aprovechando un mínimo descuido del cambio de guardia en las puertas, fueron quienes lograron escapar, burlando el cerco policial y la estrecha vigilancia a que durante siete días fue sometido el enorme Velódromo de Invierno convertido en caótica antesala del espanto repleta de familias enteras sin agua, alimentos, ni medicinas para los enfermos, los moribundos y los convalecientes de las mesas de operaciones del hospital Rothschild sacados de sus casas a punta de pistolas y metralletas. Su número no alcanza la decena.

Cinco de entre ellos eran niños.

Annelies miró el rostro dormido de su hijo y por enésima vez a lo largo de aquella espantosa jornada se felicitó por haber obligado, absurda pero viva e instintivamente, a su primogénita a echarse sobre los hombros el abrigo azul de paño minutos antes de abandonar para siempre su domicilio de exiliados. Al menos, se dijo, el sobretodo algo informe (al principio de la guerra había puesto todo su empeño en aprender unos rudimentos de corte y confección, pero los resultados distaban mucho de ser un éxito) que ella misma había cosido ese invierno en la máquina Singer de su vecina, la tímida señora Bloch, les serviría de almohada. Su hija, tan díscola en los últimos meses, ni siquiera había protestado... Claro que no era momento para enzarzarse en vanas disputas, y se estremeció al recordar los golpes en la puerta a las cuatro y pico de una madrugada de insomnio —había últimamente tantos y tan inquietantes rumores de *razzias* en las calles del cuarto distrito—, el estrépito de las botas sobre el rellano de la escalera, los gritos que urgían, intimidatorios: «¡Policía, abran!» Justo antes de descorrer el pestillo escuchó un rumor de motores sobre la calzada y divisó en el espejo del diminuto recibidor la expresión sobresaltada de sus dos hijos, salidos de sus camas a toda prisa. «Vaya, hoy sí que no se os han pegado las sábanas... pero bueno, no pongáis esas caras, no oís que son franceses... Policías franceses, no alemanes», trató de tranquilizarles... en alemán. Siempre que estaba nerviosa regresaba a su idioma natal. Esa lengua que el pequeño, llegado a París a los tres años, estaba empezando a perder, y que la mayor se negaba hoscamente a utilizar... De todos modos, estaba segura de que no la habían entendido, porque mientras hablaba arreciaron los golpes en su puerta y en otras puertas del n.º 1 de la calle Roi-de-Sicile, y en cualquier caso qué podía importar un detalle semejante allá dentro, entremedias de ese desconcierto de lloros infantiles y conversaciones ansiosas, con ese polvo acre que irritaba las gargantas y los ojos, y ese agrio y creciente olor a miedo expandiéndose a su alrededor como bacilos de epidemia... Su reloj de pulsera marcaba las ocho y veinte. Habían comido el pan, las galletas y el queso en silencio, sentados en una rampa contigua a la pista, a unos metros de los palcos donde yacían los enfermos, junto a la menuda señora Bloch y su nuera, sus tres nietos huérfanos huidos de Estrasburgo durante el éxodo del 39, y los Vaisberg, cuyo padre, aquel imprentero políglota y bienhumorado que tanto les ayudó a su llegada a París, llevaba más de un año recluido en Drancy... También Arvid estaba allí internado. Desde el 15 de marzo. Lo habían detenido a la salida del metro St. Paul, durante un rutinario control de identidad efectuado por alemanes. Sus dedos rozaron en el bolsillo del vestido los bien doblados pliegos de su última carta. Tenía fecha del 22 de junio, y conocía el escueto empiece de memoria. «Querida Lies: pronto me resultará difícil comunicarme contigo. Nos envían a Alemania, aunque hay quien asegura que a Polonia, se dice que quieren *hacerle sitio en este campo a las mujeres.* Pienso a todas horas *en los niños.* Y me figuro que tú harás lo mismo.»

Era una advertencia, una señal que ella entendió de inmediato. Como casi todos los habitantes del barrio, no tenía dinero ni bienes con los que procurarse papeles falsos. Los pasadores de la línea de demarcación o de las vigiladísimas e inseguras fronteras con Suiza y España, cobraban mucho y eran, en demasiadas ocasiones, tan poco fiables... Caviló durante toda una noche y sólo al alba pensó en el pequeño grabado a buril de la sirena. Al dueño del Lutèce, un cine de Clichy donde Arvid trabajó de acomodador justo antes del estallido de la guerra, le había encandilado aquel antiguo grabado que perteneció a su familia durante generaciones, le había propuesto incluso comprárselo la primera vez que lo invitaron a cenar. «Es lo único que me queda de Lübeck, Maurice», se excusó ella entonces —pero *entonces* era el 2 de enero de 1939—, callándose, por pudor, la legendaria superstición familiar que erigió a la diminuta figura de aguafuerte en protectora de los Blumenthal frente a toda una memoria ancestral de pogromos, persecuciones y reveses de fortuna. Le había prometido solemnemente a su madre, como ésta le prometió a su abuela y esta otra a la suya propia, no desprenderse jamás del grabadito donde la mujer pez alzaba sobre sí los brazos, con el gesto reflexivo de quien se dispone a cobrar impulso y a elevarse hacia la luminosa superficie fronteriza entre el agua y el viento, el mar y el cielo. «Ocurra lo que ocurra, vayas donde vayas, y por muchas vueltas que dé tu vida, no te deshagas nunca de la sirena que heredará tu primera hija, como yo, la mayor de entre las muchas hijas de tu pobre abuela, la heredé de ella para que protegiese a mi descendencia de la adversidad y de los irse a pique

17

del destino», le había repetido su madre, una y mil veces, en la Konprinzstrasse, en los días de su infancia...

Pero ahora, en los inicios del verano del 42, había otras infancias. Las de sus dos hijos, por ejemplo. Fuera sonaban las cinco, terminaba el toque de queda, y se levantó de la silla desvencijada donde había pasado la noche de fines de junio. Escrutó el grabadito enmarcado. «Lo siento, madre», suspiró, mientras lo descolgaba del empapelado de la pared, «pero esta vez la sirena sólo podrá ayudarnos yéndose».

Maurice Blain no era rico. Era buena persona y no hizo preguntas. Le miró a los ojos, y enseguida a la estrella amarilla, contó los billetes y luego bajó la vista y musitó, con súbito acento avergonzado: «en el fondo, madame, considerémoslo un préstamo. Cuando los aliados... quiero decir que se la cuidaré. Y que algún día volverá a sus manos». El dinero, calculó ella, de espaldas al nerviosismo del hombre que doblaba el anónimo grabado y lo introducía en un cilindro de cartón, bastaría.

Sólo poseía esa suma y un nombre, a guisa de esperanza. El nombre de Sebastián Miranda. Un *sefardim* oriundo de Salónica que había vivido buena parte de su juventud en Berlín, donde fue condiscípulo de su marido, y se había enfrentado meses atrás, durante una tormentosa asamblea, con la dirección en pleno de una UGIF * de comportamiento más que sospechoso, arteramente creada por orden de los ocupantes de un día para otro... Se contaban, siempre a media voz, mu-

* UGIF: Unión General de Israelitas de Francia. Organización creada a instancias de los ocupantes nazis, muy controvertida, surgida de la teoría del «mal menor», muy criticada, con razón, tras la liberación.

chas cosas acerca de ese Miranda a quien había entrevisto fugazmente en Madrid en 1935... Era incluso posible que el propio Arvid, o alguno de sus amigos de los pertenecientes a la emigrada Asociación Cultural Heinrich Heine, se lo hubiese presentado en su entonces recién alquilada sede de la calle San Bernardo, aunque no lo recordaba, porque llevaba desde 1933, fecha en la que abandonó Alemania con la muerte en el alma, tras de las elecciones que dieron el triunfo a ese Adolf Hitler de bigotillo ridículo y discursos aterradores, inmersa en la decidida tarea de olvidar a demasiadas gentes y a tantos lugares y a muchas cosas, todo aquello que le dolía atrozmente en la memoria como un ataque a lo que de veras había importado hasta que Arvid la convenció de que si no marchaban cuando aún era posible hacerlo iban a verse convertidos sin tardanza, incluso a ojos de sus propios vecinos, amigos o compañeros de trabajo, en parias irremediables y en chivos expiatorios de todos los males habidos y por haber, e incluso en inspiradores de ese Tratado de Versalles que selló la derrota del 18, y fue firmado cuando ni el uno ni la otra habían siquiera podido recoger sus uniformes de soldado y enfermera voluntaria en ciernes.

Le costó bastante contactar con él, pero al fin lo consiguió a primeros de julio.

Y ahora, mientras caía la noche sobre el Velódromo de Invierno, y contemplaba a su hijo dormido y escuchaba las quejas de la señora Bloch describiéndole las colas frente a los escasos y ya hediondos servicios, supo que era demasiado tarde. Una semana más y los niños habrían tenido su oportunidad; «el veintitrés por la mañana», le había sonreído Miranda, volviéndole a meter en su bolso el sobre lleno de dinero y tomándole enseguida la mano helada entre las suyas en aquel garaje abandonado de la calle Varenne, «y no se olvide del asunto de los zapatos. Es importante que el calzado sea adecuado, porque si cruzar la línea de demarcación es peligroso, atravesar los Pirineos en sandalias equivale a un fracaso seguro. O a la muerte. Mándemelos bien equipados. Del resto me encargo yo. Y mi gente». Todo inútil, se dijo, porque el monstruo había terminado por atraparlos y la suerte estaba echada.

«Papá estuvo una vez aquí. Para las carreras, supongo. O tal vez para algún acto.» Sintió los dedos de su hija sobre los suyos y trató de dominar el temblor de su cuerpo. Se forzó a responder con fingida animación. «Bueno, tu padre era, quiero decir que es, un gran aficionado al ciclismo. De joven se recorrió media Alemania en bicicleta. Tendríamos que ir pensando en descansar, no te parece... Sin duda mañana nos dirán algo... Puede que mañana...»

La voz se le quebró. Miró en derredor suyo, espantada. París le había resultado siempre una capital tan hermosa... La más hermosa. La había amado desde mucho antes de conocerla o de habitarla, de niña había estudiado con ahínco el francés, incluso a escondidas, hasta dominarlo a la perfección, guiada por el solo y ferviente afán de perderse alguna vez por unas calles de nombres hechizantes y mil veces leídos en los planos, que hubiera podido recorrer incluso a ciegas, porque los pasos a dar en ellas le venían dictados de antemano por la memoria premonitoria del deseo. «Ésta es la única ciudad del mundo donde en estas circunstancias me siento de veras a salvo, casi podría decir que al fin estamos en casa», proclamó triunfante a su llegada a Austerlitz, al bajarse del tren nocturno que los alejó de la terrible España en guerra, y Arvid, quien tras el estallido de esa espantosa guerra civil había vuelto a insistir, ciertamente sin demasiado empeño, sobre la posibilidad de emigrar a Puerto Rico, donde Konrad, su hermanastro, afirmaba defenderse bastante bien —qué culpable se sentía al recordar su empecinamiento en no salir de Europa—, le estrechó los hombros sin responderle, la vista perdida en el bullicio de los andenes. Pero ahora las únicas palabras que acudían a su mente eran «Tarde. Muy tarde. Demasiado tarde».

A sus espaldas estalló un tumulto de gritos. Su hija de trece años, que de pronto y bajo aquella iluminación mortecina y pavorosa pareció contar muchos más, alzó el rostro sin expresión hacia los brazos metálicos de los proyectores. «Jean, Emmanuel, id a ver qué está pasando», rogó Edith Vaisberg, y la señora Bloch prorrumpió en un llanto histérico.

Unas filas más atrás, una mujer embarazada que acababa de romper aguas se había cortado las venas con los pedazos rotos de un espejo de polvera, dijo a su regreso y sin aliento Jean, el mayor de los Vaisberg. Contó, demudado, que la mujer sangraba mucho. Sólo hablaba checo, añadió, y estaba atendiéndola un médico austríaco que pedía a gritos, en alemán y en francés, gasas, algodones, pañuelos limpios, trozos de tela, lo que fuese.

Entonces la señora Bloch, alsaciana que llevaba más de treinta años en París y cuyo único hijo, Edgar, había caído en las Ardenas durante el invierno del 40, se secó los ojos con una punta del delantal, antes de desanudarlo y de tendérselo al muchacho que continuaba de pie, y pronunció una última frase antes de sumirse en un silencio definitivo del que nada ni nadie, ni siquiera la nuera y los tres nietos a su cargo, lograrían después hacerle desistir. Dijo, con voz serena, que les deseaba buena suerte a esa mujer y a su hijo aún no nacido. Simplemente, esperaba que hubiesen muerto.

1992

I

Lo despertó el rumor de balas de una lluvia ventiscada de aguacero sobre las ventanas y el enlosetado del patio y al incorporarse sobre la cama revuelta creyó, durante unos segundos, vislumbrarla de nuevo tal y como la había percibido en la media luz rotatoria del sueño: tan joven y misteriosa, con la expresión ausente y los ojos meditabundos de quien aún no termina de creerse la muerte propia.

Soplaba en el cuarto un calor antiguo de caldera de buque y se levantó, tantaleante, para accionar el aire acondicionado y prender las luces. Del piso bajo le llegaron en sordina, cuando abrió la puerta que comunicaba el dormitorio con la galería circular, diálogos confusos de algún canal televisivo de los de habla hispana, y no necesitó consultar los relojes de la pieza para saber que pronto amanecería y que Milita se preparaba sus panqueques, tazón de leche en mano, de espaldas al noticiero local o a alguna vieja cinta de cow-boys. Cerró de nuevo la puerta sobre la oscuridad del corredor, y volvió junto al desorden de papeles amontonados la noche antes encima del escritorio y cuatro butacas. Los fajos de cartas con matasellos español se apilaban, en atadillos cronológicamente ordenados, dentro del baúl Mundo, de remaches de hojalata corroídos por la humedad y etiquetas de olvidadas navieras adheridas a sus costados como lapas. El cartapacio, guardado durante dos décadas a su nombre en la caja de seguridad bancaria alquilada por su madre, estaba a su lado. Lo había ido a recoger, tal y como Ilse dejó escrito, la pasada semana, exactamente la misma mañana en que cumplió treinta y tres años, pero aún no se había decidido a abrirlo... Iba a hacerlo días atrás cuando lo llamaron del consulado español para avisarle de la muerte del anciano.

En su sueño, se dijo pensativo, ella era y a la vez no era la muchacha del retrato enmarcado sobre el comodín que sus pupilas enrojecidas por el cansancio estudiaban en ese preciso momento con la misma extrañeza y desusada atención de la noche anterior. Allí, ella se hallaba sola —al revés que en la foto, donde el hombre que posaba a su vera sin llegar a rozarla la observaba de perfil—, caminando junto al alto muro de una tapia, y estaba muerta y aún no lo sabía. En la imagen, tomada sobre un puente, aparentaba, a lo sumo, unos dieciséis o diecisiete años, y no le sonreía al objetivo sin duda manejado por algún retratista callejero de hombros vencidos por el peso del trípode, el reúma, las muchas horas gastadas apostado por los muelles y ante el pórtico de Notre-Dame o el Arco de Triunfo, a la caza de oficiales y soldados estadounidenses —tal vez meses antes enfocara, paciente o avergonzado, a las últimas tropas de la Wermacht celebrando en ruidosos grupos su destino lejos del desmoronamiento de los frentes del este—. Aquella adolescente rubia y extraordinariamente guapa, de facciones de una delicadeza algo desmentida por la cortante transparencia de la mirada, tenía en el rostro la huella de un pesar inquebrantable. A sus espaldas se distinguía un horizonte de barcazas, un relumbre de edificios, y, en el ángulo inferior izquierdo de la cartulina que sostuvo mucho tiempo entre los dedos antes de volver a introducirla en la ranura del marco, podía leerse una fecha manuscrita: París, 15 de agosto de 1945.

No era la letra de su madre, pero una mera ojeada le había bastado para reconocer la inclinada escritura del autor de las cartas, remitidas desde España, que ella fue recibiendo año tras año —el último sobre, llegado a Villa Sirena el año anterior, unas horas después de su muerte, continuaba todavía sin abrir sobre la bandeja de la correspondencia— con una estricta frecuencia semanal. Acaso porque durante casi toda su infancia había fantaseado largamente con el desconocido que se casó con su madre por poderes a través del consulado español en San Juan de Puerto Rico cuando él estaba ya, o eso sospechaba, a punto de venir al mundo. Del hombre recién muerto al otro lado del mar cuyo apellido llevaba desde que tuvo uso de razón, de aquel padre nominal y remoto que le había dejado sus bienes y jamás se olvidó de mandarle por sus cumpleaños costosos regalos, acompañados de una simple tarjeta de visita firmada, conoció únicamente la voz. Después del entierro de Ilse, luego de rechazar fríamente las tibias condolencias de Konrad y sus ofertas de compra de la villa y de la tienda de antigüedades de la calle de la Luna, había marcado un número telefónico de una ciudad del norte de España. Lo había buscado en la voluminosa agenda materna (lo halló enseguida, subrayado en rojo), y el nombre de la ciudad, Finis, se le antojó, en tales circunstancias, desagradable y escabroso.

Dio entonces, aquella tarde, la noticia lo más escuetamente que pudo, lamentando, mientras hablaba, haber desechado por un impulso su idea inicial de comunicar el fallecimiento por escrito. Al terminar sobrevino entre ambos un largo silencio.

—Óigame... —por alguna razón absurda no se atrevía a tutearlo—. ¿Sigue usted ahí?

Del otro lado del mar y de la línea le llegó algo similar a un sollozo. Luego su interlocutor dijo algo extraño: «Temía tanto que se la esperase...» Y casi enseguida murmuró:

—Lo siento, pero ahora... ahora no soy capaz de seguir hablando. Te llamaré más tarde, por favor, perdóname.

Cumplió su palabra y telefoneó al cabo de unas horas, al inicio de la noche en San Juan. Parecía más tranquilo y se interesó por los detalles de la muerte por derrame cerebral (le aseguró que todo había sido muy rápido, su madre no llegó a recuperar la conciencia tras el colapso, y aun a distancia pudo discernir su evidente alivio), y recabó asimismo información sobre los penosos trámites subsiguientes. Tras un rato de conversación, le asombró descubrir que la charla con el anciano transcurría plácida y sin tropiezos, y que sus palabras alentadoras lo sosegaban, infundiéndole un sorprendente consuelo. Javier Dalmases de Lizana lo interrogaba con hábil elegancia acerca de su estado de ánimo e inmediatos proyectos, sin resultar en momento alguno desafortunado o indiscreto, y él olvidó que se había prometido a sí mismo mantenerse dentro de los límites de una nada comprometedora prudencia, tan alejada de la encendida curiosidad infantil como del resquemor que lo llevara, en su época de universitario, a proclamarle bien alto a un compañero católico de facultad que a la derecha de ciertos padres sólo alcanzaban a sentarse impostores a su imagen y semejanza. Pero tal vez también al español lo turbase esa ausencia de reproches, pues titubeó un poco al inquirirle sobre su reciente divorcio y su hija de tres años, que vivía en Nyack con Camilla. «Siempre, en todo momento he sabido de ti», pareció justificarse por un instante, «tengo incluso muchísimas fotos tuyas y bastantes de la niña... Ilse me las mandaba...».

Justo antes de colgar lo invitó, lleno de timidez, a ir a verlo a España... Y era como si hubiese querido añadir algo más y no se hubiera atrevido a hacerlo. Había, por diversas razones de índole práctica, ido posponiendo una visita que la muerte repentina del anciano en mitad de una duermevela de siesta acababa de truncar, pero a partir del entierro de Ilse los dos habían adquirido la costumbre de llamarse por teléfono casi a diario. Y fueron las suyas unas extrañas conversaciones de tanteo, referían minucias, se detallaban el uno al otro irrelevantes episodios de sus vidas diarias, comentaban sucesos de carácter general, sin llegar nunca a rozar ni por asomo todas aquellas cuestiones que convirtieron su infancia y su primerísima juventud en un interrogante perpetuo al que nada ni nadie proporcionaba respuesta. De muy pequeño solía insistirle abiertamente sobre el asunto a su madre, pero al cabo de los años y, desazonado por sus continuas evasivas, se limitó a acecharla, observándola con inusitada atención los días en que le llegaba correo de ultramar. Ya no preguntaba abiertamente los «y por qué no dejas que te diga mamá y prefieres que te llame por tu nombre, por qué no conozco a ese padre al que no vemos jamás, por qué soy español si ni siquiera nací allí», pues conocía de antemano su consabido argumento de «oh, Hersch, cuanto menos sepan acerca de uno, mejor... mejor para todos. Además, tampoco tiene tanta importancia, preocúpate sólo de ti, tiempo tendrás después, de mayor, de vértelas con las dificultades y los problemas». Ilse lo había mandado a un caro colegio norteamericano y a la hora de rellenar, en los formularios de matrícula, la casilla correspondiente a su confesión religiosa, pareció dudar y luego la dejó en blanco. Esa noche lo despertó su llanto en la alcoba contigua. Y a la mañana siguiente él mismo completó, con su letra torpe de colegial, el espacio vacío. Apartó la taza de desayuno, bajo la atenta mirada de su madre, que fumaba de pie junto a las encimeras lacadas de blanco de la cocina, y escribió «*Jew*», alzó después la vista hacia la figura que lo observaba inmóvil y aguardó. No su sorpresa, supo entonces intuitivamente, ni desde luego gesto alguno de conmiseración, temor o crítico rechazo, sino un reconocimiento y una gratitud presentidos desde el instante mismo en que sacó de la no estrenada cartera el sobre cuadrangular con el membrete de la George Washington School tamponado en una esquina, y esparció, pluma en mano, su voluminoso contenido de folletos y hojas de calco sobre la mesa, y adivinó que ella no necesitaba arrimarse a su silla para conocer qué palabra se disponía a trazar. Durante unos segundos se contemplaron ambos de hito en hito, la mujer que hablaba un español de marcadísimo acento extranjero y el niño de pelo indomable (*pelo malo*, que le dicen en Puerto Rico al cabello rizado) y talante demasiado tranquilo para su edad, con la hipnotizada fijeza de dos parientes largo tiempo separados que se reencuentran por azar al cabo de años de errancia, dificultades y sobresaltos, en un impersonal lugar de tránsito, y buscan, cada cual en el rostro del otro, la huella de los errores y aciertos propios, y el descalabro de esas vidas y compartidas confidencias, antaño soñadas, que no alcanzaron a llevar. Hubo entre ellos un silencio extremo y extraño, dijo él mucho después, al rememorar un episodio que nunca se borró de su mente, un silencio que parecía atronado de palabras pugnando por salir de sus escondites de oscuridad, era como si cada uno acertase a ver enteramente el interior del otro, como si aun sin rozarse palpasen a la par, en una misma y lenta caricia, los tatuados relieves de una herida invisible y común, y en el chispazo de esa súbita intensidad que los sobrecogió momentáneamente hallaran de improviso el camino de regreso al tiempo inmemorial en que los dos fueron sólo uno. «Me pareció que nunca antes me había fijado de veras en mi madre», añadió, «sin duda porque como todos los niños pequeños hasta entonces me había limitado a necesitarla. Quiero decir que en ese instante pensé en mi madre como en alguien que existía antes de que yo naciera... Creo que por vez primera tuve conciencia de que me quería. Me di cuenta, de una forma, claro, muy vaga e imprecisa, de que se había sentido orgullosa de mí. Y también de que tenía miedo. Dentro de ella latía un miedo espantoso, implacable. Y también algo más. En realidad, mucho más».

—Te pareces a alguien —le había sonreído ella, dubitativa, poco antes de que Milita irrumpiese en la cocina blandiendo su llave de doméstica, al grito conminatorio de «ya viene tu bus por la Ashford, mi amor, lo vi de refilón al apearme de mi guagua, y si no te apuras te quedas a pie de escala en tu primer día de escuela»—. A alguien que tampoco fue nunca capaz de mentir...

Claro que entonces no hubiera podido saber que ese alguien sin nombre era su abuelo materno, mi amigo de juventud tan lejana, Arvid Landerman. Ilse no le habló nunca de su padre, ni de nada ni nadie del pasado, creída acaso de que su miedo y su silencio preservarían al hijo, nacido en el Nuevo Mundo de resultas del descuido de una noche inolvidable y ya olvidada, del fatal destino que devoró a tantos de los nuestros en las horas más atroces del continente que se juró fervorosamente no volver a pisar, mientras embarcaba en el puerto de Lisboa después de la guerra, a bordo del *Atlantic Princess*, y le dedicaba un último gesto de despedida a Javier Dalmases, y éste apartaba los ojos sobre el muelle cegado de sol porque ese breve ademán acababa de dinamitarle por dentro las ganas de seguir viviendo. Ni entonces ni después, porque ha tenido que aguardar a cumplir los años que ella tenía cuando lo trajo al mundo para recoger en un banco el manuscrito que su madre se decidió a escribir para él a los pocos días de verlo inscribir esa palabra, justamente ésa, en el espacio de una casilla escolar dejada ex profeso en blanco. Ha tenido que recibir la noticia de la muerte de un viejo cuyo apellido comparte y al que no llegó a conocer, y seguir al pie de la letra las instrucciones consulares, y tramitar a toda prisa un permiso sin sueldo en el laboratorio donde trabaja desde que abandonó Estados Unidos, y reservar un vuelo a España, y antes marcar un número para llegar hasta aquí. El mío.

Pero en verdad, yo no hubiese necesitado de su relato titubeante para, más que imaginarme, vislumbrar, al completo y sin fisuras, su recuerdo infantil de la escena que me contó ayer, mientras paseábamos con indolencia falsa por la Avenida de los Reyes Católicos de Finis, la ciudad que visité fugazmente antes de la guerra mundial, y a la que días atrás viajé con él, acompañándolo en calidad de su albacea testamentario, desde mi refugio madrileño de emigrado voluntario en posesión de un pasaporte estadounidense con visa, renovada cada tres meses gracias a mis breves e intermitentes estancias en Lisboa, de turista permanente y vocacional. Conozco ese gesto de orgullo y de no claudicación que llevó a mis antepasados a afrontar siglos de diáspora...

Soy viejo y conozco demasiado.

Así, muchas horas antes de que él pulsase el viejo timbre de campanillas de mi casa madrileña de la calle San Bernardo y entrecruzase con la mía una mirada desorientada por el cansancio de la noche en vela a bordo del vuelo transoceánico, mi mente ya había anticipado el dolor que invadió a la suya según fue avanzando aquella mañana en la lectura del relato materno, que colocó luego encima de la correspondencia guardada en el viejo baúl que Ilse y Javier compraron en una abarrotería de Lisboa, del que ella nunca se desprendió. Supongo que si se demoró un poco en adentrarse en sus páginas fue porque en cierta medida aún le temía al hecho de disipar totalmente la niebla de misterios con que ella había querido despistar la quiebra de su vida, y escudarlo a él del terror que marcaba la recurrencia de sus pesadillas con un estrépito de pasos sobre interminables escaleras que ningún somnífero, de entre los muchos que probó, desde la época en que los hurtaba a puñados de la farmacia de Konrad, consiguió nunca atajar por completo. Y que sólo pudo hacerlo luego de hallarla en su sueño a la misma edad que ella contaba cuando yo la conocí.

El hombre a quien abrí la puerta de la alquilada casa de tránsito que he elegido para terminar mis días no era exactamente un desconocido. Había visto a Herschel Dalmases Landerman en dos de las varias ocasiones en que fui a Puerto Rico a encontrarme con su madre. Pero entonces era un chico callado y pequeño que me saludó en inglés con educada desconfianza, y desapareció muy rápido hacia otro cuarto y la pantalla de un televisor. Cuando, ya en Finis, le pregunté si se acordaba sonrió y me contestó que sí, un poco, aunque no de mi nombre ni de mi rostro. Su madre apenas recibía visitas en las casas que habitaron hasta la compra de Villa Sirena, incluso allí siguió viviendo prácticamente como una enclaustrada. Nunca le prohibió, sin embargo, que invitase a sus compañeros de escuela, pero estaba seguro de que en su fuero interno debió de agradecer que prefiriese hacerlo pocas veces, casi siempre cuando ella estaba de viaje, a la búsqueda, por mercadillos y haciendas devastadas, de las artesanías indígenas y los objetos y pinturas coloniales que constituyeron el éxito de su pequeña almoneda del viejo San Juan. Por eso recordaba la visita de un extranjero, había oído su voz desde el recibidor, y por un momento fantaseó con que al fin iba a conocer a su padre. Entonces era muy pequeño, recalcó, y cuando su madre los presentó, *nos* presentó, y escuchó otro nombre distinto al esperado, se desinteresó del viajero y lo olvidó enseguida. No recordaba una segunda visita.

Estrechó mi mano y vaciló un poco cuando le indiqué que pasara, y por un instante creí que era ella y no su hijo quien se apoyaba cabizbaja en el quicio de una puerta. Durante un segundo la ilusión fue completa y volví a verla, tiritando en el calor del verano de París, con el pelo claro arremolinado en sucias guedejas sobre la cara, y la oscura chaquetilla de punto que ocultaba la estrella reveladora de su origen abrochada de arriba abajo sobre el vestido de algodón.

Dijo que había dejado su maleta en la recepción de un hotel de la Gran Vía, y que había acudido directamente a mi piso sin ni siquiera molestarse en subir al cuarto reservado al azar minutos antes de tomar su vuelo, agradecía sobremanera mi hospitalidad y mi ofrecimiento de alojarlo, pero no deseaba abusar de mi tiempo ni imponerme su presencia, y lamentaba, desde luego, lo intempestivo de su llegada a una hora tan temprana, pero lo cierto es que no se había sentido capaz de meterse en una habitación anónima, y por ello, y tras rellenar a vuelapluma su ficha de huésped, se lanzó impulsivamente a la calle en pos de otro taxista al que darle mis señas.

Estaba agotado y grandes ojeras circundaban el brillo febril de sus ojos. Sonreí, le aseguré que mi tiempo estaba ya muy lejos de cualquier posibilidad de abuso, y lo recriminé por no quedarse en mi casa.

Ofrecí café, y aceptó con aire de alivio, siguiéndome hasta la cocina, donde se empeñó en ayudarme a disponer las bandejas, moviéndose nervioso a mi alrededor, sin duda contento de que esos gestos anodinos cobrasen la virtud de retrasar, cual tregua momentánea, el cara a cara de las palabras que abren enigmas de vidas muertas como esas llaves herrumbrosas, conservadas, luego del *herém* de 1492, año 5252 según nuestro calendario, durante siglos de éxodo y generación tras generación, por las familias sefardíes entre las que transcurrió mi infancia, podrían aún hoy abrir puertas de casas ya demolidas, u ocupadas por los descendientes de quienes aplaudieron las expulsiones o las acataron convirtiéndose. Le sorprendió mi vieja cafetera de cobre, hallada en uno de esos comercios de lustroso mostrador antiguo de la calle Toledo que me gusta frecuentar, al filo de mis caminatas de desocupado, y en los que inevitablemente me acuerdo de Ilse y de sus pericias de rastreadora empeñada en arrebatarle al triturador del tiempo aquellos objetos, vanos o valiosos, que usaron desconocidos de otras épocas, y le expliqué que en ciertas ocasiones me complace mucho desafiar a los médicos volviendo a abusar del espeso café a la turca, cuyo aroma es el de las tardes de mi niñez en Salónica, y del tabaco sin filtro. Imagino las caras de los amigos del Beth Israel de Nueva York, o la de la joven doctora que me atiende aquí al lado, en la consulta del ICI,* sus ceños de reconvención, y vuelvo tontamente a sentirme un muchacho rebelde. Un inquieto muchacho lleno de *posibilidades*. Un muchacho seducido por una esfera terráquea... De todos modos, disponía también de una cafetera eléctrica, si su estómago lo prefería a la americana... No, no, le daba igual, no debía de tomarme tantas molestias por su culpa.

Culpa. El término pareció flotar suspendido sobre nuestras cabezas, y rememoré la proximidad de una piel aterida bajo las sábanas ásperas de un motel, y el castañeteo de sus dientes diminutos. «Siempre tengo miedo, miedo, miedo. Miedo a su miedo por mí al darse cuenta de que pasan las horas y yo no vuelvo, miedo a que me estén aguardando todavía, ahora y siempre, y miedo, también, a que hayan desistido de hacerlo.» Aquella única noche que pasamos juntos yo la había abrazado después del amor, levemente conmovido, y

---

* ICI: Hospital madrileño de la calle San Bernardo, situado frente a la antigua universidad.

algo irritado porque el cansancio me doblaba en dos, y me costaba mantener abiertos los ojos; le rogué que dejara de castigarse por males imaginarios, y la insté a descansar, pero callé mi propio asombro de superviviente, los rostros de muertos que invadían, entonces como ahora, los insomnios de tantas de mis noches, y la súplica inalcanzable de sus ojos desorbitados. «Tú sí que puedes entenderme», había susurrado al inicio de esa noche, en aquel restaurante caribeño de lujo, cuya carta redactada en un francés bien peculiar nos predispuso el ánimo y nos encaminó sin duda hacia ese desenlace imprevisto, pero al cabo tan previsible, de anónima cama de amantes de paso, y sus dedos que aferraban mi mano disponiéndose a encenderle el pitillo subieron hasta el tatuaje del antebrazo y se quedaron allá, demorándose largo rato sobre los números serigrafiados.

Indiqué a su hijo, que me observaba, bandeja en mano, con la expresión alerta de un estudiante aplicado esperando instrucciones, el camino hacia la sala, y al instalarnos frente a frente, tras los cristales del mirador, supe que la súbita tristeza que esa y algunas otras mañanas enfriaba mi cuerpo de viejo venía de la muchas veces arrinconada certidumbre de saberme el último de los míos. Ya no quedaba sobre la tierra ningún Miranda, ni tampoco ningún Molina de Escalante, de los de aquella ruidosa tribu de Salónica que en días festivos asaba corderos churruscados de ajos, aceite y tomillo, ensartándolos en largos espetones en los patios encalados de sus casas de nostalgia, y nos educó en su dulce español antiguo de romancero y *consesas*, haciéndonos prometer, casi desde las cunas, que nunca olvidaríamos el idioma, amorosamente preservado por ellos y sus ancestros, conque más pronto que tarde regresaríamos a nuestra amada Sefarad, puesto que, aseguraban entre melancólicos y triunfantes, ninguna ofensa queda sin reparar en esta vida, ni siquiera la de esa Luzbel de Castilla, de huesos que ya para siempre envenenan y enrancian hasta el aire de la capilla granadina donde yace su alma inquisidora, y memoria fatídica que alimenta cuentos de miedo y lumbre en el alma de niños y viejos. No quedaba nadie que pudiera atestiguar que yo, el hombre de las mil máscaras y muchas identidades, había tenido una infancia. Nadie de mi familia, de la casi aldea que hoy es barrio afuerino de una ciudad tumultuosa y crecida a destiempo, ninguno de los muchachos con quienes compartí baños de mar, y meriendas de pulpa machacada de aceitunas sobre panes ázimos pringosos de aceite, antes de marcharme, empujado por la dulcemente adusta y corpulenta Grete, con becas de estudio conseguidas por ella a ese «extranjero» que enardecía mi imaginación de entonces; tampoco aquella niña de trenzas rojas que bordaba bolillos con su abuela a la puerta de la botica paterna, que despertaba mis noches de muchacho que se levanta al alba porque es hijo de confiteros, y a quien una vez dediqué un críptico poemita sin firma que mi mano sudorosa deslizó bajo su cabás escolar de mimbre... Cuando aquel día de un verano de tinieblas abrí, lleno de inquietud, la puerta que alguien golpeaba histéricamente, del garaje de la calle Varenne, y me topé con el rictus de pánico y agotamiento de Ilse, pensé en esa niña pelirroja, Olivia Francisca Espinosa se llamó, que trastornaba mis desvelos de muchacho, y nunca he sabido la razón, pues no se parecían en nada. «Monsieur Miranda», jadeó ella, «por Dios, monsieur Miranda, ayúdeme». Ver esa chaquetilla abotonada hasta el cuello en pleno mes de julio del París de la Ocupación era más que suficiente, o a mí me valió, en esas circunstancias, tanto como cualquier contraseña; la invité a pasar, o más bien la conminé a ello tirándola de un brazo, y dudó un instante, como años después lo hizo en Madrid su hijo Herschel, con la cara demudada por el *jet-lag* y por algo más, porque siempre hay algo más, turbias u olvidadas experiencias capaces de avivarnos los instintos y el miedo a sufrir o a saber demasiado. Dudó igual que si temiese que tras la puerta entornada estuvieran esperándola una trampa, nuevos horrores, gendarmes con pistola, *camelots* de vuelta de algún mitin, o alemanes de caras rasuradas y comportamiento frío y eficiente, inmersos en la tarea de registrar el interior repleto de carcasas de automóviles, neumáticos desinflados y cajas de herramientas. Apenas cerré la puerta a nuestras espaldas se aferró a mí con furia de náufrago y los ojos en blanco: «¿sabe usted lo que está pasando, monsieur Miranda? Tiene que saberlo, es mucha gente la que hay *allí dentro*, acordonaron por sorpresa distritos enteros y nos detuvieron a todos los no naturalizados, decían que por "algo" había que empezar, que nosotros los extranjeros íbamos primero, que meses después nos seguirían los judíos franceses, a quién quieren engañar si se dice que antes hubo otra redada después de un atentado, y que se llevaron a gente notable, como al hermano del ex presidente Blum y hasta a diputados franceses en plan castigo, a nosotros nos subieron a unos autobuses y nos condujeron al *Vel d'Hiv*, no hay agua ni comida, y nadie sabe qué va a suceder, pero todos sospechamos lo peor», hablaba a borbotones, me contaba la *razzia* de días atrás, de la que yo, como mucha otra gente, ya tenía noticias y datos escalofriantes, y que momentánea y milagrosamente no nos concernió a los sefardíes de París, con acento extraviado y mirada alarmantemente fija...

Tardé un buen rato en comprender que se trataba de la hija de Arvid...

—Señor... señor Miranda... este piso... quiero decir, ¿es el mismo piso? ¿El que usaban ustedes para...?

La luz, de una lividez de otoño madrileño, clareaba sus ojos, y en ellos yo advertía la miope dulzura de los de su abuelo, cuando era un chico muy joven, y se inclinaba sobre mi pupitre de la biblioteca de románicas de la universidad berlinesa donde nos hicimos amigos en ese primer curso en que a ninguno nos sedujeron los discursos *Vandervögel*, y él me pedía con un murmullo que «por favor, Bas, me escribas, y me transcribas fonéticamente ese romance que ayer nos cantaste borracho en donde Meg la inglesa», o algo por el estilo, y entonces yo solía mandarlo al carajo, porque me gustaba aparentar que sólo me interesaban de veras las rubias, los textos más provocadores de la *avant-garde*, el cine y la política, y él no se impacientaba, sabedor de que en algún momento, entre resaca y resaca, acto y acto y chica y chica, yo volvería al encierro del estudio, y entre refunfuños enternecidos le copiaría, en mi fúnebre y limpio cuarto de pensión, alguno de los cantares de ciegos con que mi madre acostumbraba a dormirnos, a mis dos hermanas y a mí, hasta que empezaron a salirnos unos pechos y una barba que al principio se negó a advertir, para no saberse definitivamente relegada al rango de «mujer de edad y gobierno» a quien comienzan a rondar, y al poco visitan, las casamenteras, a la hora del tentempié de rosquillas y vino dulce. En el brillo de sus pupilas yo recuperaba visiones de antaño, otras miradas asomándose a la mía. Distinguí a Ilse temblando bajo el ciego empuje de mi cuerpo, y olí el humo de cigarrillos americanos del cuarto donde me aseveró después y de nuevo, desnuda sobre la colcha desflecada, que nunca podría perdonarse el tamaño y el alcance de su abandono, el cuarto con chillona moqueta naranja donde yo tomé sus manos entre las mías y le grité que dejara de complacerse en una supuesta desdicha que no fue sino una inmensa suerte, chillándole también que todos ellos, empezando por ese tipo con cara de búho y vocación de santón laico que la engendró, y del que yo, qué diablos, estaba bien autorizado para hablar puesto que había sido su amigo y confidente, al menos al principio de mi vida y de la suya, se hubieran alegrado de su destino no humeante, hubieran aplaudido, entusiastas y sin reservas, la audacia y el instinto que la abocaron a sobrevivir y a llegar hasta ese día de hoy que ya es ayer. «Sé que me entiendes», resolvió entonces, aplastando su colilla sobre un cenicero absurdo y enorme, con la cara medio quemada del pato Donald sonriéndonos desde el centro de un corazón metálico, «y también sé que tienes razón. Pero eso no impide esta carga... esta carga idiota de un perdón que no llegará nunca. Nunca. Por mucho que lo implore». «Si olvidases un poco, oh, sólo un poco y a veces, únicamente de vez en cuando, Ilse, olvidarías menos y soportarías más», resolví, bostezando, sin saber ni muy bien qué estaba diciéndole a la hija de mi compañero de estudios, a la eterna mujer niña de mi amigo Javier Dalmases, a la criatura que se desplomó ante mí sobre un vacío bidón de gasolina, con una mano aferrada a la hilera de botones de esa chaquetilla barata que le tapaba la estrella...

A la mujer que me respondió con dureza: «sí, pero es que tú no tienes un hijo».

«No, yo ya no tengo a nadie», me dije, sirviéndole al suyo un poco más de crema de leche. Los dedos me temblaban, como si hubiera bebido en exceso la noche anterior y en mis desvaríos le hubiese descubierto la cara al ángel de la muerte, pero él fingió no darse cuenta.

—Bueno, sí... y no. No es exactamente el mismo lugar. Los propietarios decidieron vendérselo hace un par de años a un grupo de decoradores jóvenes. Y ellos lo transformaron en tres apartamentos. Vendieron dos y a mí me alquilaron por recomendación suya el mejor, este del centro. Imagino que pensaron que un vejestorio como yo no duraría mucho. Los dueños fueron buena, muy buena, gente. Sólo que al final no tenían dinero para la residencia... Tuvieron que deshacerse del piso. Mis vecinos son jóvenes y tienen una pinta agradable. Aunque apenas si me he cruzado con ellos en el rellano o en el ascensor... De todos modos, tu madre no puso nunca el pie en esta casa. Cuando se creó la Heinrich Heine, en 1934, era muy niña y Arvid nunca la trajo consigo, o al menos eso creo. Y después no pasó por Madrid. Javier la llevó directamente de la frontera a Finis, y de ahí a Lisboa.

—Pero otros sí que aguardaron aquí. Sus papeles y sus visas.

Al hablar alzaba la mirada y la deslizaba sobre los altos techos con molduras y los muros desnudos como si esperase que en ellos surgieran de improviso rostros de fantasmas, o heterodoxas inscripciones similares a las que descifran todos los veranos en la sinagoga toledana del Tránsito determinados turistas llegados de Israel con un nudo en las gargantas. Viajeros que buscan, acaso, en el anónimo, e inusual, trazado de las letras hebraicas la huella perdurable de una mano antepasada volcando fervores y reflexiones sobre piedra de ley.

Sonreí, conmovido.

—Esos otros fueron tan pocos, Herschel... Gotas aisladas, sólo eso. No se pudo más contra el Leviatán de los hombres. Y por otra parte, aunque esto lo sabes de sobra, este país no nos era ni seguro ni propicio, con la salvedad de cuatro o cinco excepciones que desde ciertos consulados o puestecillos del poder hicieron lo imposible por algunos sefarditas, pero sólo por sefarditas, y siempre a título meramente individual. Franco era aliado de Hitler. Aliado convencido.

Dijo que no le había sido posible llegar a tiempo al entierro de Dalmases, que cuando fuéramos a Finis deseaba visitar su tumba. Le respondí que Javier le hubiese gustado. «Javier le gustaba a todo el mundo, incluidos los hijos de perra», añadí socarrón, como si no estuviera muerto y yo aún lograse verlo, acercándose a mí desde la luna trasera de un espejo de café, el pitillo colgándole de sus labios de galán cinematográfico que enamoraban hasta a las más adustas viragos, «era tan divertido que a veces, y muy a su pesar, resultaba más profundo que nadie».

—Lo sé. He leído el manuscrito de mi madre. Lo he leído hasta la saciedad, hasta volverme casi loco de... no sé, de pena y de rabia, o de todo a la vez. Y sigo sin siquiera... Dígame, Sebastián... quiero que... bueno, *dímelo* tú, por favor, ¿cómo era mi madre?

Me levanté y anduve unos pasos hacia el balconcillo. Vi en la calle a una chica que paraba a los transeúntes con ademanes ansiosos. Yo conocía a esa chica. De vista. Era una habitual de las calles del barrio que yo recordaba distinto, con jóvenes saliendo en tropel de la antigua facultad de filosofía y letras al mediodía. Sólo que no era una chica. De lejos, y a causa de su delgadez embutida en vaqueros rotos, y de su rígida melena lacia, podía confundírsela con una adolescente tenebrosa. Pero de cerca le descubrías la edad de los sin edad, esa que yo no podría olvidar ya nunca, y te sobrecogían sus ojos de gorgona, y la procacidad de sus insultos de pedigüeña, y la extraordinaria y trágica soledad de unos ojos que se abismaban iracundos en la soledad de las cuencas devoradas por la droga, la locura, la miseria. «Dame algo, tío, no seas cabronazo, que me arden las muelas y me va a salir un flemón, no tengo para el dentista, hijoputa, dame algo por tu madre, joder, pues anda y que la folle un pez, y a ti pues que te coma pronto la tierra.» «Dame algo, tío, que no das nunca ná, que eres un mierda, un tacaño, un usurero, un jodido *judío*.»

Por un momento la distinguí, muy nítidamente, cercada de alambradas. Luego, la visión de su cuerpo pavoroso mordisqueado por perros oscuros sobre una nieve endurecida que cientos de palas golpeaban inútiles se desvaneció, y en la calle hubo de nuevo funcionarios judiciales saliendo a sus cafés, mensajeros, adolescentes saltándose horas de instituto, travestis a la caza de clientes madrugadores y amas de casa tirando de sus carritos de la compra.

No contesté. Dije que estábamos muy cerca de Hannukah, que en Gran Vía había una tienda de peluches, muñecos y juguetes que llevaba décadas encendiendo los deseos de los niños madrileños, y le pregunté si cuando decidiese retirarse a descansar a su hotel, después de todo tendría que dormir unas cuantas horas en algún momento, me permitiría acompañarlo a elegir un regalo para su hija Estelle, que pronto cumpliría los cuatro.

II

Horas después lo obligué a tumbarse un rato en mi cama, indiferente a sus protestas; se había empeñado en continuar hablando, en insistir y en preguntar hasta que el aturdimiento le nubló la vista y lo derrumbó a medias sobre las tazas sucias. «Hablaremos esta noche, mientras cenamos», atajé, acompañándolo al cuartito donde duermo desde hace unos años y en el que aún sigue en pie, apoyado contra un muro, el escritorio de Magda Blume, la tenaz secretaria de la Heine muerta en plena sesión de cine, en uno de los primeros bombardeos de la guerra española sobre la capital... Delante de este mismo escritorio, y de las centelleantes gafas sin montura de Magda, volví a encontrarme con Arvid Landerman, su abuelo materno, un mediodía de octubre de 1935, tras más de siete años de no vernos. Estaba de espaldas, levemente inclinado sobre el escritorio de la atildada Frau Blume —que no me tenía demasiada simpatía, y sospechaba tal vez que lo que ella definía como mi «temperamental volubilidad mediterránea» celaba aficiones censurables y hábitos de crápula, o de anarquista amigo de las bombas arrojadas en teatros—, pero yo hubiera reconocido ese prematuro abatimiento de los hombros y el nervioso, casi un tic, masajeo de las sienes incluso en medio de una mascarada de carnaval. «De modo que al fin te llamó a su lado Menéndez Pidal, Arvid.» «¡Sebastián! Te hacía en Buenos Aires o en Palestina...» Estaba de paso, repuse, de cuando en cuando me gustaba darme una vuelta por la vieja e ingrata Sefarad, y él sonrió, y por un momento las disputas que ensombrecieron nuestra amistad y nos alejaron al uno del otro antes de que yo abandonase Berlín parecieron no haber ocurrido nunca. Pasamos juntos el resto del día, apurando las suaves y heladas cervezas españolas en bares estrechos, y así me enteré de que estaba casado y era padre de dos hijos, el pequeño no tenía ni los cuatro meses cumplidos cuando se fueron, desoyendo los consejos de los que consideraban a Hitler una simple tormenta de verano o un figurante con ínfulas de estrella a quien el mero sentido común, unido a las seguras presiones de las cancillerías occidentales, pronto devolverían a su correspondiente puesto de anonimato clownesco. Se ganaba la vida dando clases de alemán («tanto obsesionarme con Berceo y el *Mio Cid* para vérmelas ahora explicando el dativo y el acusativo a una pandilla de wagnerianos cincuentones, admiradores del viejo Bismarck, y a jovencitos que no se molestan en esconder su admiración por la *nueva Alemania*») en la escuela oficial de idiomas, donde conoció a varios fundadores de la asociación a la que dedicaba muchas de sus tardes, y de no ser por la melancolía que se había apoderado últimamente de Annelies, que no conseguía aprender español —en el fondo lo había aliviado su tajante negativa a emigrar a Puerto Rico, aunque al imbécil de Konrad no le iba allí nada mal, estaba a punto, al cabo de varios años de empleado que ahorra hasta los últimos centavos de su sueldo de emigrante, de abrir su propia miscelánea de productos farmacéuticos—, ni adaptarse al clima ni a los, a su juicio «bárbaros», horarios de la ciudad, y se desesperaba, desbordada por la crianza de los niños, ante las pésimas noticias que les llegaban del Reich, hasta el punto de que había decidido empezar a ocultárselas, se hubiese sentido perfectamente a gusto en el país que lo enamoró desde que siendo aún un muchacho un pariente lejano le regaló una edición ilustrada del *Lazarillo de Tormes*. Le conté que había tomado la costumbre de pasarme por los despachos de la Heinrich Heine con la remota esperanza de que alguno de sus miembros, o de esos visitantes esporádicos que acudían a cobijarse de su tristeza de expatriados al abrigo de una conferencia, de unas palabras proferidas y escuchadas en el idioma común —muchos de ellos, de entre los más viejos, exhibían sobre las pecheras las condecoraciones ganadas en el 14, como si el hecho de lucirlas atenuase un poco su reciente condición de proscritos—, supiera algo sobre el paradero de Klara Linen, y le asombró que desconociese su partida a Moscú. «¡Klara en Moscú! ¡Pero si Klara desconfiaba profundamente de los soviéticos, y al único que respetaba era a Trotsky!», silbé, conmocionado, y Arvid se encogió de hombros, creía que estaba al corriente de su lío con un tipo de la embajada rusa, después de todo fui yo quien la dejó plantada sin explicaciones, y no le escribió ni una sola línea contándole si pensaba regresar en los próximos veinte siglos...

Tuve entonces el presentimiento de que no volvería a ver a Klara Linen. Presagio que se cumplió; nada más firmarse el pacto germano-soviético que me apartó, como a tantos otros, de las filas comunistas, los estalinistas, en señal de «buena voluntad y disposición de apoyo», entregaron ignominiosamente a los nazis una serie de refugiados alemanes afincados en la URSS. Sus nombres, antes de disolverse en la numérica agonía concentracionaria, quedaron consignados en una lista de ignominia de la GPU* que sólo fue publicada en Rusia, y enseguida en el resto del mundo, al comienzo del deshielo... Y allí leí, al cabo de tantos lustros y tantos muertos, el nombre de Klara Linen, la chica de ojos bicolores y manos enguantadas de rojo que Arvid me presentó, en la esquina de una calle que sin duda ya no existe, una noche en la que yo había bebido demasiado y llevaba en el bolsillo del gabán, no el reloj de plata recibido en mi *bar mitzvah* y empeñado esa misma mañana, sino el telegrama avisándome de la muerte de mi madre en Salónica. Lloré y lloré su destino atroz como no he llegado a llorar ninguno de los golpes de mi vida. Recuerdo que en Nueva York empezaba el buen tiempo y que desde mi ventana estuve horas mirando las aceras maltratadas, el ir y venir de unos viandantes que acaso llevasen también dentro de sí el peso sulfuroso de muchas pérdidas quemándoles memoria y entrañas. Miraba la calle repitiéndome una y otra vez, con vana insistencia de alucinado, que ya nunca me sería otorgada la posibilidad remotísima de ese encuentro de azar con que fantaseé durante años, en esas solitarias madrugadas insomnes en que uno sucumbe al desánimo y se deja invadir por un delirante masoquismo no exento de infantiles complacencias. Klara Linen estaba muerta, jamás doblaría, intacta y no desmerecida por el paso sin

* GPU: Policía política de la dictadura estaliniana. Antecesora del KGB.

ventura del tiempo, esquina alguna del callejero de mi vida que declinaba («huyes de la felicidad propia con artimañas de malhechor de folletín», me había acusado, riéndose sin alegría, una de las últimas noches que pasamos juntos, «pero algún día sabrás del precio altísimo de la traición propia. Y ese día vas a vértelas y, cara a cara, contigo mismo. No te arriendo la ganancia, *Avicena*»), y era como si en su muerte viniesen a resumirse todas las demás, la agria e infamante cosecha de muertes del siglo. Por primera vez lamenté haber sobrevivido, y me supe, o me acepté, definitivamente viejo.

Mi mente recuperó vívidamente la luz de esos ojos desiguales, la expresiva inquietud de su rostro de rasgos angulosos, cuando Herschel me comentó, con la timidez de quien se excusa tras un error de tacto, que de niño había lamentado, de modo casi *físico*, carecer de un anodino, *inocente*, álbum de retratos de familia. Ilse detestaba que la fotografiasen, pero él, que de pequeño soñó, y nunca llegó a tenerla, con la posesión de una de esas cámaras polaroids capaces de fijar al segundo la teatral mentira de un instante, se había comprado, con motivo del nacimiento de Estelle, una cámara digital, en sus primeras semanas de vida había filmado obsesivo todos sus gestos de bebé, hasta el punto de irritar a una Camilla que acaso empezaba ya a distanciársele... Tras la muerte de su madre (únicamente el orgullo, adujo, le impidió preguntarle al desabrido de Konrad luego del entierro si no guardaba, traídas de allá, algunas imágenes de *antes*) reparó en que nada más conservaba de ella aquel único retrato tomado en París, junto a un hombre que tal vez fuese Dalmases. Lo era, asentí sin palabras, en respuesta a la muda pregunta de sus ojos, y lo vi estremecerse, no sé si de alivio o de zozobra.

«No debieron ocultarme tantas cosas», me aseguró por la noche, «porque de alguna manera siempre me he sentido al margen, alguien aparte. Sin raíces y surgido de la nada. Otro hijo del misterio, qué carajo». «Las raíces son peligrosas», repliqué vagamente. Estábamos en uno de esos asadores de la Cava Baja alabados por las guías estadounidenses desde que Hemingway popularizó su favorito, pero ninguno de los dos prestaba atención al cordero enfriándose sobre nuestros platos.

—Las mayores felonías se cometen casi siempre en nombre de las malditas raíces —insistí.

—Creía que fuiste un militante de la causa sefardí... el regreso a la patria perdida y todo eso...

—He sido un militante de muchas causas —me encogí de hombros—, pero no puedo, en rigor, afirmar que a los movimientos sefarditas nos guiase exactamente una causa común. Nos separaban muchas cosas, a los miembros de esas organizaciones, comprendes. Negociábamos con el gobierno republicano español una reparación histórica, nada más, cuando el golpe de estado del 36 nos enfrentó a todos, incluidos aquellos que empezaban a arrimarse a las posiciones sionistas, entonces muy exóticas dentro de nuestras comunidades, con problemas mayores y más acuciantes.

Me pregunté qué habría dejado escrito Ilse acerca de mí, cómo me entrevieron sus ojos de muchacha angustiada que lo ha perdido todo en aquel momento en que me vi obligado a decirle que ya no disponíamos de más tiempo que perder. Que secase sus lágrimas y tratase de dormir un poco, ordené sin mirarla, no podíamos, ninguno de los dos, hacer *nada* por su madre ni por su hermano, del velódromo estaban empezando a sacar por tandas a muchos de los detenidos para conducirlos a las estaciones de Austerlitz y Orléans, según sus propias palabras y mis últimos datos, obtenidos apenas hacía un par de horas, París entero era un hervidero de rumores, ni soñar con acercarnos a la calle Nélaton, irnos a rondar por sus proximidades, tal y como acababa de insinuarme, con acento más imperioso que suplicante, constituiría no sólo una locura, también una completa estupidez, no quería volver a oírle proferir necedades semejantes. «Tu madre vino a verme, confió en mí para que os sacase de Francia», corté, «y tú harás paso a paso lo que ella quiso que hicieras. Que hicierais los dos. Ha habido mala suerte y tendrás que marchar sola, sin tu hermano. Esto no es ningún juego. Te espera un largo viaje hacia la frontera y la dura prueba de los pasos de montaña. Piensa que ésta es tu manera de ayudarlos, porque ya no disponemos de otras. Lo siento, Ilse».

Me he odiado muchas veces, pero pocas con la intensidad de aquella tarde... cuando me prohibí ceder al impulso de consolar a la hija de mi amigo, de prodigarle torpes mentiras, de urdirle, en el vano de un abrazo, prometedoras esperanzas, improvisándole una quimera de cuentos disparatados acerca de la inmediata llegada de los suyos a la tierra de promisión de los finales felices, una sarta de falsedades revestidas de una piedad de limosna. Ella necesitaba, iba a *necesitarla* con urgencia, toda su rabia. Y esa misma audacia que la indujo a situarse junto a esa puerta de uno de los pasillos laterales de entrada al *Vel d'Hiv*, a tirarle de la guerrera al gendarme —a ése, y no a otro, gracias al caprichoso valor de cambio que a veces cursa el azar en medio del espanto— de ojos bovinos cuyo uniforme impecable no lograba esconder del todo una parsimonia campesina de origen, y a lanzarle un seco y perentorio «déjeme pasar» que lo sobresaltó como una estridente orden de mando venida a interrumpir una cabezada clandestina en mitad de unas maniobras de instrucción. «Le juro, monsieur Miranda, que aún no entiendo por qué lo hice, no fue en absoluto premeditado, fui abajo en busca de las enfermeras de la UGIF o de la Cruz Roja, uno de los niños Wiesen tenía algo de calentura, su madre se negaba a llevarlo a los palcos de los enfermos, a separarse de él, toda la gente lloraba y gritaba a la vez, si permanecía allí quieta iba a volverme loca, y pensé que a lo mejor a esas mujeres les quedaba alguna aspirina, las había visto bajar hacia los corredores de salida, se marchaban mucho antes del toque de queda nocturno y, oh, por favor, créame, tengo que regresar, tiene que ayudarme a volver, le prometí a mi madre que no tardaría, y antes siquiera de darme cuenta le dije esa frase al guardia, "déjeme pasar", y él me observó de soslayo, entonces le solté esa mentira, lo hice sin querer, no entiendo qué se apoderó de mi lengua, *soy francesa*, dije, y no sé si me creyó, cómo iba a creerme, por qué iba a creerme, monsieur Miranda, de repente se apartó unos centímetros y vi a su espalda, de refilón, esa puerta entreabierta, y créame, es horrible, pero es que en ese instante no pensé en nada, de repente yo estaba fuera, caminando muy deprisa por la calle Nocard hacia las escaleras del metro de Passy, me pareció distinguir a lo lejos los capotes azules de los uniformes de las enfermeras, y hasta sus cofias, pero no sé, tal vez estuviera imaginándomelo, el corazón me latía como un tambor, entonces un hombre muy nervioso me interceptó el paso y me empujó, chillándome que circulase, estaba prohibido quedarse allí, aulló, permanecer allí y merodear por los alrededores del *Vel d'Hiv*, era un policía, pero aunque parezca increíble no me prestaba atención, no reclamaba a gritos mis papeles, no se llevaba un silbato a los labios para alertar a sus compañeros. Sólo al meterme en el metro me di cuenta de que no había visto la estrella del vestido, no sé en qué momento pude abrocharme de arriba abajo la chaqueta que me tejió Mme Bloch para mi cumpleaños, pero le juro que debió de ser ya fuera, y después ni siquiera me metí en el vagón de los judíos, y todo eso iba haciéndolo sin haber planeado nada, yo no lo hice aposta, tiene que creerme, monsieur Miranda», había sollozado, la cara hundida en mi hombro. «Cálmate, chica, cálmate», al principio no logré captar el desbordado sentido de sus palabras inconexas... Un rato después (la había hecho subir al dos piezas del piso situado sobre el garaje como quien acarrea un fardo muerto, pues cuando dejó de llorar se desmadejó entre mis brazos igual que una muñeca algodonosa de las rifadas en casetas del tiro al blanco en las ferias pueblerinas) le aseguré con vehemencia que había actuado de forma admirable, Arvid, y por supuesto su madre, se sentirían muy orgullosos de su inteligente sangre fría, eso no debía ni dudarlo... Asintió, pero naturalmente no me escuchaba. Su rostro, que había heredado la monocorde belleza de los rasgos paternos, pero no su calmosa y meditabunda expresión soñadora, ostentaba una lividez de enfermo. Mordisqueaba a la rusa el terrón de azúcar por encima del vaso de té, atendía al hilo narcótico de mis palabras elegidas desde una prudencia timorata (me asaltó fugaz la idea de que hubiera sido un horrendo redactor de esos telegramas de pésame que enviaban, durante la campaña de las Ardenas y la retirada hacia Dunkerque, los estados mayores franco-británicos a viudas casi niñas, y a madres que en pocos meses aprendieron a temerle al uniforme de los empleados de correos más aún que al de los temibles, e inminentes, invasores que los sobrios partes de guerra aliados del 40, con sus parcos anuncios de unas derrotas jamás calificadas de tales, permitían ya imaginar manchando de verde los bulevares de París), con obediencia sospechosa, pero tiritaba de forma ostensible, pese al calor de la tarde concentrándose en la habitación de persianas a medio echar donde flotaba, a la altura de nuestros ojos, un polvillo dorado como de estropeada cosecha de trigo. Comprendí que su desarmante tranquilidad y la dilatación de sus pupilas anunciaban un ataque de histeria, o algo similar, y me removí inquieto, y por un instante añoré el mundo de Salónica, y la anticuada costumbre, reinante entre los míos, que obligaba a las mujeres a consolarse de los duelos entre sí, con profusión de llantos, y gritos donde el dolor rozaba a veces cierta impostura escénica a salvo, no obstante, de veleidades hipócritas, y a los hombres los limitaba a velar sin alharacas esas mismas penas en el umbroso silencio de los cuartos abiertos, no sobre los íntimos patios con pozos y fuentes ni sobre el intrincamiento de los callejones, sino sobre cuadras, trastiendas y tenderías; en aquellas habitaciones traseras de techos bajos y aire enranciado por el humo del tabaco (*cuartos de penas*, como se les llamaba en nuestro dulce español antiguo de expulsados), con encendidos braseros de cobre reavivados sin cesar por vecinos, acudidos tras de alguna desgracia, que se ocupaban de llenar una y otra vez las panzudas copas de *ouzo* y de *raki* y los vasos de moscatel para los viejos y los aquejados de males digestivos, yo había aprendido muy temprano, auspiciado por los hábitos casi inmutables de aquella peculiarísima y envolvente confraternización masculina, a dominar las manifestaciones del quebranto propio y a sufrir en un silencio hosco. Pero esa tarde de julio sentí, frente a la niña que retorcía entre sus dedos los restos de un pañuelo desgarrado, un desvalimiento atroz y un pánico mortal y temí no ser capaz de ocultárselos. No ser capaz, tampoco, de acallar dentro de mí a esa muda voz insidiosa empeñada en convencerme de que todo esfuerzo iba a revelarse inútil porque el mundo entero se había convertido en un inmenso cuarto de la pena, pero un cuarto donde nadie acompañaba a nadie en duelo alguno, pues en su interior todos estábamos ya muertos. Durante un momento aniquilador me sobrecogió una paralizadora impotencia. Volví a mirarla, con una insistencia aterrada, porque ella tenía trece años y era la hija del templado y bondadoso Landerman, y acababa de escapar del Velódromo de Invierno, y en ese instante le amilanaba más el haberse fugado de allí que todas las amenazas nazis juntas; me vislumbré a su misma edad rondando por un puerto de tabernas olientes a frituras de calamar, frecuentadas por mujeres tardías y marinos de permiso, me recordé saltando acequias de huertas de extrarradio, mordiendo calientes sandías, de corazones sajados a navaja y robadas en grupo y entre risas, casi sentí resbalar su jugo por mi barbilla de chico que sueña oscuramente con empezar muy pronto a afeitarse... y traté después de no *imaginar* qué podía estar siendo de Arvid en ese día y a esa hora precisos, y en el hecho de que tal vez si a su mujer se le hubiese ocurrido buscarme *antes*... Pero uno no puede, o no debe, vivir vertiginosamente inclinado sobre los fatídicos *tal vez,* y por otra parte quizá él nunca llegase a resumirle a Annelies nuestras andanzas de aquellos años, quién alcanza a rescatar lo intenso de una amistad de juventud sin que sus palabras la desmientan en el momento exacto en que las profiere; era muy posible que hubiese preferido no hablarle a su mujer de Klara Linen, que hubiera optado por silenciar el dolor y la fiel pasión de antaño, las fútiles disensiones políticas que nos separaron, y no llegaron, sin embargo, a enfriar del todo el entusiasmo que nos unió. Yo había admirado, en mi primer año de estudiante extranjero y pobre, su elegante desenvoltura, el azul distraído de sus ojos inteligentes, mucho antes de conocerlo al fondo de un café berlinés que en nada se parecía a los delirantes antros de artistas descritos por la Wolff en la época en que al porvenir que yo anhelaba sólo lo colonizaban mis sueños de impaciencia y mis mitos de adolescente. Su hija era físicamente un calco suyo, pero no se asemejaba *realmente* a él, o es que su irreflexivo gesto de audacia, ese instinto de supervivencia que ella calificaría más tarde, y durante el resto de su vida, de «egoísmo», me la tornaban extrañamente próxima, dictaminé en mi fuero interno, cuando estaba a punto de derrumbarme, vencido por la más peligrosa de las compasiones. La culpa es la única diana donde rebotan todos los tiros, pensé, y a mí me doblegaba esa culpa abismándose en su mirada de niña a quien acaban de asesinarle la infancia. Pero entonces sonó abajo el timbre del garaje, y de su cara inmóvil desapareció la aguda fijeza de conmocionado. Su piel cobró una blancura de tiza. «Tranquila, Ilse, son sólo los niños. Los otros niños», hablé con suavidad, mientras mi mente le rogaba increíblemente, no al Dios lejano de mi niñez, sino a su padre. «Arvid, Arvid, ayúdala, ayúdanos, por favor, Arvid.» Esperé al segundo y escueto timbrazo de rigor, luchando por controlar el temblor de mis manos. «Los niños», susurró ella, «los niños, monsieur Miranda...». «Sí», dije absurdamente, «los niños que vienen y se van».

Sus rostros eran para mí una marea de facciones intercambiables, porque ellos, en efecto, venían y se iban. Llegaban a la tapadera de ese garaje modesto, de la mano de nuestra organización «Sefarad», y eran tan pocos, podíamos salvar, cuando lo conseguíamos, a tan pocos, que a veces nos desesperábamos, y no, justamente eso no podíamos permitírnoslo... Llegaban muy serios, debidamente instruidos a toda prisa, con a los hombros sus mochilitas livianas de escolares arrancados del tiempo de sus años y ese peso terrible de las familias perdidas, de los hogares dejados atrás, de sus barrios acordonados durante los controles por el monstruo que devora presas con eficiencia militar y hambruna mecánica... Y con mucha suerte y la habilidad de nuestros contactos lograban sortear los innumerables obstáculos de un viaje sin placeres, que en nada se parecía a las excursiones y acampadas que otros chicos de su edad realizaban con las colonias *pétainistas* de vacaciones, descansando por etapas en granjas «seguras», de partisanos, a lo largo del camino, y atravesar desfiladeros de montaña burlando, en pos de antiguos contrabandistas metidos a guías de los «sin papeles» o de los poseedores de papeles «malos», pero dotados, eso sí, de ahorros pagaderos del servicio y de buenas piernas, la vigilancia patrullera alemana, para cruzar al fin, y clandestinamente, las fronteras de Valcarlos, Cerbère, Irún. Ahorros que aseguraban también, pero no siempre, los necesarios sobornos a los ávidos guardias civiles de los puestos fronterizos españoles... La organización de socorro «Sefarad» contaba con el apoyo, no sólo pecuniario, de unos cuantos católicos españoles a quienes la ferocidad del general Franco y sus decididas simpatías por sus aliados italo-alemanes de temprana hora, habían asqueado para siempre de su régimen de crímenes y venganzas...

Los niños que «vienen y se van», los niños del Belén, como los llamaba mi colaborador del lado español Javier Dalmases, yéndose en mitad de la noche más oscura para que no los atrapase el Herodes redivivo de sus evangelios ni el faraón brutal de nuestro Éxodo... Los niños que vienen y se van, «*por Castilla van / camino de Portugal*»...

Del piso bajo no provenía ruido alguno. En circunstancias normales, ese grupo variopinto de edades comprendidas entre los siete y los catorce años hubiera invadido la casa, *cualquier* casa, a empujones, chillando en griego, en francés, en el intacto español del destierro de nuestros ancestros...

También ese silencio era nuevo, producto de la guerra y de la ocupación. «Quédate callada, Ilse, y no te muevas», mandé, antes de descender la herrumbrosa escalera para enfrentarme con esas caritas malnutridas y falsamente adultas.

Iba a necesitar todo su odio, toda esa audacia... me repetí, al amanecer; el resto de los niños dormía, disperso entre coches olvidados por dueños que nunca volvieron de sus éxodos a Provenza, cuando me alertaron sus pasos en la cocina —yo nunca dormía la noche antes de una salida— y fui hacia ella, a sabiendas exactamente de lo que iba a decirme, insistiéndome con la tranquila desesperación de quien sabe que no será escuchado: «Monsieur Miranda, pero es que no entiende que yo tengo que volver con ellos.» Calenté un pote de café y fumé un rato en silencio, el necesario para prohibirme, prohibirnos, toda incursión sentimental. Desde la guerra española, en la que combatí como voluntario, al principio en Brigadas Internacionales, y tras su marcha en un regimiento del ejército regular, sabía de los peligros que entraña el abandonarse a cierta clase de actitudes en determinadas circunstancias; sucumbes al encantamiento de un recuerdo, al maleficio de un deseo, acaso ínfimo o pueril (de repente, y detrás del punto de mira de una posición *difícil* decides cerrar los ojos, escamotearte a la tensión del ataque inminente, y alargar una mano sobre sacos terreros, no en busca de la brisa nocturna que pronto olerá a pólvora y al manar de la sangre sobre carnes abiertas, sino de caricias del aire de «antes»; un aire anodino de anochecer veraniego cualquiera, no corrompido por pesadas respiraciones de hombres que acaso son ya, mientras esperan las primeras luces o fingen dormir, pienso y vaticinio de muerte, un aire que exhala sólo aromas a tomillo, jaras, resina de pinares entremedias de un tremolar de grillos y distantes cantos de lechuzas. El aire de cuando no había una guerra que tal vez no cuentes), y el resultado de tu distracción es que despiertas gritando de dolor en una cama de hospital que agotó sus reservas de morfinas y anestésicos. O no despiertas y agonizas inconsciente, aferrado a la mano sudorosa de un camillero imberbe. Aprendí muy pronto a recelar y a resguardarme del riesgo de las emociones, que entonces asociaba y confundía, por otra parte, con algún tipo de sospechosa debilidad, a desconfiar de impulsos y gestos ciegos, a no desdeñar nunca los avisos del instinto. Terminé el pitillo y lo aplasté sobre la hornilla. La noche antes habíamos descosido la estrella de su vestido, pero el resultado «cantaba» mucho, y llevaba, bajo la chaquetilla de punto, una blusa y una falda de la mujer de Jérôme que le venían grandes. «Vais a salir enseguida. Buena suerte, Ilse.» Y me fui de la cocina.

«Eres un irracional enamorado de una razón a la que profesas un culto de provinciano con mayúsculas, un creyente de la incredulidad», se divertía a mi costa Klara Linen, en una especie de eternidad anterior, «y quizá por ello me resultes muy poco misterioso... los mediterráneos sois muy poco afectos al misterio, contra lo que de vosotros se suele pensar. A veces me pareces una fiera herida y dispuesta a todos los zarpazos, y otras un tipo extrañamente calculador. No sé ni muy bien por qué me atraes tanto. No sé en absoluto por qué te aprecio, por qué tuve que quererte».

Miré a Herschel encogido sobre su plato, atendí a la desorientada desolación de sus pupilas, y suspiré para mis adentros. Porque, de un modo u otro, y bajo otras luces menos dañinamente asesinas, todo volvía a reiniciarse, y de nuevo se me colocaba en el arduo papel de «responsable de otros», de nuevo otra mirada imploraba de la mía atisbos de absurdas certidumbres, la inminencia de un siguiente, y *correcto*, paso a dar, el asalto a un destino. Lo escruté, pero al mirarlo no vi a Ilse, sino a Klara. «Klara, Klara», suspiré para mis adentros, «qué fácil nos resultó entonces a los dos juzgarlo todo, las vidas y las cosas, con qué facilidad fuimos reos y acusadores». Para Klara las cosas habían sido más fáciles que para mí. Era la hija única de un abogado berlinés de éxito que procuraba no tener que recordar jamás que sus antepasados malvivieron hasta el advenimiento de Bonaparte en guetos sombríos de la Europa central más mísera... Un hombre —no me podía ni ver, me consideraba no sólo un «agitador» de la peor clase, también una especie de «bárbaro» que hablaba un alemán con acento, decía, de zoco piojoso— que creyó a pies juntillas, al igual que muchos de sus correligionarios franceses (tipos como los de aquella maldita UGIF que empezó siendo cándida y terminó resultando únicamente siniestra), en los cantos de sirena de la *asimilación*. Nunca entendieron que en ciertos ambientes no se asimiló jamás dicha asimilación, como no se había asimilado medio siglo atrás un voto que no fuese censitario, ni se asimilaron las vacaciones pagadas del gobierno Blum. Sé de tipos como él que se subieron a los vagones de ganado protestándoles a los impertérritos gendarmes del gobierno colaboracionista francés que velaban, junto a sus colegas alemanes, porque todo transcurriese en un perfecto orden castrense, con educadas lamentaciones del estilo de «pero cómo consiente el Mariscal que se nos trate así».

Pero yo era el chico que se consiguió una beca de estudios haciéndole los recados —y más tarde otras cosas— a esa voluminosa alemana entrada en años y en carnes que se refugiaba, verano tras verano, de sí misma y de su escasa suerte como pintora, en la casa de Salónica en cuya azotea tomaba el sol desnuda, ante el horror de un vecindario que temía sus túnicas de espiritista y escuchaba fascinado sus risotadas bucaneras y sus incomprensibles alegatos vegetarianos en el medio griego y medio turco de su invención... Yo era el chico que anheló el mundo desde que lo contempló pintado, en azules y amarillos, en un globo terráqueo que Grete Wolff, quien con el tiempo y las muchas tardes pasadas en su cama, bajo la recia y amistosa furia de su cuerpo espoleado por los cigarrillos de cocaína, me enseñó alemán y me convirtió en su intérprete, tenía sobre su mesa de tablero, junto a las barajas del tarot y la esfera de vidrio con que consultar las vidas. «Y tú qué quieres, hijo», me lanzó una tarde en que regué sus tiestos de geranios, dispuse los panes de amapolas junto a la otomana desde donde ella me observaba, ebria de vino, y la salvé de morir incendiada y sola en su casa de alquiler, rescatando un humeante puro descomunal de entre las sábanas caídas sobre el piso de azulejos, «qué has venido a hacer aquí». «Lo de siempre, señora Wolff, traerle los panes que encargó del horno de mi padre y cuidar sus plantas.» Tenía entonces trece años, y Grete Wolff, bendita sea su alma de quiromántica de pacotilla, se echó a llorar (recuerdo que volví el rostro, azorado, mientras palmeaba el revoltijo de sábanas quemadas), y enseguida a reír a mandíbula batiente. «Sí, de acuerdo, pero y tú qué quieres, hijo, dime *qué* quieres de verdad en pago, porque todos tenemos un pago que no se mide en monedas, no es cierto, pequeño...» Algo en su desacostumbrada insistencia me hizo perder de golpe la timidez y envalentonó mi voz llena de gallos. «Quiero eso», y señalé la bola terráquea (la del maestro, guardada bajo llave y codiciada por todos, era más pequeña, mucho menos bonita, y estaba agrietada por el lado de África), «quiero el Mundo». «El mundo», repitió la señora Wolff, muy despacio, «el mundo, dices, chico», y entornó los párpados negros de *khôl*, se frotó las orondas mejillas sucias de rímel, y volvió a reír, con carcajadas de ogro bondadoso. «El mundo, muchacho, no el *mapamundi*, no, dices que el mundo...» «Ven aquí, muchacho.» Me arrimé, y supe del tacto suave de sus dedos palpándome las clavículas y del olor tenue de su piel de rubia en la canícula del agosto mediterráneo. «Tendrás el mundo, hijo, palabra de Grete Wolff», afirmó, de pronto muy alegre, y muchas horas después, mientras

60

descansábamos bajo los tules pringosos de su mosquitero de novia perenne, tomó mi mano que se ovillaba maravillada sobre su vientre y añadió: «pero cuida de que el mundo no llegue a tenerte a ti. Esa bola de mierda no tiene compasión».

Le sonreí, un poco aliviado, porque pensar en Grete Wolff tenía siempre la virtud de ponerme de buen humor.

—Bueno, Herschel, no se debe juzgar a la ligera, o no se debería... Tu madre pensó que el silencio era lo mejor para ambos. Había perdido a los suyos, sólo quedaba ella, y Konrad no fue ni por asomo el pariente soñado que uno anhela cuando emigra, sin voluntad de regreso y con el alma en quiebra, a otro continente.

—El cabrón de Konrad. La última vez que nos vimos no me inspiró odio, sentí más bien pena, estaba muy disminuido y achacoso, y aun así seguía mostrándose inauditamente mezquino... Pero escucha, sé que pensabas que ella no debió de mantenerme así, tan completamente a oscuras, durante años y años. Si me ponía muy pesado, me despachaba con cantilenas para tontos. Que se había quedado huérfana durante la guerra, me contaba, y por supuesto no me explicaba *cómo* había muerto su familia. Que por favor no la entristeciese con mis preguntas, que desde luego que yo no era alemán, si incluso mi pasaporte era español, quién me mandaba hacerle caso a Konrad y darle cuerda a sus chocheces si Milita y yo nos cruzábamos con él en medio de una cuadra, que hiciéramos como ella, que ni los saludaba, ni a él ni a la bruja de su mujer. De acuerdo, éramos de origen judío, pero ni siquiera practicábamos, así es que mejor sería que no me obsesionase con el tema. Que la dejase en paz, sólo eso me pedía. En su manuscrito me escribió que tú la entendías, aunque no compartieses su... no, no puedo llamarlo su punto de vista. No sé, sin embargo, qué opinaba *él*. Dalmases, quiero decir. Comprende que no puedo llamarlo «mi padre». Aunque pasado mañana viajemos a Finis para ese asunto de aceptación de herencia y en un despacho alguien se refiera a mí como a su hijo. El hijo del que nadie tenía noticias. No faltará quien me acuse de impostor, imagino.

—Habladurías y acusaciones hay siempre, Hersch, pero eso no debe preocuparte. Todo está en regla, en unos meses podrás disponer de esos bienes. Y en cuanto a Javier... no puedo decirte cuál era su opinión al respecto, sencillamente porque nunca me la dijo.

Esbozó un gesto de impaciencia.

—Esos bienes no me importan. O muy poco, sabes que no necesito dinero. Tengo mi trabajo y la almoneda resultará rentable mientras Bettina Basilia siga encargándose del negocio. No es eso lo que vine a buscar. Ni siquiera sé a qué carajo he venido. Si todos ellos están muertos. Si yo mismo nací para ocupar el lugar de un muerto. No se deshizo de mí únicamente porque deseara un hijo. Quería una criatura que le *devolviese* la vida a su hermano.

—No digas estupideces —lo interrumpí—. Sabes muy bien qué has venido a buscar. Y tu madre, aunque no quisiera reconocérselo, sabía, siempre lo supo, que alguna vez ibas a meterte en su piel. Al contarte su historia por escrito te estaba fijando una cita. No puedes fallarle porque se tiró toda la vida acusándose a sí misma de no haber compartido con ellos el peor de los destinos. Ni Dalmases ni yo logramos convencerla de que haberles sobrevivido no era ningún pecado. Sólo tú puedes hacerlo. Aunque esté muerta. Creo que ella contaba con eso.

Agachó la cabeza, turbado.

—Sabes, después de leer y releer esas páginas fui a una biblioteca y yo... consulté libros, miré esas fotos horribles, yo... perdona si te estoy haciendo recordar cosas, cosas que...

—Vamos, Herschel, no seas niño. Quieres decirme que viste la famosa foto del Velódromo de Invierno. La única que existe, tomada seguramente al segundo o tercer día, por no se sabe quién, si acaso por algún gendarme como el que se ve, en escorzo, al fondo de la pista.

Respiró hondo.

—Sí. Me pasé horas estudiándola. Miraba a las dos niñas sentadas, a la anciana de la pañoleta, a la mujer embarazada, a la chica rubia del vestido claro sentada sobre la rampa de la pista, y después otra vez al gendarme, como si detrás de su uniforme fuese a encontrarla a ella, a mi madre, a la edad que dentro de nueve años cumplirá mi hija Estelle y... Dios, ya sé que hasta el mero hecho de decirlo resulta macabro.

«Como Dalmases», pensé, «también él buscaba en esa foto atroz los pasos perdidos de la pequeña Ilse a la que condujo a Finis...».

Entonces le hablé suave y firmemente.

—Has venido a sacarla de veras del Velódromo de Invierno que nunca abandonó realmente, Herschie. Únicamente tú puedes hacerlo, para que sobreviva en ti. Sólo tú puedes salvarla.

1992

III

Mienten las fotos, como miente la sonoridad de
esos nombres inscritos en papel timbrado sucediéndose
en una lista de monstruoso orden alfabético si la enun-
cian y recitan voces anónimas cuya indiferencia distor-
sionan y multiplican los altavoces de la desdicha. Engañan los espejos que reflejaron en madrugadas perdidas
legañosos bostezos infantiles diezmando caras de víctimas o de verdugos futuros que aún no saben, mientras
se asoman a sus lisas superficies sin misterio, del espanto o de la iniquidad venideros, del tormento de conocer
de antemano la matriculada hora de su muerte, o del
turbio y embriagador sentimiento, ese que corrompe
siempre a los más débiles y los aboca al oscuro gozo
de disponer de las vidas ajenas, aguardándoles al cabo de
esos años que aún no se perfilan tras el vaho de su
aliento empañando la lámina donde, como todos los niños, desde que mercurio dejó de ser un dios para tor-
narse seductora bola de plata que mide fiebres y se esconde en los azogues, divisan en ese instante tan sólo los
mostachos, los dientes disparejos, del monstruo gordin-
flón que sus dedos acaban de dibujar sobre la niebla

vertical. Estafan, aun sin quererlo, todos los libros de texto donde los muertos son un puñado de cifras, protagonistas de un capítulo de historia ilustrado por imágenes de las que dan miedo e inducen a girar muy deprisa las páginas sobre el pupitre, a rehuir la fijeza de unas pupilas que miran sin ver desde el interior de calaveras que respiran, por encima de los trajes rayados de mortaja donde aún crujiría, por unas horas o unas semanas, con un chasquido de hielos partiéndose, la pobre sonaja de sus huesos vueltos después lenta ceniza sobre la tierra que ahora pisan quienes eluden el pavor de mirarlos. *Leyes raciales de Nuremberg*, reza el sumario, *Conferencia de Wansee*, se lee, al pie del retrato de grupo donde Hitler alza el leve mentón y Goering exhibe a su lado una bufonesca sonrisa de gordo feliz, por qué no está con ellos Pétain, el «héroe» de Verdún, que en 1917 mandó colocar en escarmiento, atados de pies y manos, a los desertores franceses de su estrategia guerrera de camarillas ante el fuego de las trincheras alemanas. Por qué no reluce entre sus uniformes, captada por el magnesio, su aura de anciano inconmovible que firma en Vichy el decreto-ley que tipifica y condena a los judíos franceses, y a sus homónimos extranjeros residentes en su suelo de «hija predilecta de la iglesia», por qué no está allí, encima de la instantánea donde un Bergson moribundo y premio Nobel aguarda, en el frío octubre de 1940, en medio de una resignada fila de desesperados, y a las puertas de una comisaría de distrito, su inscripción forzosa en ese censo que a partir del llamado «Estatuto de los Judíos de Francia» facilitará sus nombres a los recaudadores de la muerte. Allí, entre quienes esperan, en mayo del 42, a la puerta de esas mismas comisarías de barrio, la recogida obligatoria de sus estrellas amarillas, dos por persona, entregadas a cambio de un «punto sobre artículos del textil», punto automáticamente requisado, *prélevé*, de sus cartillas de racionamiento. *Seis millones de muertos* informa el subtítulo, *La solution finale*, se llama ese capitular resumen del horror encabezado por la foto del *Vel d'Hiv*. Por qué no está allí Pétain, ex embajador ante su amigo Franco, con su cremoso bigote de abuelo termal y su seriedad de padre de la nación, de necrófilo secreto que se excita en sueños al calor de una hoguera de eternidad donde Jeanne d'Arc se retuerce sobre leños, como bajo el peso y el delirio de un hombre, ofrendándole, a través del humo, su sonrisa extasiada de virgen bajo las capas fundentes de un maquillaje de burdel.

Por qué estoy yo, con Escalona y DeVidas, amigos que tampoco regresaron, un 6 de enero de 1942, en la sede parisiense de unas oficinas españolas de «import-export», de mobiliario de lujo que huele a mercado negro, y a «requisiciones» practicadas en pisos desertados por afortunados propietarios en fuga, delante de ese loco, y entusiasta fascista convencido, de Faustino Lagranja; di con él a través de viejos conocidos berlineses que despacharon mis peticiones de ayuda con un vago: «estamos en guerra, qué podríamos hacer nosotros ni por ti ni por los tuyos, a menos que le salgan bien las cosas a ese tipo, Lagranja, que es más nazi que ninguno, pero que se interesa, en esos teóricos estudios suyos de antropólogo sin títulos de relevancia con los que importuna a todas horas a sus amigos alemanes, por la suerte que vais a correr vosotros, los sefardíes...». Era un hombre, descubrí casi antes de informarme sobre sus actividades, y de que acudiésemos a aquella cita ofensiva, que mataba la gandulería de sus jornadas al ritmo de una rutina de coñacs apurados codo a codo con *gesta-pistas* y maleantes diversos, y le soltaba sin preámbulos a todo tipo de interlocutores la fanfarria de unos discursos que apestaban a repugnante misericordia «imperial». Estoy, estamos los tres, en ese día de reyes de los católicos, escuchando, boquiabiertos y horrorizados, al tipo cirrótico que perecerá, un año más tarde, de resultas de un oscuro ajuste de cuentas (sin duda a manos de viejos traficantes de arte «degenerado» que no cobraron su soldada, o de esos delincuentes sacados sin amnistía de las cárceles marsellesas y elevados enseguida al rango de «soplones» de la chusma policial Reich-Vichy que alborotaban, merced a sus pases «Ausweise», las noches de la ocupación en los cabarets «amigos» y a las puertas de los cines donde se proyectaban documentales de Riefenstahl, *El judío Süss*, o *El peligro judío*, que tanto gustó a esa hiena de Lucien Rebatet), y negamos con las cabezas, incrédulos y llenos de asco ante sus «propuestas», sin ni siquiera haber tenido que consultárnoslas. Ya le ha insinuado, dice, algo del asunto que se trae entre manos a su amigo Sézille, el director del aberrante Instituto de Estudios Judíos, organizador de exposiciones, en su sede de la calle Boétie, de un antisemitismo barroco, y firmante, en *Je Suis Partout,* de artículos que reclamaban «higiénicas y firmes medidas que nos libren de esa lacra judaico-cosmopolita pavoneándose por todas las calles de la patria», cierto que éste no le ha prestado mucha atención, que se lo ha sacudido de encima con esa impaciencia cortés de los gabachos, pero quien algo quiere... «Yo no madrugo para amanecer temprano», se burla de sus afanes refraneros un Escalona de repente pálido de furia, «no hemos atravesado cinco siglos de diáspora para renegar ahora. Justamente ahora».

Pero es que, vuelve a insistirnos, engolada pero también acobardadamente, si prosperasen sus «tesis»... esas locas disertaciones que ha enviado a diestro y siniestro por todos los ámbitos universitarios berlineses (y a mí se me encoge el estómago al oírle, y es que *no quiero pensar* en Klara Linen diciéndome: «sabes que al principio tenías fama de gigoló, decían que en primero de carrera, antes de meterte a *soviet y a espartaquista* de las aulas solía ir a buscarte después de las clases una vieja estrafalaria, con ojos de drogada y un perrito chino en los brazos»; no quiero pensar en nada ni en nadie de «antes»), donde pretende demostrar, al filo de su prosa henchida y de una retórica disparatada, que los sefardíes no somos «racialmente judíos», sino las víctimas de un error histórico, el producto de un absurdo *empecinamiento religioso*, de esa trágica negativa *política* a reconocer la legitimidad del hijo del dios verdadero, a que en mala hora fueron inducidos nuestros ilusos antepasados por sus gerifaltes de entonces; «similares, señores míos, a quienes han estado a punto no hace ni un trienio, de no mediar la Falange y su Caudillo, de romper la sagrada unidad de la patria española con la creación de mil y un reinos de taifa donde ya no se hablase la lengua del Cid, sino la jerigonza alevosa y chequista de los ateos de Moscú, o ese catalán segador de tantas bienaventuranzas...». Él mismo, Eugenio Lagranja Montesinos, «el que ahora les habla a pecho descubierto», tenía el sagrado deber de convencernos, y de convencer a Sézille, y al mismísimo Hitler si «hace falta», de que nosotros, descendientes de nacidos en España, no teníamos «nada» que ver con esa odiosa turba judía «europea», venida de Dios sabía dónde, que en los últimos dos siglos se había dedicado a invadir por doquier universidades y fábricas, cámaras parlamentarias y consejos de administraciones de los bancos, cómo no nos dábamos cuenta, pero «*hombre,* si basta con fijarse un segundo en esas narices perfiladas de prestamistas, y en esa lujuria suya de pornógrafos recitadores del *Cantar de los cantares*», él era más antisemita que nadie, que ninguno se llamase a engaño. Su libro de cabecera, «exceptuando a nuestros clásicos gloriosos», no era otro que el de los sagaces *Protocolos de los sabios de Sión.* Aplaudía las medidas tomadas en ese sentido por el probo mariscal francés a instancias del fino salvador de Europa, cuya perspicacia visionaria sería muy pronto loada en los manuales de Historia, de la misma forma en que nuestra época se arrodillaba sin ambages —incluso enemigos seculares, como esa Inglaterra ducha en el arte de nombrar caballeros de su reino a corsarios de tres al cuarto a quienes mejor les hubiese caído el toisón corredizo de las horcas, se veían reducidos al silencio en lo tocante a esos episodios de una gloria sin ocasos— ante el genio estadista de Carlos V de Alemania y I de España... Las aplaudía y aprobaba sin reservas, dijo, con entusiasmo de germanófilo temprano —¿cuándo cojones iba a decidirse España a intervenir en el «teatro europeo» sin mariconerías, a olvidar esos resabios supuestos de neutralidades que la encorsetaban en el poco glorioso papel de mero socio pusilánime?—, de íntimo de Serrano Suñer destinado, de momento, al mundo de los negocios, en patriótico detrimento de su auténtica naturaleza combativa... «No, caballeros, no, ustedes no han de pagar por una antigua traición a lo más auténtico y sagrado, obra única de la malicia y de la estulta maldad de ciertos de sus antepasados, eso sería como... como si dentro de cinco o de diez o de quince siglos alguien le acusase de seguir siendo "rojos" a los descendientes de quienes hoy se redimen en las cárceles de España del pecado nefando y reciente de sus crímenes al servicio de Moscú, de su estupidez analfabeta de seguidores de falsarios que regalaron el oro honrado de la patria a potencias ateas y enemigas de Dios, a nuevos y astutos Abravaneles...». Y enfatizaba la arrobada fatuidad de sus palabras con volátiles movimientos de manos sobre el escritorio Luis XV: «baso mi exhaustiva argumentación en datos científicos, he incluido en mi estudio análisis de grupos sanguíneos y hasta mediciones *craneales*, porque se trata de demostrar que ustedes, los sefarditas, no son exactamente... judíos, digo bien y muy alto, como lo son toda esta gentuza, del barón de Rothschild para abajo. Naturalmente ayudaría mucho a la cuestión, porque de momento no les oculto que ni los alemanes ni Sézille me han hecho todavía caso, un gesto de buena voluntad por su parte, unas cuantas conversiones que ya me encargaría yo de airear en la prensa». Qué hago, qué pinto yo allí, contagiándole una risa loca y furiosa a DeVidas, que apenas logra articular un «y este *descubrimiento* tan sagaz es el regalo de la epifanía de usted, verdad, la sorpresa de su roscón cocido en el horno de sus caridades», ese gigantón que fue portuario en Salónica antes de emigrar a Francia huyendo de su fama de huelguista pendenciero llora, al igual que yo, de risa, sobre el sillón Louis-Philippe; el tipo nos observa, perplejo, está a punto de echarse a reír él también sin saber de qué cuando el puñetazo de Escalona sobre el «bureau» corta en seco la histeria de nuestras carcajadas *judías* y tensa su cuerpo de mastodonte. Por un segundo me anticipo al gesto de sus dedos velludos que se tienden ya hacia el auricular del teléfono mientras él oye, todos la oímos dentro del anómalo silencio del cuarto en que ha enmudecido hasta la radio lejana donde alguna secretaria sintonizaba, al llegar nosotros, una emisora de canciones alemanas, con absoluta y pavorosa nitidez, la voz de Gabriel Escalona gritándole: «¡Es usted un hijo de puta!» La mano se aparta, reticente, del aparato, Elías DeVidas retrocede hacia la puerta como si empuñase una pistola sin balas y nosotros dos tiramos de Gabriel y lo arrastramos en volandas, lejos del tipo estupefacto que no se levanta de su trono Regencia y nos mira condolido, como desde una tristeza de payaso reducido a montar sus últimos números de alcoholizado a la puerta de los cafés, fuera del despacho con muebles y tapicerías llegados de la rapiña.

Y de pronto estoy, vuelvo a estar, andando muy deprisa por una acera de la calle Rivoli con el sudoroso DeVidas casi corriendo a mi vera, y el pobre Gabriel Escalona, al que detendrán muy pronto, mucho antes de la redada que el 5 de noviembre del 42 despobló a París de sus habitantes griegosefardíes, porque tiene una mancha de antojo en mitad de la cara y a los dermatólogos del Reich les interesan mucho ésa, y otras clases, de anomalías pigmentarias para sus experimentos de ignorantes, marcándonos los pasos fugitivos con una letanía de insultos en griego y en español. Vuelvo a estar, en el interior de una tasca de République, donde el vino es barato y el patrón, Jérôme Dassiou, fue asiduo asistente de los mítines a favor de la España republicana que se celebraban cada dos por tres en el *Vel d'Hiv*, y cotizante desde el principio del Socorro Rojo Internacional, y de los múltiples comités de ayuda que se formaron en contra de la no-intervención. *Ballon rouge*, Jérôme, digo sin escucharlo apenas, algo comenta acerca del traspaso de un garaje, acaba de aceptárselo a un antiguo vecino de Limoges que ha decidido esconderse o partir; «me da que a la *campagne,* y eso que no es judío como usted, *capitaine* Miranda, ni un *coco* como yo, pero su hijo fue de los que cruzaron el canal para irse tempranamente con De Gaulle, quién sabe si alguna de esas benditas bombas que nos tiran desde Le Havre hasta Marsella no las estará echando él, usted me entiende», pero yo no le otorgo mucha atención, estoy más atento al miedo de Gabriel, que ahora se arrepiente de su conato de ira e imagina represalias de todo tipo, desde reclusiones en el Drancy de nuestras pesadillas a la aterradora posibilidad de que a su familia le quiten la cartilla alimentaria, y se recuesta sobre la barra de zinc con expresión arrepentida.

«¿Pero ese tipo Lagranja hablaba de veras así, de un modo tan... ridículo...? en serio, no, no te creo, con razón mi madre te llama en su relato un nuevo Pimpinela», se reía, está riéndose aún a mi lado (porque a mi edad uno desdeña a conciencia las concordancias de la gramática y el discurrir de la lógica, y elige instalarse en un presente perpetuo donde todo, el ayer con su humeante cisco de años, y el levantarse de hace unas horas, y la visita al reumatólogo que se apuntó para el día de mañana, se mezcla en un magma de baba de tontos, y por eso yo puedo vadear el río cenagoso de mi tiempo y seguir teniendo conmigo al hijo de Ilse), a la salida del aeropuerto de Finis, Herschel Dalmases Landerman; confesó durante el vuelo que le aterraban esos pequeños aviones de hélice, y entonces lo distraje con esa tonta anécdota, rescatada al vuelo del miedo más, por fortuna, inconsecuente... Igual que las madres rescatan a sus niños de las pesadillas de brujos improvisándoles, por encima de cunas balancín en desorden, algún cuento feliz sobre divertidos duendes domésticos y un canturreo de estrofas del Rabbí Dom Sem Tob para adormecer pesares y acallar el presentir de la desgracia. «Claro que ese cretino de Lagranja, para quien no existía más escritor que Gabriele d'Annunzio ni otro escultor que Arno Brecker, hablaba así, todos ellos hablaban así, siguieron haciéndolo así durante generaciones, en las libretas escolares, y en los NODOS del cine donde su jefe supremo pescaba salmones, inauguraba pantanos y bendecía basílicas. Javier Dalmases odiaba esas voces de eunucos, esa oratoria tirana de cobardes, y también los dos nos partíamos de risa si las escuchábamos en algún televisor de bar, en uno de esos pueblos del interior a los que yo viajaba desde América al principio de los sesenta, para alquilar simples habitaciones encaladas, con tragaluces, aguamaniles y armarios gigantes, que alejasen de mí la realidad de esas costas invadidas por bloques de hormigón del "desarrollismo hotelero", a las que él iba a buscarme con nostalgia conspiradora de personaje de alguna película prohibida. Nos partíamos de la risa, pero las nuestras no eran carcajadas de alegría, sino de hartazgo y exasperación. Y en cuanto a esa locura acerca del carácter no "realmente" judío de los sefardíes... te diré que para mi asombro supe mucho después de la guerra que Lagranja no había sido el único en irle a los nazis, y al mismísimo Laval, con similares delirios. Hubo otro par de "profesores" franceses que hicieron ciertas visitas aquí y allá, prometiendo elaborar unos memorándums... a cambio de varios centenares de miles de francos. Otros dirigentes, como Arditti, Rodriguès, Ezrathi, y el doctor Modiano se negaron también, al igual que nosotros, a dejarse arrastrar por semejantes lodos.»

Faustino Lagranja está muerto ahora, y ya lo estaba para nosotros, que tenemos en el recuento de las pobres vanaglorias sobre las que nadie escribe el orgullo de haber rechazado tonterías conducentes a la peor claudicación propia, cuando, al entrechocar, en el bar de un Jérôme que cambiaba de negocio no del modo en que tantos miserables cambiaron de bandos, nuestros vasos de extranjeros que no las tenían todas consigo (cómo me insultaba yo para mis adentros por haber aceptado ese encuentro con un antisemita notable y sin interés para nuestra causa), dijo DeVidas en francés, con acento asombrado: «pero cómo seguimos siendo para *ellos*, los conversos, digo, cómo nos siguen percibiendo ellos... si de nosotros sólo advierten la carroña de sus miserias y la suerte biempensante de sus culpas, si no saben siquiera que *existimos*, por miedo a haber podido, vueltas de tuerca del azar de la historia de la que sólo conocen el alcance de sus castigos y el mérito de esa sumisión que heredaron, llegar a ser nosotros. Piensan en nosotros y los agosta el miedo. No sé si Lagranja, ese criminal, ese hijo de diablos, viene de conversos... sólo sé que se comporta como me contó mi madre que se portaron *ellos*, en abril y en mayo y en junio y en julio de 1492, sólo sé que ese mierda nos ha pedido, en el fondo, que nos volvamos como él, que nos convirtamos en él. No en hijos del "hijo" de su dios, crucificado, como fueron crucificados otros cientos de rebeldes de los que nadie habla, en esa época. Quiere que nos volvamos él para ahorrarle la vergüenza y la indignidad. Que de nuevo le pidamos perdón, hijo de perra, mala corriente lo arrastre. Eso quiere, que nos arrodillemos como renegados, para que sus muertos duerman al fin tranquilos en sus tumbas después de cinco siglos». «No te nos pongas ba-

chiller», lo recriminé, sintiendo cómo de nuevo me sacudía la risa, «nadie va a rezarles *selilah* a sus difuntos
por lo que hicieron... Como dijo Escalona, aquí le hacemos todos ascos a su roscón de mierda, quién quiere
parecerse a esos vendidos de la UGIF, allá se pudran en
sus despachos de la maldita calle Bienfaisance».

«Entonces se me ocurrió», le expliqué a Herschel
mientras buscábamos un taxi, sin esperar maletas, con
únicamente el cuerpo desmadejado de la muñeca que
elegimos para Estelle pasando de sus brazos a los míos,
porque la gente como nosotros viaja casi siempre con
equipaje de mano, y si no huye de sí es porque avanza
al encuentro del perseguido que lleva dentro, y al son
de los tambores que lo degradan del rango anhelado
por el que tanto luchó, pobre *capitaine* Dreyfus. Faustino Lagranja era un imbécil, de acuerdo, y ahí estaba yo
hablando a trompicones, no, no os exaltéis, carajo, si no
sabéis qué voy a proponer, ese discurso tuyo sobre la
culpa de *ellos*, Elías, me ha dado una idea... «Llénanos
otra vez los vasos, por favor, Jérôme, y vosotros dos,
oídme bien: tenemos organizaciones sefardíes, en París
y hasta en Nueva York, más bien pobres, de acuerdo,
pero dotadas de unas infraestructuras que...» Les hablé,
sucinta y agitadamente, del jovenzuelo al que detuve, y
salvé, a las pocas horas de nuestra reconquista republicana de Teruel, rescatándolo del impulso linchador de
una hosca multitud, abriéndome paso, pistola en mano,
entre mujeres iracundas y niños raquíticos, al grito, recién inventado, de «¡Servicio Obrero Internacional!
¡Suélténlo!». Un chico enclenque e impávido, que cuando lo arrastré a un improvisado despacho de capitanía
donde aún colgaban tibias camisas azules de clavos in-
crustados en la pared, fingió no verme, aunque le tem-

blaban las aletas de la nariz goteante de mocos, y el cuerpo sangrante de arañazos, y no me quitaba ojo de encima. Esperé un rato (decían que había que interrogarlo, pero a mí eso se me antojó una estupidez, si era únicamente un muchacho de camisa azul, enrabietado de himnos y subyugado por prosodias imperiales, se le notaba en la cara enfurruñada de hijo de ricos), más que nada porque agradecía el calorcillo de la estufa vuelta a encender, y la tranquilidad de unas horas sin combates, y cuando lo creí dormido saqué mis libros del macuto medio hecho trizas y me puse a leer. Debí quedarme traspuesto, porque lo recuerdo despertándome, sacudiéndome los hombros, cómplice a su pesar y todavía displicente: «De modo que entiende el griego clásico», eso afirmó, mientras señalaba, con una mano de uñas muy sucias —esa suciedad que invade a los ricos a las veinticuatro horas de no poder lavarse—, mi tomo de la *Ilíada*. «Nací en Grecia», repuse, molesto porque ese chiquilicuatre me había despertado tras varias noches de no dormir, «pero soy español. Más español que tú», y él sonrió y contestó: «yo no quiero ser *solamente* español. Yo quiero ser como Jasón, el de los argonautas. También me gusta Aquiles, en la *Ilíada*». Sacudí la cabeza, «de veras», le solté incrédulo, «yo siempre preferí a Héctor». Y enseguida: «me figuro que fuiste, que serás estudiante de clásicas». Pero él ya no atendía, aunque asintiese ansioso, segundo curso, sí, musitaba entre dientes, con rabia de muchacho que teme que no le sean ofrecidas las ocasiones de emular a sus héroes.

«¡Héctor!, pero si Héctor era como un padre de familia burgués!, ¡si hasta tenía hijos!» «Hijo», corregí de pronto muy divertido, «ya sabes, Astyanax». Nos pasamos el resto de la noche hablando (y recitándolo) de Homero, de madrugada mandé a mis hombres que lo liberasen, qué manía les había entrado con fusilar a un chicuelo con granos e imaginación arrebatada, por qué me daban la vara con que ese Roberto Sanguina tenía fama de pegarle a gusto a sindicalistas y estudiantes no afines, si para mí estaba claro que no era capaz de atizarle ni a su sombra sobre una página. Y no me equivocaba. El «héroe» que encendía su imaginación con sus relatos de palizas a turbulentos militantes del «populacho» se llamaba Alfredo, y era su hermano mayor. «Que lo manden a su casa, junto a la presumiblemente horrible mamá», ordené cuando ya no podía oírme. «Oficial Miranda», dijo antes de irse, y casi cuadrándose bajo el dintel, «oficial Miranda, quiero que sepa, que lo sepa usted, un hombre tan culto, tan distinto a esas... esas bestias desgreñadas y sin ley o sin más ley que la de su atavismo anarquista... quiero que sepa que el apellido Sanguina le estará siempre agradecido. Le debemos un favor, oficial Miranda». Jérôme nos acababa de servir otra ronda y entonces me acordé de todo aquello, como en una iluminación... y les hablé, a media voz, de Alfredo Sanguina, segundo de a bordo del agregado cultural de la embajada de Franco, no hacía ni dos días que había leído su nombramiento en *Le Matin*. «¡Un Sanguina!», grité, «y el tipo me debe un *favor*». «Otro hijo de puta», resopló DeVidas, y yo me eché a reír. «Sí, pero ese hijo de puta no se andará por las ramas. Sabe que somos judíos, no chocheará locamente con el asunto, seguro que no desvaría como el ido de Lagranja. Le salvé la vida a su hermano menor, acaso eso cuente para él. Y puede que se pregunte, como ciertos franquistas, de entre los menos ineptos, qué ocurrirá con España, con sus funcionarios en el exterior, si la guerra llega a dar un vuelco y sus partes radiados empiezan a tener que callarse victorias aliadas. Victorias de verdad, avances inequívocos.» «Tenéis hijos», añadí indignado porque me estaban mirando con desconfianza, «y yo no los tengo, de acuerdo, pero nadie, y menos yo, os pide que reneguéis, que los convirtáis. No os estoy pidiendo que agachemos las cabezas, que nos metamos de lleno en la traición. Sólo os estoy diciendo que no sería mala cosa aprovechar esa mala conciencia rastrera de la que tú hablabas, Elías, para sacarles algo... algo, digamos, razonable. Salvoconductos para los niños, por ejemplo, o ciertas promesas, al menos, de hacer la vista gorda en el caso de que lográsemos hacerles salir de Francia».

Y así nació la organización de socorro «Sefarad», de resultas de una fantasía tabernaria. Oh no, le expliqué a Herschel, quién se atrevería a calificar aquella operación de logro ni de, mucho menos, un éxito, claro está que entre lo que pedíamos y lo que obtuvimos mediaron abismos, desde luego que sólo conseguimos salvar, y arrancar de las garras nazis, a un escaso puñado de niños que escucharon por vez primera, tras cruzar clandestinamente la frontera, el son legendario de la lengua de sus madres en palabras distintas, en ese devastado país de sus orígenes que les resultaría más extraño que los hostiles uniformes, casi tan atemorizadores como los que dejaban a sus espaldas, de las tropas que custodiaban sus caminos con violencia de bandidos. Esa «mala conciencia» histórica no llegaba al punto de involucrarlos a *ellos*, a la luz del día, y a la hora señalada por los relojes de sus amigos alemanes, en quijotescas operaciones de rescate, comprendimos enseguida. Pero Alfredo Sanguina —un hombrecito frío, de rostro que hubiera

79

sido góticamente hermoso de no haberlo marcado con saña la viruela— quería mucho a su hermano pequeño, y no sospechaba entonces que éste iba a defraudarlos, a él y al resto de los suyos, al convertirse durante la posguerra en un notorio autor de obras teatrales, muy pronto prohibidas en el país del que se exilió para no volver ni en la hora de esa muerte que hace menos de un mes lo ha arrancado de su agonía de enfermo de sida con sarcoma de Kaposi en la cama de un hospital de Boston; unas obras cuyos protagonistas se mofaban «de tirios y troyanos», le dije en esa ocasión en que fui a verlo a un camerino, luego de un estreno en Broadway, y él no se cuadró, sino que se echó a reír y se arrojó a mis brazos, al grito alegre de «¡oficial Miranda! ¡Volverá a perdonarme la vida también ahora, espero!». Me está muy agradecido por mi gesto en favor de Roberto, afirma su hermano la primera vez que nos vemos, aunque no me extiende la mano, después de todo yo soy un tipo que luchó en su país a las órdenes del enemigo, un paria que lleva en la solapa la amarilla insignia que nos distingue a los leprosos modernos, y me escruta desconfiado tras de unos quevedos decimonónicos, qué se me ofrece, qué está en su mano hacer por mí. «No por mí, sino por los míos», le digo, «por los hijos, señor Sanguina, de quienes llevan siglos sintiéndose españoles y siguen proclamándolo con orgullo», y él se sobresalta, pero no me interrumpe, me escucha hasta el final; una lucecita de astucia destella al fondo de sus pupilas mortecinas cuando menciono la posibilidad, las personas inteligentes son aquellas que no desdeñan estudiar todos los ángulos de un problema, le insisto aduladoramente, de que varíe el curso de la guerra y de que los aliados... los aliados... Y hay entre nosotros un silencio sofocante que él rompe asintiendo con una lentitud casi ensoñecida. «Interesante... Llámeme dentro de unos días. No a la embajada. A este otro número telefónico», y me alarga su tarjeta.

Cumple lo prometido. En nuestro siguiente encuentro (me ha citado en su piso de la avenida Victor Hugo, indicándome que «si no es molestia» llame por la puerta de servicio) desgrana sus condiciones. «Ha de quedar muy claro que las operaciones de entrada y salida del territorio español, ya que cuento de antemano con su promesa de que nadie intentará establecerse en España, no las respalda a título oficial ninguno de nuestros organismos. Insisto en que nos moveremos en todo momento en el ámbito estricto de las iniciativas privadas. Quiero una discreción absoluta en ese sentido. En beneficio de todos, porque si algo sale mal ni la embajada ni el consulado acudirán en su ayuda, no nos responsabilizaremos de nada ni de nadie y si es necesario fingiremos, en realidad, y para ser más exacto, debería decir que *yo fingiré*, un absoluto desconocimiento del asunto. Por lo que respecta a los... en fin, a los jóvenes *viajeros* en tránsito, he de contar asimismo con ciertas garantías: ninguno tendrá más de catorce años, ni menos de siete, ya se sabe que los muy pequeños son imprevisibles, ni provendrá de ambientes políticamente comprometidos contra nuestro régimen. Eso significa, sobre todo, que no admitiremos la salida de ningún hijo de gente como usted, Miranda, y los dos sabemos a qué me estoy refiriendo. No podemos aceptar a nadie cuyos padres hayan luchado en España. Quiero disponer de antecedentes sobre todos y cada uno de esos muchachos. Sin esa condición no hay trato.» Asentí y pasó a referirme, manifiestamente aliviado, el resultado, «excelente, yo he sido el primer sorprendido», de sus sondeos sobre la cuestión en determinados círculos, «de hecho, la semana entrante uno de mis subordinados viajará a Madrid y se entrevistará en mi nombre con algunas personas para repasar los detalles de orden, digamos, técnico del asunto».

Escuchaba sus palabras, traté de explicarle en Finis al hijo de Ilse, como si éstas me llegasen de muy lejos, del fondo cegado de una cueva de arbotantes calizos y uros pintados embistiéndole al silencio de oscuridades milenarias, desde el recuerdo desvanecido de un avance de guerra donde yo repto entremedias de un caprichoso alinearse de encinas y silbo entre dientes el estribillo agobiante de una canción de cuna que Grete Wolff solía tararearme, haciendo oídos sordos a mis quejas de mantenido, mientras enjabonaba mi cuerpo flaco que tiritaba de pie dentro de la bañera con sirenas esculpidas en las patas de su casa de Berlín. «Niño, niñito mío», susurraba burlona su voz en mi interior, por debajo de ese estruendo de metralla, «no quieras hacerte ahora el hombre porque a tu amante mala mucho mal le hicieron antes de ti los hombres, olvídate de todo y sueña que no naciste y que flotas todavía en la más dulce de las aguas», pero soy yo, o ese otro que fui yo no hace ni cinco años, el que se arrastra sobre los secos terrones de una llanura de árboles doblados por los vientos y arrancados de cuajo por las bombas; «niño, niño mío, quédate lejos de la luz de las cosas, huye de los relojes avisadores de la decrepitud y del tañido de la muerte, no asomes la cabeza para que te la arranquen fuera de mí manos extrañas y al hacerlo te condenen a vivir», era yo quien cerraba los ojos cuando sus dedos derramaban el agua tibia de la jofaina por encima de mi pelo, fui yo quien los abrió de par en par para escapar del siseo de las balas, soy yo quien percibe todavía el amortiguado ensamblarse de sus frases, y, por encima de éstas, el llanto lejano de un niño de corta edad y la risa de una mujer que finge reprenderlo en español. «Mi hijo más pequeño», aduce el primogénito Sanguina incómodo, «le está costando mucho acostumbrarse a París». No le respondo. Los dedos de su mano derecha tamborilean sin ruido sobre un fajo de hojas de calco, la derecha esconde un objeto dentro del puño. «Ningún hijo de gente como usted, Miranda», y vuelve a mí la voz alegre de Klara en un hotel de Provenza donde hemos ido, cientos y tan pocos años antes, a pasar unas cortas vacaciones. «En estos días he imaginado las caras de los hijos que seguramente no tendremos nunca, Sebastián, y te puedo asegurar que de nosotros lo han heredado ya todo. Son aviesos, como tú, y jodidamente frívolos, como yo»; está muy seria y se pinta los labios de espaldas al espejo, y yo, acodado en la ventana, me apodero al trasluz del rictus que envejece sus facciones y me las torna próximamente seductoras, nunca me he atrevido a confesarle a una mujer que odio los carmines. Únicamente Ilse desdeñó siempre esas pinturas labiales que convierten a las mujeres en divas de tragedia apurándose hacia unas escaleras mecánicas o el *hall* de unas oficinas...

Sus dedos continúan tecleando sobre la pila de hojas. «¿Alguna duda?» «¿Nos sería permitida una cualquiera en tales... llamémoslas circunstancias, señor Sanguina?» Se entrecierran sus párpados oblicuos, lo sacude un levísimo estremecimiento. «Desde luego que no, Miranda.» Y barre el oscuro montón de cuartillas con una mano y alza la otra, a la altura de sus ojos. Son unas manos palidísimas, casi translúcidas, como de personaje del Greco. «Los tipos como yo no dejamos herencias», le respondí a Klara esa mañana en Aix-en-Provence, y la vi, de reojo, llevarse las manos al vientre como si temiese la inmediatez de un golpe. Un minuto después buscaba cigarrillos en un cajón de la mesilla y bufaba: «pues sospecho que a tu amiguito Landerman no le importaría hacerme uno o veintisiete hijos, porque sigue mirándome, aunque me haya ido contigo y no con él, de esa manera... ya sabes... Pero no, tú no lo sabes, qué estoy diciendo, si tú no te miras ni a ti mismo». «Cállate», repuse, «deja en paz a Arvid. Déjanos en paz a los dos», y no necesité volverme para atisbar la súbita y cegadora blancura de sus muslos liberados a manotazos de las medias, la rabia de su cuerpo destinándoseme. «Dejadme vosotros en paz a *mí*», silabeó, «largaos los dos... y tú, por favor, quédate. Quédate y ven».

«Nadie venido de gente como usted», estuve a punto de reírme y de soltarle a Sanguina, con esa fatuidad de antaño que ya no me pertenecía, ya nunca podría pertenecerme, que «la gente como yo no dejamos herencias, no condenamos a nadie a ser nuestro heredero de imágenes y semejanzas, los tipos como yo venimos y nos vamos», pero callé y miré el pisapapeles de vidrio veneciano que su mano derecha ya no escondía, sólo entonces advertí que era zurdo como yo. Una bola del mundo en miniatura, un tornasolado globo terráqueo... Los diminutos continentes bogaron, durante un segundo, por entre las simas de sus sellados océanos de cristal, ante mis ojos encandilados que de nuevo eran los de un niño arrebatado por la magia y el misterio de una tempestad doblando velámenes y cofas de mástiles sobre la cubierta de un buque donde Douglas Fairbanks corre de la proa a la popa, y golpea, sable en mano, defendiéndose del abordaje y plantándoles cara a sus enemigos piratas, el horizonte blanquinegro cubridor de esa especie de tela de caballete, similar a las usadas por Grete Wolff, la rara clienta de nuestra confitería, pero muchísimo más grande, que preside el centro ruidoso de una sala atestada de gentes que comemos dolmás y masticamos garrapiñadas con arrobamiento de hipnotizados; «hoy nos vamos al cinematógrafo, que asegura Rabbí Talavera que todos estos inventos del siglo son buenos y nos traerán paz y venturas...». La mano de mi padre, que amaba el «Progreso» y se refería a sus logros con la misma devoción con que la excéntrica señora Wolff iba meses después a explicarme en su cama los méritos liberadores de esas *avant-gardes* que nos cambiarían las vidas limpiándolas del polvo y la paja de los mil y un prejuicios, se apoya en mi hombro mientras atravesamos una plaza de fachadas fulgentes de azulejos hacia el espejismo del cinematógrafo, «un mundo en el que se nace y se muere, y se quiere y se odia en mucho menos de una hora, Sebastián, hijo», y yo casi alcanzo a sentir su calor en la matizada penumbra de cortinas corridas de esa casa donde un niño protesta y lloriquea, no de hambre ni de miedo, en una tarde parisiense e invernal de la ocupación. «Llévome a los niños al cinematógrafo, Gabriela, viní con nosotros», mi madre negaba con gestos vigorosos, alzando sus brazos blancos de harinas, «quita, quita, Josué, he de aprovechar las lluvias de ayer para recoger en el patio las *jortas*. Si tardáis me hacéis un bien, hasta es posible que me dé tiempo a preparar unas *gardumbas*»... Pero no es la voz de mi padre la que vuelve a mí en la proximidad de ese hombre a quien sobresaltan ahora el ruido de unos pasos cercanos, las palabras cercanas de su mujer tan joven, a juzgar por la frescura de su acento:

—Niño malo, a ver, a ver, que este niño se me ha perdido, virgen santísima dónde estará este niño... qué habrá detrás de esas manitas de angelote, ay, ay, qué habrá, qué carita esconderán estas manecitas.

Son otras palabras las que se deslizan por mi mente imantándola de sones y fulgores de otro tiempo, es otra voz la que espabila mi alma y me regresa al momento en que unos brazos escancian sobre mi nuca y en el hueco de mis rodillas gotas de su perfume favorito de mirtos y alhelí, es la voz de sortilegio de Grete Wolff, medida por el barómetro del entrechocar de sus pulseras de gitana, es su voz la que me convoca, desde el espacio de sombras en que ella ya no está, a tocarnos muy, muy despacio, y a inclinarnos después, en medio de un silencio que nada más acompasa el rumor de lluvia berlinesa, sobre un páramo de cartas adivinatorias. Su aliento huele un poco a *schnapps*, mi cuerpo huele a extraños jabones mentolados y a sus cosméticos, fumamos los restos de la grifa que nos trajimos de Tánger el invierno anterior, cuando decidimos huir de la nieve y del espectáculo y la miseria de unas calles alemanas invadidas por menesterosos que antes fueron parados, y antes obreros, y antes de todo ello soldados. «Ven, niño mío, no te hagas, no te *creas* hombre aún, que a quien cree del todo lo resecan certidumbres y al que crece se lo lleva más rápido la muerte, ven niñito mío, dale la espalda al mundo y admírate no nacido en el espejo de mis aguas, ven niñito mío, que voy a emborracharte de perfumes, soy tu puta, soy tu madre, fui toda tú para siempre mientras tú, afortunado, no eras todavía», me habla, drogada y dulce, y yo me aparto un instante de la blanda, poderosa, invocación de su carne, miro en la estancia el desorden de sus últimos óleos, sobre los que no escriben esos críticos a los que ya no se molesta en perseguir, y aún no sé, cómo podría adivinarlo, haberlo siquiera adivinado, que en sus superficies tenebrosas de calaveras, de una rugosidad bien hispánica que sus ojos de pintora sin éxito recuerdan de sus lejanas visitas a ese Prado del que siempre habla y al que ya no quiere volver, está ya mi padre. Va a estar mi padre, Josué Miranda, cuando años después lo echen en Treblinka, a paletadas y entre otros cuerpos, recién muerto por inhalación de gases *Ziklon B*, desprovisto de esos molares de oro que fueron el orgullo de su sonrisa, al rugiente estómago de un horno bien distinto del suyo de panes, roscos anisados de vino y tartas de yema y *fondant*, «especialidad sola de Ca Miranda, artísticamente fazidas a su gusto y al encargo para aniversarios y convites». Va a estar fugazmente mi padre en esos lienzos, de la mano de sus hijas y al lado de sus nietos, pero va a estar sin mí, porque él viajará desde Salónica al cocedero de los vivos, y yo lo haré a Auschwitz-Birkenau desde la prisión parisiense de Fresnes, después de ese 11 de septiembre de 1943 en que fui detenido, y allí un oficinista alemán de rostro fatigado no me enviará a la fila final, sino que me indicará, con un simple alzarse de su mano enguantada bajo la lluvia cálida de fines de verano, mi destino de encomendado a morir más tarde, de inanición, maltrato y una agotadora actividad de esclavos... Y a esa fila me iré, con la estrella amarilla torcida sobre mi camisa, y por debajo de sus seis puntas el triángulo malcosido de «rojo», de «rojo *español*», ya lo ves, madre, qué razón atravesaba el reino de tus cuentos y *consesas*, al fin se me reconoce como español, un hijo más de los echados por la fueraborda de esa Sefarad donde nunca pusiste los pies, pero un hijo que, te lo juro, madre, que tuviste la fortuna de morirte mucho antes de que a todos nosotros se nos ofrendara al humo de fogatas criminales, va a *sobrevivir*, va a sobrevivirse, va a sobrevivirnos. «Cortas, barajas, y eliges una carta», Grete Wolff me echa desde el ayer otra clase de humo en la cara, me niego, protesto, entre risas, que ya me aburre este juego donde siempre me veo, cual conejo mecánico, enarbolando esa misma carta con un esqueleto pintado, para que ella la tome y la estudie, frunciendo sus labios embadurnados de un rojo violento: «Exilio, niño mío, la carta del exilio y la partida brusca, por qué siempre te sale, me pregunto si...»

Se abrió la puerta y vi en el umbral las siluetas de una muchacha en traje sastre, y de un niño de apenas tres años.

—Querido, lo siento, ya me lo llevo. Germán, hijo, no te he dicho que papá está trabajando... Niño malo, al papá no se le interrumpe. Vamos, criatura. Mira, si vuelves a llorar y a portarte mal, no te lleva mañana la Tata al Luxemburgo. Arre caballito, arre, arre, arre.

Germán.

Un niño de pelo oscuro, su madre lo tomaba en brazos y lo hacía desaparecer en volandas por un pasillo, repiqueteaban sobre el encerado lustroso del parquet sus tacones de muchacha, y yo miraba de hito en hito al hombre que lo engendró en su vientre, el hombre cuya mano izquierda tentaba de nuevo la bola lisa albergando tierras quietas y pardas que viraban al candente rojo de murano al influjo de la luz, recién prendida, de una lamparilla... La bola que aprisionaba un mundo dormido y aciago. Pensé en su hermano diciéndome en Teruel, entre aquellos muros rezumantes de goteras: «el mundo de los héroes, oficial Miranda... si no puedo vivir en él, éste de aquí, tan zafio, tan ruin, tan inconsistente, no me interesa, capitán. ¿Entiende adónde voy, entiende lo que busco?».

Sus nudillos, que ahora ocultaban en la palma de la mano el pequeño mapamundi de coleccionista, se crisparon y cobraron una blancura enfermiza.

Germán.

Me levanté.

—No le entretengo más, señor Sanguina. Permita que le dé las gracias por sus desvelos, por las molestias que está tomándose. Créame que hay otros niños además del suyo que tampoco se acostumbran en estos momentos a París. Por lo menos a *este* París.

«Si yo soy, qué carajo, otro hijo del misterio», había dicho Herschel en Madrid, y me lo repitió según nos acercábamos a Finis por la vieja carretera de la costa; yo le había pedido al taxista, un cubano afable que al percibir su acento nos creyó puertorriqueños a los dos y nos puso una cinta de combos, «lo *mejorcito* de nuestros hermanos de *New York y San Juan*, fíjense», que no nos llevase por la autopista, pero aun así me sorprendieron desagradablemente los oscuros bloques de hormigón sin apenas ventanas aupados sobre las colinas, las altas torres erguidas frente al mar como atalayas levantadas apresuradamente en medio de una catástrofe que ya duraría para siempre. Grúas de puertos pequeños y devastados por la crisis, gasolineras perdidas, cuyos neones rotulaban de verde y rojo la llovizna y parpadeaban monótonos bajo los alerones de sus primitivas estructuras de caseríos, bares ruinosos de carretera antigua de los que ya tan sólo frecuentan camioneros retirados y viajantes sin más pronósticos en la vida que los de su apoyarse mutuo encima de mostradores agrios, desfilaban ante nosotros, sumiéndonos en una suerte de contagiosa tristeza. Atravesábamos pueblos fugaces, de plazuelas recónditas sombreadas por robles y castaños y apartadas ermitas señaladas por la herrumbre de los carteles torcidos. «Creí que España era más... no sé... más seca», murmuró Herschel a mi lado, y me encogí de hombros: «bueno, esto es el norte. Y el norte es bella y desesperadamente verde. Pero te confieso que yo pensaba lo mismo de niño. Mi familia provenía del centro, de un pueblecito cercano a Madrid, San Martín de Valdeiglesias se llama. Una zona de pinares, lomas y canteras, con castillos antaño imponentes y monasterios destrozados». «¿Supongo que lo visitaste?» Sacudí la cabeza. El conductor bajó discretamente el volumen de la música, y lo lamenté, pues esa tropical voz femenina me devolvía de pronto al influjo hipnótico de otra voz de mujer entonando, en la *tristura* de una tarde *ferida* de fiebres, versos en la *kamareta* del niño que fui. «... *La nave que está en el golfo / entrar quiere el mes de abril / las flores quieren salir / para Francia quiso ir / y un chuflete de marfil / no lo sabía decir.*» En el eco a mí llegado, como una ofrenda insólita, desde tan atrás, desde ese tiempo sin más muertes que las sobrevenidas al azar de enfermedades, tropiezos y accidentes, ni otros finales que los de las vidas, ese tiempo sin muertos que ya lo eran al inicio del horrendo viaje del que yo regresé con agotamiento no de viajero sino de espectro, volvían a arrullarme, dentro de ese coche, los cánticos de mi madre... De mi madre. Tragué saliva y giré el rostro para que Herschel no descubriera la repentina humedad sobre mis mejillas de viejo.

«¿Imagino que fuiste?», insistió él, y ya moría la canción en la cinta, «el gran Tito Puente, *Mambo Inn*», articuló al segundo otra voz, anticipándose a un festejo de timbales. Ya no sonaban dentro de mí las palabras con que mi madre (quien a su vez las aprendió de niña de labios de la suya, y esta otra, y todas las demás, de las bocas de nuestras sucesivas antepasadas criadas en el hábito leal de una nostalgia que enseguida se volvió promesa, y quimera de retorno) me invitó al sueño en la quietud de una tarde lejana de infancia, mientras vigilaba las subidas de la calentura al pie de mi cama de enfermo, «*al porto la fizo salir*».

«Eso hubiera querido yo», le expliqué, imbuido de una extraña felicidad. «Pero el pueblo de mis antepasados, descendientes conversos de un tal Ruy cuya inmediata descendencia engendró a herradores como los Funes de Cadahalso, que fueron vecinos míos en Salónica, y a nobles como don Pedro Girón de Pacheco, maestre de Calatrava, cuyo hermano, también converso, fue, mucho antes de la expulsión, el primer, y bien siniestro por cierto, marqués de Villena, cayó enseguida. Fue conquistado por las tropas de Franco en su avance del 36 sobre Madrid. Imagínate, combatir a menos de cien kilómetros del lugar del que tanto se habla en tu casa, y no poder pisarlo.» «Pero habrás ido después. Ahora que vives en Madrid.»

Contesté que no, que no había ido tampoco «después», con una brusquedad que a mí mismo me sorprendió. No, no había ido. Tal vez no iré ya nunca al lugar del que salieron para no volver los Miranda de Sefarad, un amanecer de julio de 1492, año 5252, en carros comprados a partes iguales, luego de una «venta» apresurada de sus posesiones —obtenidas por nada, y por menos que nada, por quienes se ejercitaron en el robo al amparo de su ventajosa condición de cristianos—, con los Namías de Pelayos, Jacob de Paredes, Mosén Rubí, físico de Escalona, y la animosa, y muy recordada, D.ª Clara Zisbuenos, de Navasmorcuende. Salieron, con la harina racionada y víveres de encurtidos y salmueras para el largo camino, sin otros bienes que el tintineo de llaves de las casas perdidas rumoreándoles una cantilena de la desdicha en los dobleces de sus ropas de proscritos, y los puñados de tierra que colgaron, apelmazada e introducida en saquitos de piel de ternero, al cuello de sus niños varones, para que las yemas de sus dedos recobrasen en el exilio el grumoso tacto de la patria y no olvidasen nunca ese calor que alguna vez, y más pronto que tarde, tornarían a pisar, *no cativos ni perdidos, rumbosos y al bies de las esposicas.*

«Solamente de Toledo, que tanto te gustó antesdeayer, salieron en tres meses setenta mil judíos, Hersch», sonreí, «en el fondo no necesito pisar ya *realmente* ese pueblo. Si casi toda España la encierra, la historia del pueblo de los míos... Pero durante la guerra soñaba despierto con su conquista, me imaginaba entrando en graneros, asomándome a pozos cegados, mirando sus fondos dormidos desde la boca cóncava de unas paredes que ya no filtra agua ninguna desde varios siglos atrás. Me veía caminando junto a las esquinas de un patio con selva de malezas que nadie se hubiese atrevido a cuidar tras de la ida de sus propietarios, en el doblar mismo del Callejón de la Sangre donde trabajaron matarifes y carniceros, a tres pasos de la sinagoga resurgida sobre sus cimientos, por encima de alguna cooperativa de vinos a granel o de una miscelánea abastecida por buhoneros que acaso compartan genes variopintos conmigo. Mi memoria, y la de los míos, han conservado esas señas con exactitud cartográfica, hijo, en el otoño del 36 muchas veces me imaginé contándole a mi padre, al fin de una guerra ganada, que *anduví entre las kamaretas de piedra, y tiré del brocal y del agua de las mozuelas de antaño yo bebí*, sólo que el Callejón de la Sangre ya no existe, o se llamará ahora de otro modo, y sin duda la casa de piedra del recodo... He mirado fotografías, yo también. Y he leído y me han contado. San Martín es ahora un pueblo muy grande, con moderno instituto de chicos, agencias de viajes conectadas a Internet y pubs de nombres con genitivo sajón. Y hablando de lugares, esto es Finis, estamos entrando en Finis».

Alguna vez, presentí en ese instante, mientras lo veía asomarse por la ventanilla (había bajado el cristal, como si Dalmases estuviera aguardándonos, aguardándolo a *él*, inmóvil y sonriente, al lado de un semáforo, delante de las paredes de arrabal sucias de *graffiti* que imitaban los monótonos garabatos del metro neoyorquino de las series televisivas), yo iba a hablarle del peso de ese saquito de tierra natal colgado del cuello de mi padre que el nazismo me impidió heredar. «Agora non te lo dó», reía mi padre si mi mano infantil trataba de asírselo, «agora no, que cuando yo ya no esté y al cabo de mi mala hora tuyo ha de ser». Y yo, entonces una criatura balbuceante, me estremecía en el hueco de sus rodillas, intuyendo vagamente que la posesión de la codiciada bolsita entrañaba algún peligro... «Viní, Sebas», me reclamaba mi madre, «que a tu padre le queda, mediante Dios, mucho de ir obrando de varón Miranda, y a vos ti faltan años para serlo». Del cuello rígido de los muertos al pálpito de gargantas de los vivos, de los yacentes varones primogénitos a sus hijos varones primogénitos sucediéndoles sobre países de acogida, aquel saquito de tierra sefardí, que exhalaba un levísimo olor a moho, fue pasando en nuestra familia de mano en mano desde la salida forzosa del verano de 1492... Soy el único de nuestra familia que no lo siente bajo su nuez de Adán. El único a quien asaltan pesadillas donde unos dedos indiferentes arrancan esa bolsita liviana del cuello de un hombre exhausto que mira a sus tres hijas sin reconocerlas, porque tras la fatiga del viaje de rebaños sólo se divisa en sus caras la mueca de la desgracia, y acaso rememora fugazmente a la mujer venturosamente enterrada años antes, y al hijo que para Dios sabe dónde en mitad de los caminos sin ventura del continente en ruinas; esos dedos toman la bolsita, la palpan, adivinan que no contiene ningún objeto de valor, pero aun así la sopesan y la entreabren, son dedos obedientes y cumplidores de las normas, y del paso a paso funcionarial de la maquinaria devoradora de sinos, y al hacerlo respiran sin saberlo, acaso con un ademán de asco, un oscuro terrón sacado de lo que fue un país para que en sus granos resecos germinen y fructifiquen los sueños que devuelven a ese mismo país. Los dedos arrojan entonces, una vez cumplida su eficiente tarea de las comprobaciones, la bolsita de la *tristura* y las promesas de retorno a la dura, pero incomparable, Sefarad sobre el cemento frío del suelo de la antecámara de la muerte que enseguida va a colarse, a todo gas, por los pulmones de los viajeros recientes...

En mis momentos más absurdamente optimistas, yo soñaba, *deseaba*, que mi padre hubiese arrojado por la ranura de algún tablón mal encolado el pobre saquito de piel al entrelazado de vías de algún andén perdido durante su viaje a Treblinka... Lo deseaba, como desea un reo al que arrastran entre varios al patíbulo la sorpresiva lectura de su indulto, a sabiendas de que tal anhelo entraba del todo en el horizonte de lo imposible. Josué Miranda no se hubiera, no se *había*, seguro, desprendido jamás, en ninguna circunstancia, del montoncito de arena que prometió preservar y transmitir, a la par que su apellido, con lágrimas en los ojos, en el instante en que despidió a quien yacía dentro de un ataúd y lo lanzó a los senderos del mundo...

—La ciudad de Dalmases... Debió de amarla mucho.

Por un momento no comprendí si se había referido a Finis o a Ilse. Pero enseguida supe y sonreí, malicioso y conmovido.

—Te equivocas. Javier odiaba Finis. La odiaba tanto que nunca logró irse de ella. Uno sólo llega a despedirse de veras de aquello que deseó suyo para siempre.

—*La Joya del Cantábrico*...

Había vuelto a cerrar su ventanilla, y me observaba, burlón y cómplice, remedando el huero estilo de las frases impresas en los folletos multicolores que fuimos a recoger días antes a una oficina madrileña de turismo.

—*Campos de golf de entre los más reputados de Europa, un gótico esplendor, renacentistas palacios señoriales...* —seguí su juego y él entrecerró los ojos.

—*No deje de visitar el encanto de su antigua e intrincada judería* —remachó—. Me pregunto qué fue de sus habitantes.

—*Que qué se fizo de sus gentes...* Pues bueno, Herschel, unos cuantos se convirtieron sinceramente y otros lo fingieron, y muchos sobrevivieron a duras penas, tratando de pasar desapercibidos, hasta que el Santo Oficio empezó a atormentarles con que si fueron vistos en una venta apartando el tocino en un reborde de sus platos, o conque si sus vecinos y denunciantes tenían noticias de que gustaban de bañarse los sábados... La mayoría de los judíos de Finis se fueron, excepción hecha de quienes se decantaron por Francia, a Portugal, *Portugale*, que decíamos nosotros. También de allí los echaron en 1497. Y entonces vuelta a lo mismo, unos, los menos, se convirtieron, y el resto salió para Amsterdam, Burdeos, el imperio otomano... Y unos cuantos regresaron a Portugal al cabo de un tiempo. A Oporto y a Lisboa.

—A Lisboa. Como mi madre. La única ciudad que sigue gustándote.

—No la única que me *gusta* —corregí—, la única donde aún me parece disponer a mis anchas de un futuro. Por eso la visito tan poco. Cada tres meses. Y nunca me quedo más de siete días en ella. De lo contrario la ilusión se iría al garete.

Había despedido a Javier y a Ilse, justo antes de su regreso a Lisboa, en el París de la liberación, donde supieron de mi supervivencia gracias a las listas chincheteadas por esos vestíbulos del hotel Lutétia que recorríamos a tientas, con vacilantes andares de fantasmas sin más dominios a los que atemorizar que aquellos que se enseñoreaban de los ojos de quienes nos veían sin previo aviso, y nuestros cuerpos furtivos de esqueletos temiéndole al simple sobresalto del chocar de una polilla anunciadora de la noche contra un cristal. Habían leído mi nombre en esas listas de supervivientes consultadas en busca del destino de los Landerman, y me esperaron durante meses casi todas las tardes (cuando ella ya estaba enterada de la muerte de su madre y de su hermano, el pequeño Herschel, pero aún aguardaba noticias del paradero de Arvid, aún interrogaba, con ayuda de los intérpretes voluntarios de tantas lenguas, a los escasos retornados de los campos, proporcionándoles sin esperanzas unas descripciones que de poco iban a servirles, porque la miseria del espanto vivido borró de nuestras memorias casi *todos* los rasgos, sulfatándonos hasta el recuerdo más íntimo), de pie y durante horas, a las puertas de unas improvisadas oficinas visitadas por gentes repitiéndole a mecanógrafos exhaustos: «sí, mire usted, lo detuvieron en la calle Mme de Sévigné el 7 de agosto del 42, era muy alto, mi hijo *es* muy alto, de más de metro ochenta, Raymond Glücksmann le digo, nacido en el hospital de Port Royal el 20 de marzo de... Atienda, señorita: los datos son Madeleine Vidal, veintidós años cumplidos en noviembre, detenida en enero del 44, judía y militante de las Juventudes Comunistas de Francia, es mi novia, y fue deportada desde Compiègne en los convoyes de la primera semana de febrero, desde entonces no sé nada de ella...» «Mis hijos Hélène y Noah, y mi marido René Flammand, nos separaron en el campo de Mauthausen, y no he vuelto a verles... por favor, por favor, joven, vuelva a mirar en sus listas, alguno de ellos habrá sobrevivido, no sería tan raro, no ve que *yo* he sobrevivido, por qué no iban a hacerlo ellos, mis hijos tan jóvenes o mi marido que nunca estuvo enfermo, trabajó toda su vida como un animal, si hasta les dijo a las SS de la estación que si era por trabajo por él que no quedara, que llevaba trabajando desde los trece años... y no le escucharon, no escuchaban a nadie, a empujones nos hicieron avanzar hacia los vagones.»

«Sabía que *tú* volverías», Javier Dalmases me rozó un hombro, no hizo amago de abrazarme y si entonces no le agradecí su detalle de pudor (ese gesto que le alabé muchos años después, ante una botella de malta, en un limpio hostal de las estribaciones de Gredos, frente a una lumbre de llamaradas *tranquilizadoras*, y entonces se dejó ir a la emoción, y lo vi llorar sin ruido y sin vergüenza) fue porque ni siquiera era capaz de reconocer al hombre que me estaba hablando, con una chica rubia colgada de su brazo. Se dio cuenta y me deletreó muy despacio su nombre, y el de la hija de Arvid Landerman, y yo les di la espalda. Un rato antes había asistido con indiferencia a una trifulca, porque cuando fui a recoger, a la cola de quienes ya no esperaban a nadie —decías, yo lo comprobé, que buscabas a tu gente de Salónica y te miraban con una mezcla de conmiserativo pavor y de incredulidad, imagínate menos de cuatro mil supervivientes sobre doscientos y pico mil deportados—, la ración de tabaco a que suponía me daba derecho mi historial de resistente en suelo francés, una taquimeca del recién creado Ministerio para ex combatientes y deportados me informó de que «al no estar naturalizado, al ser, según mis propias palabras, *español no nacionalizado*, no iba a poder dármela». *Ya lo ves madre, un español, claro que sí, un rojo español*, pensé cansadísimo, dándome la vuelta para marcharme sin protestas de las que ya no me sentía capaz; pero entonces el tipo que iba tras de mí en la cola empezó a gritar que menuda vergüenza, para eso habíamos combatido él y la gente como yo por una Francia a la que tías como ella habían precipitado a la mierda de la sumisión, «¡yo también soy un rojo español!, ¡me llamo Antoine Picard, de la calle Chat-qui-Pêche, y soy un rojo español que no ha cruzado en su vida hacia abajo los Pirineos, hija de puta, *pétainista* disfrazada, saca ahora mismo su tabaco y los francos que le debéis los cobardes como tú o te mato a hostias!», gritaba, y la mujer volvió a abrir, tras unos segundos de vacilación, su caja de vales para cartillas, y me tendió un puñado, con la cara demudada de miedo. Estreché la mano de mi valedor cuando ambos abandonábamos el desorden de nuestra fila de muertos vivientes llegados poco antes a la gare de l'Est, donde se nos esperaba con fanfarrias de músicas y ramilletes de flores que miramos con nuestro estupor mustio y acobardado, y él me la apretó casi con furia. «Pero hombre, reacciona, ahora no nos vamos a dejar comer el terreno por más gentuza, eh... después de lo que hemos soportado. Y al cabrón de Franco que le den pasaporte muy pronto, *amigo*», esta última palabra la dijo en español al despedirme sobre la acera del carrefour Sèvres-Babylone.

Lo miré partir y perderse entre la multitud de esa mañana soleada. Vi su cráneo rasurado idéntico al mío, estudié su andar inequívoco, esa manera inconsciente de moverse tratando de no llamar la atención, atenta a esquivar golpes y castigos, de quienes al entrar a las noches en los barracones nos decíamos para nuestros adentros «otro día más»; reconocí unos andares —los míos— que proclamaban a gritos su última residencia, y me eché a llorar. Ruidosamente, en medio de la gente que no se detenía y apartaba de mí, incómoda, los ojos. Entonces volví a entrar, anduve, *anduví*, hacia la sala de los repartos gubernamentales a resistentes y deportados sin más bienes en la inmediata memoria que el atroz recuerdo de esa tierra de infortunio sobre la que no cayeron.

Quería ver al tipo que acababa de encajar sin ni una sola maldita queja una injusticia, al tipo que se había dado la vuelta con el paso cansino de los menesterosos sin remedio, al pobre hombre volteándose con el fardo de su vergüenza a la espalda y su nueva, e inhábil, resignación de *converso*. Quería verlo porque ese tipo había resultado, acababa de ser, era yo.

Y entonces ellos vinieron a mí, Javier e Ilse, Ilse y Javier, y yo no los reconocí, y cuando lo hice les di la espalda porque aún me duraba la vergüenza. Y él, Dalmases, dijo que ella buscaba todavía a su padre, de paso él trataba de informarse acerca de un gitano... bueno, no se trataba realmente de un gitano, era el suegro de una amiga suya que había viajado con un grupo de gitanos, perdiéndose con ellos en la niebla de la guerra... «con los gitanos es más difícil, apenas hay registros, en cualquier caso es una historia muy larga y no creo que ahora...». Se interrumpió y volvió a decirme: «sabía que volveríamos a vernos». Nos miramos a los ojos y repuse, sonriéndole: «Sí, he sobrevivido.» Y de seguido: «pero qué barbaridad, cómo ha crecido esta niña. Cómo nos ha crecido esta niña».

«Nunca tendré hijos», repitió ella hasta la saciedad en Lisboa en los dos años subsiguientes, «nunca tendré hijos para que les cosan un distintivo en la ropa y les sellen sus documentos, los señalen con mofa otros niños por las calles y se los lleven monstruos de caras tan normales, monstruos que parecían vecinos, hacinados detrás de una locomotora para alimentar sus hornos de ogros. Nunca tendré hijos para que alguien haga jabones con la grasa de sus carnes, billeteros con el revés de sus pieles, relleno de almohadas con sus cabellos. Nunca tendré hijos para que con sus restos se lave la cara, cuente su dinero o descanse un ama de casa en una guerra, un ama de casa que pretende después de haberlos visto, mirándolos, a ella y a los suyos, tras de los listones claveteados de esos vagones de bestias, en alguna parada de estación ferroviaria, que nunca supo de ellos, cómo iba ella a enterarse de nada, ella y los suyos pasaban junto a las sinagogas y las librerías incendiadas y las viviendas saqueadas sin verlas, igual que si fuesen invisibles, respiraban el hedor de los crematorios de Dachau sin sentirlo, como si hubiesen perdido su sentido del olfato y es que, maldita sea, por Dios, ahora resulta que eran *inocentes*... Inocentes. Somos inocentes, vocean por doquier, con muecas de agravio, también nosotros somos víctimas de esta guerra, víctimas engañadas porque "no sabíamos nada"... Y mientras ellos entonan a coro su lamentable estribillo, los verdugos insisten en que se limitaron a cumplir órdenes... No, yo nunca tendré hijos para que me los maten inocentes como los que gasearon a mi hermanito Herschel».

Imaginé a Javier escuchándola en silencio al final de un muelle, en algún café de los del Chiado o la plaza del Rossío, tras de las muchas horas ocupadas en ayudarla a rellenar voluminosos formularios y en responder a las mil y una preguntas de los funcionarios estadounidenses de emigración. Quieto y cansado, más atento a la cadencia inflexiva de sus palabras que a su verdadero sentido, presintiendo acaso, en el instante en que ella las pronuncia como si salmodiara, cuán fácilmente llegan a romperse las más contundentes declaraciones de principios. Por supuesto que no la creyó, no al menos del modo en que iba a creerla cuando poco después le comentó de refilón, y como sin darle mayor importancia al asunto, que estaba bastante segura de que si todo marchaba bien y no le denegaban por apátrida (pues prefería cualquier cosa antes que solicitar de nuevo la nacionalidad alemana, le repugnaba incluso la mera idea de haber sido alguna vez alemana) el permiso de salida, no volvería a pisar tierra europea en todos los años que le quedaran por vivir. Entonces sí que la creyó, cómo no iba a creerla. Pero tampoco en ese momento despegó sus labios, ni soltó cuanto le rondaba por la mente en esas horas previas a los amaneceres de no dormir que pasaba encendiendo un pitillo con la colilla del anterior, midiendo la distancia entre las paredes sucias del piso de São Tomé con pasos reiterativos de prisionero o de sonámbulo; esas locas y vanas fantasías en que la muchacha que dormía boca abajo en la única cama de la casa —él se dejaba caer molido sobre un sofá, a eso de la medianoche, y el insomnio lo entresacaba invariablemente de sueños inquietos y ligeros a las cinco, con puntualidad alevosa de relojero en su taller— aceptaba casarse con él, y acompañarlo a su casa, donde se enclaustraban como los únicos celebrantes de una peculiar orden monástica que a nadie más que a ellos admitía. O bien, disparataba su mente, él se convertía a un judaísmo a cuyos signos ella se aferraba con tenacidad amorosa y descreída y los dos se iban muy lejos, a un lugar que no estaba en los mapas. Ella le aseguraba que llevaba ya mucho tiempo apresurándose en crecer para él, y sólo para él, que nunca había desistido de aguardarla. Por eso, cuando años después vio en un cine de Finis esa película, *Retrato de Jennie*, y escuchó a la niña fantasma prometerle a Joseph Cotten «voy a crecer para ti, *te prometo que creceré para ti*», tuvo que levantarse de la butaca y abandonar la sala con prisas de maleante o de evadido. Nunca quiso terminar de verla, y llegó a prohibirnos a sus más íntimos amigos que le mentáramos siquiera hasta el título de una cinta que lo fulminó y estuvo, me confesaba, a punto de matarlo dentro de una sala donde nadie cae víctima de su propia vida fuera de los límites demarcatorios de la pantalla. Ilse temía que se la esperase, pero a Javier Dalmases lo atemorizaba el asalto de sus emociones casi tanto como las turbulencias de una imaginación que se le figuraba de un orden más indecente que pueril y a la que se esforzó siempre, desde que tuvo uso de razón, en domeñar o al menos en distraer, mediante un complejo ejercicio de locas rutinas y una lealtad sin reservas a las rarezas propias. De modo que calló entonces, como callaría después, y aprendió a defenderse del espanto de amor que lo invadía si ella se echaba a llorar de repente, sobre el empinado pavimento de una calle de portales angostos y fachadas de colores, o rompía a reír sin motivo alguno en la cabina de uno de los ascensores de hierro que tanto le gustaban. Por aquella época, entrado ya 1947, yo llevaba casi tres años sin verlos, aunque a veces me mandaban noticias suyas a un apartado de correos de París. Salían muy poco; la Lisboa salazarista les revelaba ahora toda su dormida tristeza, que ella, fugitiva del París ocupado, no llegó a advertir en su primera estancia. Y además, ahora que ya conocía el final de todos los suyos, cualquier cosa o suceso podían sumirla en un desespero que duraba horas, arrojándola a mudas crisis de llanto o a episodios histéricos de vómito... La simple visión de un niño de rizos oscuros, de la edad que tenía su hermano cuando lo dejó (*abandonó*, decía siempre ella) dentro de la ratonera del Velódromo de Invierno, desencadenaba en su interior violentos episodios de angustia de los que emergía con expresión alelada de sonámbula y apatías de suicida rescatado en el último momento de las más turbias aguas de la noche.

Él había aprendido a callar y a consolarla por espacio de un momento o de varias horas, pero nunca se le ocurrió inventarse fórmulas de alivio o de consuelo para sí porque nunca creyó merecerlas, y durante todo ese tiempo la espió en un silencio culpable, decidido a luchar contra el amor que lo doblegaba imponiéndole el castigo del remordimiento. Se recriminaba a sí mismo lo devastador de una querencia que dio al traste con todos los planes de su vida, se decía que era un necio y un enfermo, y un loco y un hijo de puta, prodigándose en privado el tipo de insultos que desde que lo alcanzaba su memoria se había cuidado siempre de emplear en público, un hijo de mala madre, enamorado como un colegial, a sus veinticinco años contantes y sonantes de adulto, de una niña que lo había perdido todo antes de emprender ese viaje que la condujo a través de toda Francia hasta la frontera de Roncesvalles donde él, provisto de mis instrucciones, los esperaba a ella y al hermano que no pudo acompañarla, y otro voluntario, también ex carlista, Fabricio Vergara, aguardaba a los demás niños sefardíes para conducirlos al tránsito de este piso de Madrid. Un hijo de puta, se repetía una y otra vez. Un hijo de puta o un loco. Alguien que ya no tenía redaños para rezarle al hijo de su Dios. Al hijo abandonado de su Dios.

Sólo que Ilse Landerman ya no era ninguna niña. En realidad, había empezado a dejar de serlo aquella madrugada del 16 de julio de 1942 en que fue arrancada de su cama, y obligada a bajar sin miramientos hasta la esquina donde esperaban, motor en marcha, varios pequeños *torpédos* policiales de la Renault que llevaron a los detenidos a comisarías y escuelas, hasta que amaneció y llegaron los autobuses municipales en busca de su carga de aterrados. En cualquier caso, en 1947 ya no lo era en modo alguno. Había empezado a pintarse los labios de un rojo violento, pero cuando advirtió en los cafés las resbaladizas miradas de los hombres sobre sus caderas volvió al piso de São Tomé, se encerró en el baño diminuto, y salió de allí con la cara refregada, y unas tijeras de cocina y mechones del pelo rubio que acababa de trasquilarse entre los dedos triunfales. «Así no me mira ya nadie», resolvió airada. Le arrancó el cigarrillo, se lo llevó la boca, lo aspiró y disfrazó como pudo las náuseas y el ataque de tos. Ésa fue la primera vez que la vio fumar, pero no se lo reprochó porque la estaba mirando, demudado y estupefacto, repitiéndose maravillado y dolorido que nunca la había visto tan bella, con su cráneo pelón y las sienes al aire y la barbilla temblándole desafiante, nunca le habían brillado tanto los ojos, jamás volvería a serle dado contemplarla así, inmune y tan vulnerable. «Quiero que sepas», le escribió muchos años después a la casa de San Juan que le animó a comprar, «que aquellos mechones de tu pelo que tiraste al cubo de la basura, *tacho* que lo llamas ahora, en esa otra lengua, o maneras de decir, que no nos separan, del mismo modo en que ya no pueden separarnos los continentes ni los años, yo los recogí apenas te diste la vuelta. Los metí en un sobre, nervioso como un ladrón principiante, y a la noche los lavé con tu jabón de entonces bajo el agua de aquel grifo torcido. Lo hice mientras tú dormías. Siempre estarán conmigo, dentro de ese sobre que el tiempo ha cuarteado. A veces los saco y los miro a trasluz y no creo, sé que te estoy viendo de verdad a ti, tal y como fuiste entonces, tal y como serás mañana. Si no me he vuelto loco, como el narrador de ese cuento de Maupassant que se llama «Una cabellera», es sin duda, querida mía, porque entonces no llevabas el pelo, que te cortaste con decisión de matarife, lo bastante largo. Por eso, y sólo por eso, no me veo condenado a vagar por ahí envuelto en los enredos de una melena. Menos mal que no naciste en esta época donde todos la llevan, la melena, de no ser porque empieza a escasearme el mío, hasta yo, Ilse, me uniría a esta moda de cabezas flotando al viento. Bromas aparte, en tu última carta me hablabas de ciertas inversiones que...». Herschel me leyó anteayer este y otros fragmentos elegidos al azar de entre los centenares de cartas que ahora son suyas. ¿Tal vez para que lo ayude, aportándole las piezas perdidas de algunas escenas, a encajar el rompecabezas de unas vidas, de su vida, de nuestras vidas al fin y al cabo? Me gustaría decirle que no hay rompecabezas. Y que sería bonito tener todavía rompecabezas... el mapa de las vidas, de su vida, de las *nuestras*, esparcido en fragmentos sobre el calor de una alfombra con jirafas (de niño yo *amaba* a esas jirafas que nunca había visto, y ahora sé que no veré nunca, porque las de los zoos no cuentan, como no contaban las de mis estampas de textos impresos en ese *soletreo* o *aljamiada* sefardí que hoy es rareza de curiosos y afán de lingüistas) tejidas sobre un paisaje de rombos y de dunas. Un cuarto infantil, una alfombra y encima las piezas a elegir... Con esta mano elimino penas primeras de amor, con la otra recompongo un futuro sin paradas en andenes donde a los presos nos insultan en alemán niños de la edad de los nuestros, un futuro, un futuro... con estos dedos desordeno el pasado y lo convierto en porvenir. Con estos dedos me deshago del mal. Sería bonito... El puzzle al completo, acabado y eterno, y nosotros, los vivos y los muertos, mirándolo...

Pero no lo es, Herschel. Porque tú y yo y todos, a fin de cuentas, somos sólo las piezas perdidas y olvidadas debajo de los rincones sin barrer de las casas que nos abandonaron, de los lugares que vamos abandonando.

El taxista suspiró aliviado, al fin salíamos del atasco monumental de las circunvalaciones, enfiló por la plaza de los Caídos en Cuba y Filipinas, le comenté algo al respecto, una nadería bienhumorada, y él se echó a reír.

«Ya ve, *man*, los gallegos a *turistear* por mi tierra y yo a buscármelas en su vieja metrópoli.» Cruzamos unas callejas estrechas e irrumpimos en medio del destello de luces de la larga avenida de los Reyes Católicos.

—¿Conoces París, Herschel?

—Claro, esa ciudad me volvió loco... Fui con un grupo de amigos de mi segundo año en la Universidad de Syracusa, supongo que a ella no debió de hacerle ninguna gracia, pero no dijo nada, me dio el dinero de bolsillo que me faltaba, y hasta soportó mis cuentos sin fin sobre la *conciergerie*, el *Jeu de Paume* y la *Closerie des Lilas*, donde casi todos mis compañeros se disputaron la mesa de Lenin y yo elegí la de Blaise Cendrars, porque su novela *L'or* me fascinó a los trece años y me hizo querer emular su destino de aventurero. Más tarde supe que también él era extranjero, oriundo de Suiza, y que Cendrars era su nombre de letras y de guerra. Hasta entonces lo había creído francés. Me temo que yo sería un pésimo aventurero... Después he querido volver muchas veces a París, pero a Camilla de Europa sólo le gusta repetir Italia. Ama América Latina, por encima de todo. Bueno, en realidad Centroamérica, ya sabes que se dedica a las culturas amerindias. Volviendo a mi madre, me escuchó con mucha paciencia a mi regreso entusiástico de París... Únicamente no consintió en que le enseñase mis centenares de fotos, mis cajas y cajas de diapositivas. Entonces no lo entendí, o me pareció una más de sus tantas excentricidades. Pero alguna vez me gustaría enseñarle París a Estelle.

—Te gustará enseñarle París a Estelle. No sé por qué nos pasamos media vida urdiendo planes en condicional.

—Bueno, tú tampoco fuiste a ese pueblo de San Martín. Y tú sí que no tienes excusas.

Me eché a reír con ganas.

—*Touché*.

El taxista frenó ante la explanada de un palacete plateresco de marquesina reciente y sobrevolada por banderas mojadas, apagó la música y anunció, alegre:

—El hotel Colón, amigos. No se agiten, ya voy sacándoles las maletas. Ah, pero para que no me olviden, aquí tienen mis datos. A su servicio de por vida. La mía, la de mi coche y la de ustedes.

Me tendió una tarjeta con rapidez de prestidigitador y el nombre, inscrito en letras góticas sobre el papel cremoso, me hizo sonreír. LEONCIO ROUSSEAU PLANTÍO, leí para mis adentros, tratando de imaginar a la funcionaria del registro inquiriéndole, detrás de su ventanilla, a un sudoroso padre primerizo y feliz, «y óigame, compadre, mejor si me lo deletrea, ese segundo, con dos eses o con qué»... Uno sólo le pone un nombre semejante al hijo primero, me dije enchochecidamente, y enseguida reprobé mi estupidez, acaso Leoncio Rousseau fuese también otro hijo del misterio... Casi todos lo éramos, a fin de cuentas.

—Parece un sitio increíble —murmuró Herschel con respeto, la vista perdida sobre los ángeles amarillentos de los capiteles y las iracundas fauces expeliendo lluvia de las gárgolas.

—Al contrario, es un sitio bien creíble. Hermoso y verídico. Construido para perdurar. A mí ya sólo se me antojan increíbles los lugares de paso, los *Holyday Inn*, y en fin todos los de su calaña. Ven, ya viene *monsieur l'Émile*, vamos a pagarle. Estoy impaciente por arrastrarte a los peores tugurios de la ciudad de... —y qué extraño, tampoco yo podía decir con tranquila naturalidad *tu padre*— ... Dalmases, por verte sucumbir a los encantos de su *antigua judería bajo esa luna que, lásti-ma, hoy no se encuentra entre nosotros...*

—Vos sí que sos increíble, Miranda.

El sonido de su risa me reconfortó, pero no llegó a paliar la leve desazón invadiéndome con insidia de jaqueca, ni la estridencia de una voz interna que me porfiaba solapadamente que casi nada es verdad y casi todo es mentira en la estrategia desusada de las vidas. Unas vidas que creen ampararse en designios providenciales, o se escudan tras el escepticismo más ingrato de sobrellevar, y tan sólo a la hora de enfrentarse con el dilema de la muerte comprenden, aterradas, lo mucho que importaron aquella nana perdida, aquélla y no otras, porque ésa es la única que en medio del pavor alcanzamos a recordar, con rapidísima memoria de estudiante en un examen, de entre las muchas que debieron cantarnos, y el abrazo caluroso de un amigo, y esa mano de mujer, que nunca durmió ni dormirá a nuestro lado, posándose sobre las nuestras en un instante cualquiera de aquella tarde perdida en que coqueteamos engolados con la juvenil ilusión de la *pérdida* sobre un volumen recién leído de filosofía. Todo aquello desfiló por mi mente, por absurdo o ridículo que parezca, en medio de aquella fila seleccionadora de Auschwitz, instantes antes de armarme de valor y de anunciarle al tipo que me mandaba al despioje de los vivos, al tipo que me excluía del simple y rápido despojo de los muertos: «soy español, pero hablo alemán, fui estudiante en Alemania, hablo un montón de idiomas, y además *hablo alemán*». Absurdamente, se lo dije en francés... Al darme cuenta me enrevesé, y no sé si le repetí lo mismo, a gritos, pero ya, y muy nervioso, en alemán. Alguien me había dicho que estaban necesitados de intérpretes, que a los intérpretes los mataban más tarde... *Si hablas idiomas duras más, es como lo de esa bruja del cuento de niños, que engordaba al pequeño dentro de una jaula para, al comérselo después, disponer de más y de mejor carne...* Me lo había dicho un tipo durante el viaje... *Di que hablas alemán... A estos hijos de puta les gusta que sus víctimas les supliquen en alemán... Donde yo estaba, en una fábrica francesa de suministros militares enseguida requisada por ellos para su industria, trabajadores esenciales para el Reich, comprendes, camarada, les fue bastante bien a los tipos que entendían algo de su maldita mierda de alemán. Cuando se descubrieron los sabotajes, se limitaron a llevarlos a La Santé o a Fresnes... pero no los fusilaron, como al resto. Ni los deportaron, como a mí, y a mis colegas.* Y entonces alguien chilló, en la penumbra sofocante del vagón: «¡Cierra ya la bocaza, tío! pero vas de mago de Oz o qué... si medio tren lo aprobamos con sobresalientes y notables, nuestro puto alemán del Bac...»*

Me dije entonces y volví a repetírmelo, contra lo que siempre había mantenido y profesado, que a veces nuestras vidas las decide un golpe fortuito que lanza sobre el tapete de una manchada noche de gloria los dados buenos de una ventura sin trampas; no siempre somos dueños del manejo del timón, no siempre podemos presentir adónde iremos a parar, un solo instante de indecisión, de amedrentamiento, un cerrarse en banda en apariencia anodino solventan nuestra mala o buena suerte, nos arrastran por el lodo o nos alejan del exterminio, qué inútil resultaba pensar que *si* Arvid no le hubiese hecho caso a su mujer, que se imaginaba un

* Bac: Examen francés equivalente a la Selectividad, que se celebra al final del bachillerato.

Nuevo Mundo de cabañas inhabitables y cocodrilos gigantes, ni hubiera escuchado a su vieja querencia invocándolo a la tierra de pergamino de sus *Mio Cid* y *Doña Endrina*... Que *si* yo hubiese atendido al reclamo de esa voz del instinto que me urgía, cuando ya no existía la organización «Sefarad» (tras las deportaciones de noviembre del 42, París estaba casi «limpio» de *sefardims*) y yo ya había canalizado todas mis energías de rabioso en una unidad del FTP-MOI* de la región parisiense, a seguir desconfiando de nuestro contacto *Jacquerie*, y a no acudir a esa cita de antemano sospechosa, en el 15, boulevard des Batignolles, un 11 de septiembre de 1943 a las cinco de la tarde, para llegar a una casa desmoblada donde sólo me esperaba la Gestapo... Y si... Siempre los malditos *sies* encima de las vidas: si hubiese tenido dinero con que pagar documentaciones falsas, *buenos papeles falsos*, mis hijos no serían una espuma de cenizas, dice alguien. Y otro añade que: «si mi mujer no hubiese estado enferma, ni yo sin un trabajo regular, hubiéramos salido a tiempo de París, y quién sabe, hoy la tendría conmigo, le gustaba ir a mi puesto de *Les Puces* los domingos, decía que entre los dos vendíamos más, que al público le gustaba ver mujeres voceando mercancías sobre la manta del muestrario, pero a mí qué mierda me importa lo que le guste a toda esa gente que pasa y mira y mira y ve y a veces compra, qué me importa a mí si compran o no compran, si ya no está conmigo mi Babette para meterles el género por los ojos con sus rimas... Qué me importa ningún género si ya no lo grita ella, los puños sobre sus caderas formidables y la falda

* FTP-MOI: Movimiento de resistencia Franco-Tiradores y Partisanos-Mano de Obra Inmigrante.

de flores del Prisunic que le regalé al día siguiente de que se viniera conmigo a mi cuarto de St. Ouen».

Si, si, si, sacudí la cabeza y vi a Herschel parándose, un poco confuso, ante las puertas giratorias y los galones del portero con su uniforme ridículo de oficial austrohúngaro que no llegó a saber de la derrota de su imperio. Y *si* Dalmases se hubiera atrevido a besar *entonces* esos labios con pintura fugaz de una boca inocente que se afirma culpable, y *si* Klara Linen continuara acechando mis idas y venidas en lunas de cafés y en las mesas corridas de esas cervecerías donde apoya aún, más allá del aburrimiento de la espera, sus manos enguantadas hasta el codo para que yo llegue, alguna vez, media vida o una hora después, a retirárselos despacio, dedo a dedo, tras de esas reuniones que a ella le fastidian, y que a Arvid se le antojan peligrosas, porque en ellas, me asevera desde su rara lucidez de estudioso que a ratos se asoma al ingrato espectáculo del mundo, nos distraemos peligrosamente columbrando cómo vengar el asesinato de Rosa Luxemburgo y entretanto esos chulos sanguinarios e iletrados, esos camisas pardas a quienes ya se recibe en ciertos salones, se adueñan no sólo de las calles, sino del alma de las gentes... De esas gentes que votan. Que *también* votan o votarán mañana, me insistía, golpeándose las prematuras gafas de leer con la punta de su lapicero romo y mordisqueado. Esas gentes que votaron.

Nada se cumple realmente en el ensueño fatídico de los *a posteriori*, me dije, saliendo del coche con esa prudencia de achacoso que aún seguía, y sigue, extrañándome, porque sospecho que la vejez nunca va a dejar de antojárseme una de las muchas novedades a que no me habitúo. Pero tal vez sea ése el único territorio donde nos esté permitido a los vivos aceptar las manos que nos tendieron los muertos. Para que nunca fuésemos de veras esa frialdad de números que tantos quisieron para nosotros había que seguir viajando hacia el *si* perdido de los muertos más allá de su alfabético sucederse en las listas criminales en que fueron hacinados, hacia el *si* desesperado de los supervivientes, el *si*, aún lejano de porvenires, de los hijos. De los hijos nuestros, los hijos de todos nosotros, entendí de súbito.

—Vamos, Sebastián. Ya subieron los bultos a las habitaciones. Descansaremos un rato antes de irnos a esos tugurios tuyos.

Me tomó del brazo con delicadeza extraña, una delicadeza de *hijo de todos*, pensé, agotado y contento...

Mienten los folletos turísticos de un país que sigo pisando en sueños según avanzo hacia una boca de pozo sin brocal que tapan maderámenes podridos bajo una cúpula amenazadora de zarzales, mienten los libros de texto donde todos los muertos se tornan, no espuma de cenizas sino sobresalto de números, miente la sonoridad de los nombres que nadie ha vuelto a requerir fuera de la distancia gélida del listado donde se les preavisó su muerte, del mismo modo en que mentían, sin lugar a dudas, esas fotos y diapositivas tomadas durante un viaje estudiantil a París donde tú, Herschel, te encontraste con otros, contigo en medio de los otros, y empezaste a abandonar tus impedimentos de solitario crecido en la tierra de nadie que tu madre organizó a través de ese delirio de máscaras rituales, escribanías coloniales, fetiches de esclavos africanos y casullas ribeteadas por mordiscos de polillas al paso feroz de las mariposas de las ciénagas, con que se agazapó del mundo en su almoneda para seguir rogándole eternamente perdón a su pasado. Mienten los calendarios, y nos mienten los objetos que vamos aprovisionando con el tiempo, esos billetes de metro o de avión que conservamos durante meses al fondo de una cartera luego de un viaje en que fuimos vaga, o precisa y descuidadamente felices. Mienten los recuerdos y esas escenas que transformamos, culpables o vanos, en el atanor de una memoria donde rebullen, sedicentes, culpas y caprichos eligiendo de entre el cúmulo monstruoso atesorado en su basurero de lustros. Mentimos, tantas veces, a otros, a esos que nos acompañan y afirman querernos, por mor de las convivencias o de las conveniencias, del *debe y el haber* de las costumbres, al dictado de esas leyes no escritas, y sin embargo obedecidas durante siglos con la fe ciega de los seguidores de un hijo, al fin triunfante en su dolor de rebelde, que proclamó un viento de palabras y desdeñó escribirlas, dejándoles, al revés de los nuestros, esa tarea a unos cuantos *discípulos*. Mienten nuestros cuerpos, a la hora de la vejez, y mienten los espejos en que la eludimos, y seguimos buscando al joven que fuimos o creímos ser, mienten los espejos que de nosotros no reflejan quiebras de las vidas sino ensayadas voluntades sin misterio, y mienten los retratos donde posábamos de niños, a lomo de un triste balancín de alquiler, o ante prestadas tormentas de yesos coloreados en relieve de los que gustaban, y hacían furor, en Salónica...

—¿Te notas mal?

Me aferraba a su brazo, de camino hacia los ascensores, sobre los guijarros del patio de armas de otro tiempo, boqueando como un pez, *oh Dios, justamente un pez no*, pensé ahogándome de la risa al recordar esos peces simbólicos pintados en las catacumbas de los primeros cristianos perseguidos, *estáte seguro de que no* creo en ti, que de algún modo eres mi hermano querido que marchó, abandonándonos. Estáte seguro, tú que ya no puedes oírme y hubieses podido entenderme, de que soy cualquier cosa menos un converso.

—Invítame a un malta en el bar o en tu cuarto y estaré como nuevo —traté de bromear.

Pero en verdad me doblaban unas náuseas que me costaba esconder, en verdad me repetía, incesante:

«Mienten los retratos, Herschel, niño del misterio que dijiste, y no grita la verdad en esa foto única del Velódromo de Invierno donde Dalmases, y luego tú, buscasteis a tu madre, y acaso tú la sigas buscando mucho después de tus treinta y tres años, los mismos que ella tenía cuando te tuvo, sabedores los dos de que buscabais, el uno el amor de una niña escapada de la condena que la abocaba a no llegar a hacerse mujer, y el otro el amor de una niña espantada por haber llegado a *poder* convertirse en mujer lejos de la mirada de los suyos reducidos a cenizas... No estalla del todo la verdad en esa foto, Herschel, a quien agobia llevar un nombre de muerto porque no discierne aún en sus heredadas sílabas el intento, y la promesa, de una vida a la que no seguir dándole la espalda. Escapa a la única verdad la instantánea donde se agazapan las niñas, y se protege el vientre, como de la presentida inmediatez de un golpe, la mujer sola y embarazada que está de pie sobre la pista, por delante del gendarme que reviste el uniforme francés de la vergüenza, y donde extiende las piernas la mujer rubia del vestido de manga corta, ajustado por el cinturón de moda; ¿tal vez su mejor pertenencia, acaso endosó, antes del alba, en un pisito de Belleville, en su cuartucho de Le Marais, el *Plitzen* como se le conoce en *yiddish*, o en la calle Citeaux, del distrito XII, casi enteramente habitada por judíos alemanes, ese traje para causarles, por última vez, una buena impresión a los extraños, para gustarse a sí misma en las pupilas del verdugo, y al hacerlo reconocerse en nuestro digno desdén de siglos? Recuerdo ahora aquella calle Citeaux llena de niños, a la que seguramente fueron más de una vez tus abuelos a visitar a algún conocido de antes del exilio. Una calle de pisos en alquiler propiedad de una inmobiliaria... Los dueños de esa inmobiliaria fueron, cargados de flores y regalos, en aquella primavera del 45, a esperar día tras día el regreso de unos cuantos, eso esperaban al menos, de entre sus ciento y pico inquilinos arrancados de sus casas al amanecer del *jeudi noir* de 1942. Y sólo volvieron *dos*, Herschel. Dos hombres, y uno de ellos porque no fue apresado durante la redada, días antes lo habían escondido unos amigos protestantes en su casa de St. Germain-en-Laye... Tampoco del n.º 22 de la calle des Ecouffes volvió nadie luego de ese jueves negro, *jeudi noir* o, y en *yiddish*, *Der fintzerer Donerstig*, como lo llamaron, al mismo día siguiente, ciertas organizaciones clandestinas en sus panfletos ciclostilados casi al minuto de los arrestos. Nadie. Ni uno sólo de los casi cuarenta niños que alborotaron sus rellanos y compartieron deberes y meriendas, llamándose de ventana a ventana.

Nuestras verdades son las más anticas, decía mi madre, si de repente la atemorizaba el susto de que a sus hijos nos convenciese alguno de entre los muchos, y por lo común amables, predicantes que difundían por los caminos de la nueva Grecia la cristiana y férrea seducción del hijo, sobre las ruinas de la medio olvidada y disoluta severidad otomana de antaño; *ellos fizieron sus llamadas herejías, no nosotros*, ultimaba ufana, por encima de su labor de bolillos, *ellos nos abandonaron para luego akusarnís, y despedirnos como a canes de la rabia. Ellos fizieron que non siguiéramos juntos...*

Se queda corta en el negativo la tragedia que se ensañó sobre esos rostros que no miraron en sus días últimos a la cámara de su espanto. Porque ningún objetivo, ni ése siquiera, revela enteramente el miedo, la esperanza abortada en un segundo o en una infernal carrera de los días, la estricta inmovilidad de quien espera noticias y teme tener que oírlas, en el interior cerrado a cal y canto de un recinto deportivo donde la única prueba de resistencia consiste en aguantar el paso de las horas sin pan ni agua, y la de la velocidad entraña el difícil «récord» de no volverse loco bajo la gran vidriera ardiente, y entre sus muros custodiados por hombres armados que les gritan a los niños que saltan de los asientos de madera mojada por pises del encierro de tantos días. Les gritan, y les ordenan *volver* a sus sitios. A sus sitios, Dios. *Volved a vuestros sitios*, les gritaron a los niños. *Que vuelvan a sus sitios*, les gritaron a sus madres. Que vuelvan a sus sitios o dispararán. Tienen órdenes al respecto. Si se portan mal, si desobedecen, dispararán. *Harán uso de sus armas.*

En verdad quise, quiero decirte, Herschel, que no nos alcanzan las palabras para asilar en ellas tamaños horrores, y que se nos quedan muy duramente parcos los testimonios pronunciados ante los taquígrafos de un tribunal en que todos, desde el fiscal a los jurados, se ahogan, sin embargo, de miedo en el aire de una sala donde quien ha sobrevivido cuenta de aquellos que perdió en salas cerradas sin más aire que el del gas siseante sobre el lloro de los niños, los lloros y los rezos de las mujeres y los hombres elegidos no «válidos» para la inmediata extenuación en tareas de esclavitud. No llegaban a ser «verdaderas» las imágenes tomadas por los jovencísimos soldados soviéticos y americanos que liberaron campos y lloraron al vernos, agazapados tras de las alambradas con hosca inmovilidad ultraterrena, porque en ese duro enero de 1945 en Auschwitz, y a pesar de las revueltas y de la huida a tiros de las SS, no acertábamos a creer del todo que estábamos a punto de volver a ser «libres». Por eso, y más, mucho más que por el hambre, el tifus o las torturas recientes, seguimos mirando al frente en esas fotos de la hora primera de la liberación con una terca quietud de muertos. Llevábamos demasiado tiempo fingiendo que ya no nos importaba vivir. Demasiado tiempo temiendo que se nos notase al fondo de las cuencas hundidas la voluntad de sobrevivirles. Al precio que fuese.

«Por qué no estuve yo allí», me dijiste en Madrid, Herschel. E insististe, era medianoche y caminábamos por una de esas calles de provinciana quietud de un Madrid de lunas frías y edificios torcidos con comercios ruinosos en los bajos, y bares con el cierre a medio echar donde apuran eternos la «penúltima» parroquianos de espaldas a un televisor vociferante al que nadie atiende, «yo *debía* de haber estado allí». Supongo que esperabas que te respondiese «suerte de haber caído en la buena época», o algo por el estilo. Pero no lo hice. Cómo voy a hacerlo, chico. No puedo hacerlo, aunque debería... Dios sabe que debería. Pero ya vale de darle gusto y coba a Dios.

No voy a confesarte que cuando nos metimos en la caja del ascensor con sus banquillas de terciopelo sin estrenar temí estar a punto de morirme de una muerte absurda. Un infarto en el ascensor de un hotel, qué ridiculez a estas alturas, me reproché. El ascensorista me miraba de reojo (y tú *también* me escrutabas desde el espejo, con un gesto entre incrédulo y asustado), y de repente te preguntó, de un modo tan indiscreta, pero deliciosamente *español*: «¿su señor padre se encuentra bien? Miren que está muy pálido y que el hotel les puede mandar un médico a las habitaciones. Gratis. La visita es gratis. Siempre me digo que al precio que cobran por los cuartos ya pueden ir de samaritanos, vaya».

—Estoy muy bien, no se preocupe. Una ducha y una siesta de media hora, y ya verás, Herschel.

Pensé en mis pastillas para la tensión y esperé haberlas guardado bien a mano dentro del maletín mientras alguien me acostaba sobre una colcha crujiente... «Va, deja para mañana tus actividades de cicerone perverso», reía el hijo de Ilse, «llevamos demasiados días pateándonos los alrededores de Madrid, sus cercanas ciudades de la gloria, Toledo y Segovia y Ávila, a excepción de ese desconocido pueblo tuyo. Llevamos días de mucho caminar y de apenas dormir».

Miente casi todo, y no engaña nunca nada, quise decir, decirte, Herschie. Mienten nuestros nombres, mienten nuestras biografías resumidas en papel de estado, mienten nuestros rostros congelados en el blanco y negro o el color de una foto, mienten, pero no del todo, nuestras palabras que intentan apurar, o capturar, la intensa alegría, la tremenda desdicha de un momento.

Mentimos nosotros y mienten nuestros cuerpos, pero no engañan los desastres ni los rompecabezas imposibles, y faltos de tantas piezas, de nuestras vidas, susurré. Y no sé si llegó a oírme. Una cobija muy suave se deslizó sobre mis hombros, y sentí unos dedos tímidos acomodándome la ropa de cama.

—Oh, Herschel, Herschie, *mazel tov*.

Alguien bostezaba, contento de que otro ser lo arremetiese entre las sábanas de un hotel de lujo que antes fue sede inquisitorial, y después y durante la última guerra civil, sede miliciana de anarquistas que embadurnaron de proclamas las volutas de sus techos y convirtieron sus cocinas en un perpetuo festín de la escasez. Javier Dalmases amaba ese hotel, iba allí tarde tras tarde a la hora del café, a dejar morir las horas en su mesa de costumbre, frente a los altos miradores de vidrios y hierros emplomados sobre la playa llovida donde jugaban al fútbol, en invierno y en verano, grupos de chicos muy jóvenes. Tal vez era allí donde le escribía a ella, con su tinta verde de excéntrico oculto y vergonzante, sus cartas invariables, esas cuartillas sin márgenes que le fue enviando a lo largo y la distancia de toda una vida...

Sé que sus respuestas no las leía en ningún lugar público. En cierta ocasión me confesó que nada más sacarlas del cajetín agarraba el volante de uno de esos coches increíbles que constituyeron su único «vicio» y conducía hasta un acantilado, el mirador de los Nueve Picos creo recordar que lo llaman. Aparcaba, apagaba el contacto, y las leía, con las ventanillas bajadas. Las leía, primero para sus adentros, y enseguida en voz alta, hasta aprenderse de memoria, línea tras línea y en ese español, salpicado aquí y allá de términos y locuciones portuguesas, bien peculiar de Ilse, que había renunciado desde antaño al alemán que él aprendió en sus años de estudiante, y evitaba cuidadosamente el francés, los mil y ningún detalles que ella le proporcionaba sobre la marcha del negocio de antigüedades, los huracanes de la isla, los avatares diarios... y, en especial, sobre el crecimiento del hijo, sus notas, las enfermedades de rigor, su altiva timidez, ese carácter impredecible que lo mismo lo abocaría a la desgracia que a la grandeza... «Es un niño muy bueno», le había escrito, «de una bondad casi preocupante. Se pasa las horas muertas jugando en la tienda, encerrado entre muebles y ropones y máscaras con su gata *Morgane*, leyendo, o viendo esos programas estúpidos del canal Disney en la tele. Es un niño *demasiado* bueno, o eso me asegura Milita, que lo quiere como a uno de sus muchos hijos y siempre trata de convencerlo para que juegue, al menos, con los niños de su escuela después de las clases. Pero él nos cuenta que esos niños están siempre muy atareados, clases de idiomas y de golf y de yo qué sé qué más... En fin, créeme, esta Milita es una joya. Cuando el niño tuvo paperas, ella...».

Podía imaginar, imaginaba, a Dalmases cerrando los ojos dentro de alguno de esos absurdos descapotables rojos que cambiaba cada tres años, cerrando los ojos y componiendo en su mente los rasgos dispersos y mutables de un niño a quien no había visto nunca, con el montón de hojas manuscritas entre los dedos... Cerrando los ojos y abriéndolos después al mar, porque detrás, y más allá, del removerse del oleaje, estaba ella.

Alguien bostezaba y se dormía, satisfecho, con las manos de un chico que hubiera podido ser su hijo entre sus manos. Alguien se dormía, escorándose hacia el sueño de los vivos. Y ese alguien era yo.

PARÍS, DOMINGO 19 DE JULIO DE 1942, VELÓDROMO DE INVIERNO

Se ha adormecido unos instantes sobre el hombro de alguien, y de pronto ya no está allí, ha volado muy lejos de esa pajarera inmensa y sucia de orines y excrementos, respira el aire fresco de una calle y lo mira todo, los árboles y los escaparates de las tiendas, desde muy abajo, porque es una niña muy pequeña a la que otros cuidan y alimentan y llevan aún en brazos o de la mano a la hora del paseo. Se le han desabrochado los cordones de los botines diminutos, y se inclina para atárselos, aunque todavía no ha aprendido a hacerlo y entonces siente esas manos que tiran de ella hacia atrás, percibe esas voces conminatorias que la reclaman, y la instan a volver. A volver. «Mamá, mamá, por favor.» «Señora Landerman, Anne... Annelies. Basta.» Oye, muy cerca de sus oídos, el estampido de un golpe... Pero hasta que no se lleva, estupefacta, la mano a la cara no siente el dolor. «No está usted sola, Anne. Compórtese. Por sus hijos.» Edith Vaisberg acaba de soltarle una tremenda bofetada. «No vuelvas a hacerlo, mamá», las manos de Ilse aferran sus muñecas, hincándole las uñas. La mantiene sujeta con una fuerza que la sorprende. Y Herschel... Herschel no la mira, lloriquea, con la cara escondida sobre el hombro de Emmanuel. Lloriquea, sin duda ya no tiene fuerzas para llorar, se ha pasado media noche llorando de hambre, llorando y durmiendo a ratos y despertándose enseguida por culpa de las pesadillas y de los calambres en el estómago. Lloriquea y tiembla, y Emmanuel le pasa por los rizos oscuros que ha heredado de ella una mano mecánica, mientras repite conciliador «vamos, vamos». No vuelvas a hacer el *qué*, desearía preguntarles, pero entonces lo recuerda todo, las sirenas de la alarma aérea en medio de la semioscuridad del toque de queda, los gritos y los aplausos demenciales en las gradas —*Allez, la RAF,*[*] enronquecían, vociferantes, unos cuantos, como si asistieran, jaleando a sus ciclistas favoritos, al desarrollo de esa carrera estrella que los periódicos llamaban «la gira infernal de los seis días del *Vel d'Hiv*»—, el gargoteo, tan parecido a un estertor, del pequeño André Bloch que vomita encima del regazo de su madre, cuyas plegarias se unen a un lejano rumor de rezos, al lado de la abuela inmóvil que ya no responde a su nombre y apesta a orines. Muy poco después amaneció, se hizo la luz sobre la vidriera, y vio anonadada los cuerpos caídos sobre la pista de los dos o tres suicidas de la noche que tal vez lograron su propósito al arrojarse de cabeza desde el último piso, o que, por el contrario y para su desgracia, respiraban aún, malheridos y maldiciéndose, y vio cómo la pareja de gendarmes los arrastraba por los pies junto a los palcos reservados a los enfermos graves, y a aquellos otros donde se haci-

---

[*]   RAF: Royal Air Force, aviación británica.

naban los casos contagiosos, todos esos niños febriles y desfigurados por la última ola de varicela...

Vio la eterna y flotante nube de polvo debajo de las bombillas, vio a los que se arrimaban a los muros para orinar porque a la docena de WCs atascados que nadie mandaba reparar ya no se podía ni entrar, vio a una mujer quitándole el pañal sucio a un bebé de meses. La vio arrojarlo lejos de sí, hundir la cabeza entre las manos y lamentarse, primero sordamente y luego a gritos, desesperada porque ya no debía de quedarle ninguno limpio en el maletín abierto a sus pies que ahora pateaba con furia inclemente, al lado del niño que chillaba solo y a medio vestir sobre una mantilla. La mujer se desgañitaba, y a su alrededor nadie hacía nada, porque todos la miraban del mismo modo en que la estaba mirando ella, igual que si hubieran muerto en el raid nocturno, como si caminasen incrédulos al borde de un hoyo gigantesco en medio del peor de los sueños, y el bebé iba poniéndose morado, quiso abrir la boca, desencajar la mandíbula, exigir «que alguien haga algo, yo misma, incluso», y al tiempo pensó «qué es este ruido» y ese ruido era el rechinar de sus dientes. Notó la humedad que le resbalaba por los muslos en el mismo instante en que otra mujer se apoderaba del bebé y lo alzaba en vilo sobre su cabeza, elevando los brazos flacos como la sirena del grabado que fue de su familia tendía los suyos hacia el final del agua... Lo notó con incredulidad y horror, se levantó de un tirón la falda del vestido, como si no hubiera nadie delante, qué importaba ya que hubiese una o diez mil personas delante, con el mismo pánico de aquella mañana remota de sus trece años en que despertó en medio de una cama ensangrentada y echó a correr por el pasillo de su casa llamando despavorida a su madre, segura de que iba a morir... A morir. Sí, eso era. A morir. Morir estaría bien... «Estoy indispuesta, me ha venido mi mes», se escuchó decir con voz lejana, y Jeanne Bloch le contestó algo acerca de unos hilos o de unas puntas de cordones, remedios de otro tiempo para este tiempo; aquella chica a la que medio barrio corrió a reanimar de su desmayo a las puertas de la panadería de la calle des Ecouffes donde la suegra había acudido a buscarla esa mañana del 40, sin darse cuenta de que aún enarbolaba arrugado en un puño el telegrama notificador de la muerte de Edgar, trataba, ahora, de animarla a ella... A ella, que entonces se había ocupado de los tres niños huérfanos, llevándolos todas las tardes con los suyos a jugar a la plaza de los Vosgos. «Nadie puede animarme», pensó, mirándose la sangre sobre los muslos. Y quiso dar las gracias, pero fueron otras sus palabras. «Quiero morirme, es mejor morirse, toda esta suciedad, toda esta... esta impureza, voy a morirme, es mejor morirse.»

«Trataste de golpearte de bruces contra el suelo, mamá, si no te agarramos te abres la cara», su hija aún la tenía aferrada...

Abrió los ojos y susurró «Ilse. Ilse. Lo siento...». «No llores, mamá, asustas a Herschie. No te vuelvas loca, mamá. Llora si quieres, pero no te vuelvas loca.»

Loca. Tanta gente se estaba volviendo loca a su alrededor... estaban los locos, como la mujer que había golpeado sobre la pista, hasta dejarlo inconsciente, con una botella de leche vacía —hasta que la detuvo una de aquellas enfermeras venidas por tandas y en equipos de cuatro, a tratar de remediar lo irremediable—, a su hijo mongólico que llevaba horas aullando, la mujer que lloraba y gritaba «¡si sólo le estaba haciendo un regalo a mi pobre Bernard, un auténtico regalo de aniversario!», y estaban los suicidas. Los suicidas que aprovechaban el espanto y los desórdenes nocturnos para subir sigilosos a los últimos pisos, y pasar una pierna sobre otra encima de las barandillas, al lado de quienes se acurrucaban sobre los asientos de madera, y dormían o fingían dormir, para saltar no al vacío, sino en medio y al azar de los cuerpos tendidos sobre esa pista que al cabo del segundo día todos procuraban evitar apenas se rebajaban las luces tras el toque de queda... Los suicidas. Algunos no habían esperado, se ahorraron el paso desde las comisarías de distrito y las escuelas primarias, o los gimnasios como el Japy, a la inmensa y terrorífica encerrona del *Vel d'Hiv*; habían saltado por las ventanas de sus casas o se habían inclinado sobre el gas de sus hornillas según arreciaban los golpes en sus puertas, acaso no se rumoreaba que en la calle Crozatier, donde se practicó más de un centenar de detenciones, una mujer se había encaramado a los tejados con sus dos niños tan pequeños, y cuando los apresó la redondeada luz de las linternas se arrojó de cabeza a la calzada, con uno en cada brazo, acaso no se murmuraba que en Montreuil un cirujano vienés, antaño muy famoso, había dispuesto del tiempo necesario para inyectarle a los suyos, e inyectarse a sí mismo, el aire de la muerte en las venas, mientras les decía muy tranquilo, en su perfecto francés de educado burgués europeo, a quienes ya descerrajaban a patadas y culatazos la puerta de la casa que no fue un refugio, «señores, un poco de paciencia, tampoco Roma cayó en un día...». «Partida de necios y de cobardes», se sulfuraba Edith Vaisberg si los amigos y vecinos les venían a su «rincón» con esa clase de historias, «no me hablen de esos suicidas. Háblenme de cómo apañárnoslas aquí para que no nos llegue la mierda hasta los mismísimos cuellos, que yo aún le tengo aprecio al mío y a los de mis hijos».

Tal vez Edith Vaisberg fuese diferente... Al revés que su marido, siempre le había dado un poco de miedo, parecía tan enérgica, tan poco proclive a «perder el tiempo»... Miembro del movimiento clandestino Solidarité, donde también militaba Arvid, no disponía nunca de un minuto libre, iba y venía, de un lado a otro de París, tratando de infundir valor a los derrotistas, de agitar a los remolones, de convencer a las mujeres de los detenidos para que no confiasen, bajo ningún concepto, la custodia de sus hijos menores a la trampa de esos centros, en realidad orfanatos improvisados, controlados por la UGIF, como el Lamarck... Desde su llegada a París la había tenido por «diferente», *demasiado* distinta a ella. Sólo que ahora ya no se lo parecía... Edith Vaisberg era de pronto una mujer de párpados enrojecidos por el cansancio y pelo sucio aplastado sobre las sienes que pedía sin acritud «ocúpate un momento de tu hermano, Ilse, voy a mandar a Emmanuel a ver si consigue algo de agua, ya no nos queda ni una gota en los recipientes, pan nos queda todavía, aunque está tan duro que van a peligrarnos los dientes». Su hija asintió y le hizo un sitio a su lado. Edith le pasó el brazo por el hombro, y suspiró. «Señora Landerman... Anne. Siento haberle pegado. No se preocupe por sus reglas. Yo la ayudaré. Un fastidio, desde luego. Pero piense que podría ser peor, imagínese una colitis... No ponga esa cara, esas cosas ocurren, les están ocurriendo a muchos, no sólo a los niños o a los ancianos. Yo la ayudaré, señora Landerman, si los polacos no pudieron conmigo en 1919 no van a poder ahora estos franceses locos por los boches. Pero tiene que prometerme que no volverá a intentar tonterías. Y que irá mañana a primera hora, si es que mañana seguimos aquí, a ese patio interior que da a las ventanas de la calle Docteur Finlay a ponerse a la cola del único grifo. Recuerde que el viernes y el sábado por la mañana los obreros de ese taller de la Citroën subieron a las oficinas y nos arrojaron los panes de sus almuerzos por las ventanas... Mañana es lunes y a lo mejor pueden volver a hacerlo. Es poco, pero ese poco resulta siempre más que nada. No podemos dejarnos arrastrar, entiende. Ni hablar de darles ese gusto, para que luego publiquen sus porquerías sobre nosotros en *Le Pilori*. Y ahora déjeme que la ayude. No, no tengo paños higiénicos, pero una vez, y en una celda polaca, aprendí un modo de fabricarlos. ¿Supongo que su vestido tiene un dobladillo? Claro que sí, venga conmigo. Naturalmente que hay tijeras, es que puede usted imaginarse a la señora Myriam saliendo a alguna parte sin ellas y sus bobinas... Jeanne, pásame tu gabardina y el frasco de colonia del asma de tu suegra. Sólo unas gotitas para desinfectar el pañito. Le escocerá un poco, querida, pero no agarrará infecciones.»

«Sabe usted, Edith, que hacía muchos años que nadie me llamaba Anne... Todos me dicen Annelies, y mi marido me llamaba, me llama Lies. Pero mi madre siempre me llamó Anne, porque ése era su nombre.» Edith Vaisberg le sonrió. «Anne es un nombre bonito. Seguro que se lo hubiera puesto a una hija mía. Pero ya ve que sólo me salieron chicazos.»

Y entonces, mientras crepitaban los altavoces «ATENCIÓN, ATENCIÓN», y las dos callaban y tendían el cuello con un movimiento, pensó, de tortugas a quienes un ruido insólito obliga a sacar un segundo la cabeza de las conchas, recordó al faraón que mandó matar a los recién nacidos varones de los judíos de Egipto y dispuso perdonarle la vida a las hembras. El faraón fue desobedecido, pero ahora ya no habría, intuyó, ni siquiera esa clase de distinciones... incluso el rostro de Edith, tan pegado al suyo que sentía su respiración afanosa, se había vuelto de un gris ceniciento. El altavoz repetía una serie de nombres, ordenando a sus dueños que recogiesen sus pertenencias y se encaminasen hacia la entrada principal. Abraminsky, Adamsziewsky... Barvanelli, Bernstein, Binenfeld... Blechberg, Blimmenstein... Bloch, Blochen, Blochenwald... Blumen... Cohen, Cohandrien, Dardanell, Davidovitch... La lista se detuvo en la *D*. Y entonces, la voz irrumpió de nuevo en medio de aquel silencio pavoroso. Ahora no se limitaba a los apellidos, ahora enunciaba también los nombres.

... Bloch Myriam, Bloch Jeanne, Bloch Maurice, Bloch André, Bloch Edouard...

La lista proseguía, inalterable.

... Bromenstein Jan, Bromenszwiegen David...

Jeanne Bloch se arrojó a los brazos de Edith Vaisberg. Sollozaba, pasaba del francés al *yiddish*, gritaba que André llevaba desde el 17 por la mañana con tanta fiebre, dónde iban a llevarlos, le había preguntado a una asistenta social de la UGIF y ésta le había contado que únicamente se había consentido liberar, derivándolo hacia el hospital Rothschild, rodeado de alambradas desde diciembre del 40, a un antiguo, y condecoradísimo, oficial del 14 aquejado de un coma diabético fulminante... Pero era porque el viejo estaba moribundo, había añadido, con los ojos clavados en el suelo; moribundo, de resultas de la falta de insulinas, y con principio de gangrena en una pierna...

Vio a Edith abrazando en silencio a su vecina de tantos años, vio a la señora Bloch madre levantarse y echar a andar muy despacio hacia la fila de gendarmes concentrándose en un punto de la pista, oyó a Jeanne llamándola, pidiéndole que aguardase a que recogieran sus cosas, rogándole en vano que los esperase a ella y a los niños. Un muchacho rió cerca de ellos, sin alegría. «Otra que tiene prisa por conocer el *rien ne va plus* de Drancy o las panorámicas de los campos del Loiret. La vieja está tocada.» Y a su lado otro chico, de rostro amargo, y cubierto de marcas de acné, repuso: «todos los viejos lo están. Francia, tierra de asilo... y esa mierda pacifista del *Jean-Christophe*. La madre tierra, nuestros amigos los soldados alemanes, la fraternidad de las trincheras... ni un solo tiro después de Verdún. Un bla, bla, bla estupendo. Había que verles después de Munich, venga de abrazos por las calles, roncos de tanto pegarle vivas a la *paz*. Salían de los cafés como cubas, toda la paga se les iba en celebrar que su gobierno no iba a entrarle a cañonazos al hijoputa de Hitler. Así nos va». Los Vaisberg y sus propios hijos se afanaban alrededor de los paquetes dispersos, intentaban recomponer el pobre equipaje deshecho dos días antes... Dos días que se le figuraban dos siglos. Y mientras, André Bloch tosía y tosía, y tiritaba sin cesar, en pleno mes de julio, con sus nueve años flotando dentro de una chaqueta de cuero que había pertenecido a su padre... Tosía y tosía, con sus ojos, de un azul de llama de gas, brillantes de fiebre. «Callaos, que no respetáis nada.» Edith Vaisberg inspeccionaba los cuatro bultos, con los ojos bajos porque jamás se había permitido llorar en público. «Vamos, señora Vaisberg, ¿va a enternecerse ahora por los franceses? ¿La oda de Claudel al mariscal Pétain, que a nosotros nos enseñaron en la escuela, empieza a conmoverle, tal vez? El gran héroe de Verdún... Ya ve el resultado de amar tanto a Francia, señora *solidaridad*.» «Callaos ya, golfos» —pero había cierta ternura y mucha comprensión en su voz—, «que no todos los franceses son como estos gendarmes. Acordaos de cuando llegasteis, como yo, de Polonia... Y de los tipos de la Citroën del patio... ellos también lo pasan mal, no hay día que no fusilen a alguno en el Mont-Valérien. Y además, qué andamos diciendo. Los Bloch son franceses, no es verdad, Jeanne. Franceses, por mucho que les hayan quitado los papeles y convertido en apátridas, como a la señora Landerman, que es tan alemana como esos criminales. Y más que ellos. Jeanne querida, estoy segura de que el hecho de ser viuda de un soldado caído por Francia os protegerá un poco... Callaos, chicos. No les hagas caso, son jóvenes. Y gracias a... en fin, a Dios o a quien sea, están furiosos. Tú sigue insistiendo en que *sois franceses*, por mucho que os digan que los alsacianos... Insiste en que erais, y sois franceses, la viuda y la madre y los huérfanos de un miembro del ejército francés. Y recuerda, vayáis donde vayáis, que seguro que tenemos allí, en todas partes la tenemos, a nuestra gente de Solidarité, o del MOI... Confía en todos, menos en los sinvergüenzas de la UGIF.» «¡Pero si la mitad de los fusilados de París no ha nacido en Francia, señora Vaisberg!» «Déjalo ya, hijo.» El muchacho calló y se mordió los labios, y por un instante estuvo segura de haberlo visto, con algunos años menos, jugando a ese deporte inglés de la pelota, por la plaza de los Vosgos... «Qué importa dónde se nace, hijo... si sólo importa cómo se vive.» Pero Edith Vaisberg ya no se dirigía a ninguno de los dos muchachos, hablaba para sus adentros, inclinada sobre una mochila con un par de sábanas dobladas y dos o tres libros de Maurice, que ese curso, recordó de golpe, había ganado el premio extraordinario en todas las asignaturas...

«¡Diga mejor que es sionista, Jeanne, como nosotros, y mándelos a tomar por el culo, a los franceses y a los alemanes y a quien haga falta!», gritó el chico de los granos, tomándole de las manos el maletín. «Te he puesto dentro barra y media de pan, Jeanne, como donde vayáis no escaseará el agua como aquí, pues lo remojas en plan sopas para André, hasta que se le pasen algo la fiebre y los dolores de garganta y pueda tragar algo de sólidos. Vigila bien las dos cacerolas, no vayan a robártelas, porque si os llevan a Drancy ya sabes que se dice que allí ponen de jefes de escalera a muchos presos comunes. Y no te preocupes por la señora Myriam. Seguro que la recobra, la razón, digo yo que ese silencio suyo no irá a durarle ya mucho más.»

«Coja sus cosas, Jeanne, yo me ocupo de los niños hasta la puerta. A ver, André, si no fuese porque estás malito me llevabas tú a mí en brazos, eh... como ya eres un chico mayor. Un chico a punto de cumplir diez años. Veo que has cogido a Ed, Maurice, esto está muy bien, así mamá va la primera. Esto es como una fila de las de la escuela, Ed, no tienes que asustarte, verdad que no, Maurice. Maurice sabe de organizar estas cosas porque ha ido una vez de vacaciones con las colonias, a que sí... ¿Fuisteis al mar, Maurice?, ¿no? Bueno, pues no importa, otra vez será. No, no llores, Ed. Tranquila, Jeanne.»

¿Era ella quien hablaba así? Con ese acento chillón de cómica de provincias... Las palabras salían a borbotones de su boca. André pesaba mucho y tiritaba en sus brazos, ardía de fiebre y delante de ella lloraba Edouard, en brazos de su hermano que tenía «sólo» dos años menos que Ilse... Delante de ella, que caminaba entre gentes que les abrían paso en silencio, Maurice fingía la calma de un hombre. Un hombre de nuevo tipo, pensó, ella nunca los había conocido así, con esos cuerpos de once años y esas extrañas miradas de determinación.

El altavoz repetía de nuevo la retahíla de nombres, ya llegaban junto a la fila de gendarmes, Jeanne pareció desfallecer un momento ante la oscura hilera de uniformes, se volvió hacia su hijo mayor, y éste asintió, como si ella le hubiese formulado una pregunta sin palabras y él supiera de antemano la respuesta. De pie, y al fondo de la línea de policías, estaba la señora Bloch, mirando sin verles, acaso sin reconocerlos, con su nueva expresión de ausencia... En silencio tendió el niño enfermo a su madre. Jeanne entrecerró los ojos y murmuró «buena suerte, Annelies. Buena suerte para todos los tuyos».

Antes de darse la vuelta vio cómo el pequeño Edouard saltaba de los brazos de su hermano mayor y se arrojaba al suelo, aferrándose a las faldas de su madre... Un gendarme le decía algo, pero el niño lloraba y pataleaba y escondía la cara en la tela azul oscuro... Ella tenía una blusa del mismo tejido porque había ido a comprarla con Jeanne, habían elegido juntas esos cortes a buen precio en una tienda de la calle Blancs Manteaux que liquidaba sus géneros de verano e invierno por defunción del propietario, justo al principio de la *drôle de guerre*... «A ver qué se le ocurre a la abuela, y si no nos convence pues vamos a la calle Fourcy, donde Nadia Sienicki. A lo mejor si le insistimos un poco nos deja echarle una ojeada a sus patrones», había dicho Jeanne, pasando las yemas de los dedos sobre unas *crê-*

pes de Chine demasiado caras, con expresión soñadora. Jeanne Bloch era, había *sido*, coqueta. Una muchacha alegre, de rostro redondo animado por destellantes ojos azules que enmarcaban los rizos laboriosamente conseguidos noche tras noche a base de sus *imprrescindibles* tenacillas, como le decía a Ilse entre risas, con su fuerte acento de Estrasburgo. «Ay, Ilse, tú sí que vas a salirnos una belleza, una *star girl* que dará que hablar al mundo... Más de una que yo me sé mataría por estas facciones tuyas, hija. Ya me ocuparé yo de que aprendas a sacarles partido, que tu madre anda en las nubes para estas cosas, si casi tuve que arrastrarla a que Roger le modernizase un poco la cabeza en su salón... Tres años más y te convido a permanente. Tienes la clase de pelo que aguanta bien los óxidos.» Una chica loca por los astros de las películas y las letras de los *chansonniers*, que soñaba con vacaciones en la Niza de las revistas y con *thés dansants*, y adoraba al marido a quien su imaginación ya uniformaba de general, una chica que se había casado apenas salida de la niñez y había tenido tres niños a los que sacó de Estrasburgo y llevó a París nada más empezar la guerra... Una chica entusiasta y siempre dispuesta a las bromas... «Mi Jeanne es como un pajarillo», se maravillaba la señora Bloch, «se sabe si está en casa porque canta a todas horas, es como si en vez de tres nietos tuviese cuatro, porque mi nuera es otra niña. Ya me lo escribió el pobre Edgar: mamá, voy a casarme con la alegría».

Jeanne Bloch se agachaba, trataba de convencer a su hijo menor, ahora de rodillas, de apartarle los dedos crispados sobre el reborde del vestido de antes de la viudez... El despeinado pelo lacio le tapaba los rasgos, desde donde estaba no podía oírla, pero se daba cuenta de que empezaba a ponerse muy nerviosa... Estaba tan nerviosa que tal vez se aprestara a regañar a Edouard... Injustamente, no decía Arvid que nunca se debía reñir a los más pequeños si se estaba nervioso... muy nervioso.

Y entonces ocurrió.

El gendarme avanzó y tiró del niño. Lo levantó en vilo y el traje se rasgó. Vio a Ed, de pie, soltando el jirón de tela azul, vio su cara alzándose hacia la cara del hombre, vio la mano de éste.

El bofetón lo arrojó al suelo.

El gendarme hablaba de nuevo, con la cara vuelta hacia sus compañeros, encendía un cigarrillo, de espaldas a Maurice que se precipitaba a levantar en brazos a su hermano, de espaldas a la boca entreabierta de una Jeanne Bloch que no llegaba a gritar... O tal vez sí que lo hacía y nadie la oía porque de nuevo silabeaban por megafonía los deletreos mecánicos y anónimos. ... Arminsky Joseph... Cahin Ludwig, Cahin Emil, Cahin Sopphia... Cassou Benjamin, Cassou Bertha, Cassou Wilhemmine...

Los nombres se sucedían ahora a toda velocidad.

Danieli Cosette, Danieli Lépoldine, Danieli Victor...

El locutor iba tan deprisa que por momentos parecía ahogarse...

Después, el altavoz comenzó a vomitar instrucciones.

—Diríjanse en orden y en silencio hacia las puertas 2 y 5 del vestíbulo. Repito: puertas segunda y quinta del vestíbulo. Encamínense con sus equipajes a esas puertas, n.º 2 y n.º 5... en orden y en silencio, cualquier altercado será reprimido sin contemplaciones. Repito, puertas 2 y 5, deprisa, hay órdenes de disparar sobre quienes perturben el orden. A todos los convocados, preséntense en puertas segunda y quinta del vestíbulo. No olviden sus equipajes.

Se abrió paso a codazos entre una multitud callada... Únicamente alguien escupió, cerca de ella, y se lamentó, con fuerte acento del este, «¡y son franceses!, ¡oh, Dios mío, franceses!», pero no llegó a adivinar quién había hablado porque todos los rostros que la rodeaban miraban, enmudecidos, fijos ante sí, vacíos, impenetrables, hipnotizados por la común desdicha. Todos los rostros, y el suyo en medio... idénticos, pálidos y desgreñados, conteniendo las respiraciones, atentos al redoble angustiado de los latidos de su sangre por las venas, por las sienes...

La sangre. De niña había ido a pasar unos días con su niñera (¿de veras había tenido una infancia con niñera y patitos de goma flotando en aguas burbujeantes de jabón, de veras se había subido a columpios, de veras había rellenado cuadernos con baladas de Schiller apuntadas con la caligrafía redondeada de quien sólo le teme a la dictadura de las maestras de cuello de blondas armadas de punzones y tizas?) a una granja cercana a Dresde, y había oído piar a los pollos que alguien llevaba en volandas, cuchillo en mano, hacia el tajo de madera... Desde entonces no había vuelto a probar el pollo («no, a ésta no le deis cerdo», rechazó en su nombre la niñera las rodajas de embutido que su hermana les presentaba sobre un platillo de loza festoneada, «que luego se lo cuenta a los señores y a lo mejor tenemos un disgusto. No os he dicho que son mosaicos, pero qué cabezas tenéis»). La hermana de la niñera, aquella mujer flaca y triste (¿qué hacía ahora?, ¿zurcía calcetines para los huérfanos de la Wermacht a las tardes en la parroquia de su pueblo?) que durante toda aquella semana le llevó jofainas de agua caliente al cuarto techado de vigas y admiró sus modales y sus cuentos de niña de ciudad, le regaló un pollito amarillo dentro de una caja de zapatos. La hermana de la niñera gruñona que los dejó para casarse con un tabernero —«jactancioso, pero honrado, señora Landerman, y a mis cuarenta años a ver quién se pone a hacer remilgos. Y ahora que me pregunta por el regalo de bodas... siendo francos, señora, qué mejor regalo que dinero. Los pobres, señora Blumenthal, le vemos mejor color a un billete que a un ramo de orquídeas, usted me entiende»— era mejor y más buena que ésta. No reñía por cualquier motivo, alababa su manera de comer y la limpieza de sus botines, y una noche, después de encerrar a las gallinas, le contó un cuento. Un cuento sobre el castillo de irás y no volverás. Era buena, y dulce, hasta el día en que mató a un pollo que tal vez fuese el hermano mayor o el tío del que le había regalado. Alzó el cuchillo, y seccionó el pescuezo, indiferente a los chillidos y temblores del animal, y al verla asomada a la puerta de la cocina le sonrió: «Hola, Annelies, por qué te levantaste tan temprano... espero que te gusten los higadillos encebollados, son mi especialidad. A mi señor padre le encantaban. Y ahora también le gustan al señor Wupper.» El señor Wupper era su marido. El cuerpo del ave tembló por última vez entre sus manos, y el chorro de sangre saltó disparado sobre la madera del tajo...

Esa sangre que ahora recordaba vívidamente según avanzaba por entre una marea abriéndose de rostros cerrados y de cuerpos sin lavar, iba a ser la suya, se estremeció, porque ahora ella *era* el pollo, todos ellos *eran* los pollos... Acaso no había soñado, o creído soñar, con que escapaba de la inmensa pajarera cuando en verdad no estaba soñando, sino volviéndose loca, tan loca que si no la sujetan se hubiera golpeado con saña la cabeza contra el suelo... Tan loca. Pajareras... No, no pajareras, no. Algo peor. «Ningún pollo escapaba a su destino en esa granja», pensó, «ningún pollo de ninguna granja escapa nunca al cuchillo que alguien blande mientras piensa en la última cosecha de remolachas de su vecino».

Supo que los convocados habían abandonado del todo el recinto, *puertas n.º 2 y n.º 5, puertas segunda y quinta*, porque a su alrededor, y de abajo a arriba, de arriba abajo, volvió a estallar el coro de gritos, el unánime chillido de «¡libertad! ¡libertad! ¡libertad!» que miles de gargantas proferían histéricas, desde las gradas a la pista, y desde las rampas a las gradas. El dieciséis por la tarde había escuchado por vez primera esos gritos de acompasada y frenética desesperación, surgidos Dios sabía en qué piso y en qué filas de asientos, apenas alguien divisó sobre la pista, e hizo correr la voz, un par de uniformes alemanes a los que acompañaban los quepis de un grupo de militares franceses y dos o tres civiles. «¡Libertad! ¡libertad!», chillaba la gente, y ella con ellos, desgañitándose, y el grupo de visitantes de la tarde tórrida se apiñaba en corro en el centro de la pista, no llegaba a distinguirlos bien, y pasó un buen rato hasta que los altavoces consiguieron hacer oír el multiplicado chisporroteo de un tonillo nasal y vibrante. «ATENCIÓN, SILENCIO Y ATENCIÓN, VA A DIRIGIRLES ACTO SEGUIDO LA PALABRA A LOS DETENIDOS EL SEÑOR ANDRÉ BAUR, DIRIGENTE DE LA UNIÓN GENERAL DE ISRAELITAS DE FRANCIA, ÚNICA ORGANIZACIÓN JUDÍA CREADA Y TOLERADA POR LAS FUERZAS OCUPANTES...»

«Al menos no les dejamos hablar», dijo después Emmanuel Vaisberg. Estaba ronco, como todos los demás, incluidos sus dos hijos, ronco por haber gritado, durante más de media hora, y sin interrupción: «FUERA, NAZIS FUERA, UGIF/NAZIS, FUERA, FUERA, UGIF/NAZIS, LIBERTAD, LIBERTAD, NAZIS FUERA.» «Al menos eso nos llevaremos al salir de aquí. El recuerdo de los señores Baur y Katz yéndose a la chita callando, y sin poder acercarse a los micros de sus jefes alemanes para largarnos el cuento de que en ciertos momentos de la historia más vale agachar la cabeza en nombre del mal menor.»

«¡Libertad! ¡libertad!...» El clamor disminuía, y el abatimiento golpeaba de nuevo los rostros, arrinconándolos al fondo de la jaula... Y ahora la masa se disgregaba, con movimientos de pánico, se agitaba en todos los sentidos, hacia delante y hacia atrás, ensordecida y gimiente, y ella se perdía por entre el agitarse de los cuerpos, tenía la boca seca y un hambre atroz... Luchó por desasirse del empuje del gentío y de pronto se dio cuenta de que también ella empujaba a los otros, también ella insultaba y lloraba...

Una mujer chillaba «¡leche para los niños, leche y agua para los niños!», y a su lado un viejo desdentado reía, tratando de hundirse los pulgares en los ojos... Esos pulgares que una chica le apartaba de la cara a golpes y a mordiscos, rogándole en alemán que «por favor, abuelo, por favor»...

En alemán. Ilse no quería responderle nunca si le hablaba en alemán, «yo sólo hablo lenguas civilizadas, y no me vengas con tu Goethe y tu Beethoven, quieres. Mierda también para ellos, aunque no tengan la culpa. Si ni siquiera fueron judíos», se enfurecía... Ilse. Era Ilse la que estaba llamándola a gritos, muy cerca del tumulto de mujeres que volaban hacia las puertas, al grito de «¡leche y agua para los niños!», muy cerca de los gendarmes que corrían tras ellas, con sus armas desenfundadas y en lo alto, y blandiendo las porras...

«¡Mamá!»

Asió su pelo y tiró de ella hacia sí, logró arrastrarla a un lado, lejos de la avalancha que se abalanzaba hacia las puertas segunda y quinta, *repito, puerta n.º 2 y puerta n.º 5*, y del escándalo de gritos y pitidos de silbatos, qué felicidad sentir el peso de aquel cuerpo joven aplastado sobre el suyo, qué felicidad oler su sudor joven de días y miedo. «No te dije que no te alejaras de nuestro sitio», riñó a gritos, «qué os dije a ti y al niño, es que yo hablo para los muros», y pensó «oh, Dios mío, los muros... los muros y *nuestro sitio*, eso os he conseguido en la vida». «Pero es que vi de refilón a Monika Libbers, mamá, la vi a lo lejos, y fui a saludarla, están ella y toda su familia, hasta sus primos de Lublin, y cuando me volvía se armó todo esto.»

«Creía», sonrió apaciguada, «que tú y esa chica Libbers no podíais soportaros. Enemigas totales... la mayor enemistad que ningún profesor de la *quatrième* llegó a tener en sus aulas. Un odio *racinien*».

Su hija se encogió de hombros y la contempló con fastidio. Tenía los ojos muy rojos a causa del polvo y se los refrotaba con el mismo gesto mecánico del hombre que minutos antes había intentado hundirse los pulgares en sus cuencas. A veces imitaba inconscientemente los *tics* de su padre... sin duda porque era casi *idéntica* a su padre, salvo en el carácter. Ilse había sido un bebé tozudo, una niña dominada por una terca alegría voluntariosa, que tan pronto pasaba del llanto compulsivo a la risa más vehemente. «A qué antepasado nuestro habrá salido esta fierecilla indomable», solía reírse Arvid, «mírala, Lies, si hasta se está mordiendo los puños de ira sólo porque se le cayó el chupete». No, su hija había heredado *únicamente* el liso pelo rubio y los calmosos rasgos del hijo de ese contable de su padre a quien atisbó por vez primera a los siete años, desde el interior ronroneante de un automóvil aparcado en un muelle frente a las oficinas «Blumenthal, import/export de jades y objetos artísticos»... Él —lo supo meses después cuando su madre lo invitó a la fiesta infantil de su octavo aniversario— tenía diez años. En su escuela lo llamaban «Schliemann», como al descubridor de Troya, porque su capacidad de aprender idiomas era, sencillamente, fabulosa, comentaban sus padres en la media voz del temor y del orgullo. Aquella tarde, el muchacho de serios ojos azules le tendió un ramillete de flores y un álbum de postales de Herculano y le deseó un feliz aniversario con esa lenta entonación que ya entonces empezaba a serle característica. Agradeció sus regalos, distante y cortés, lo miró colgar su abrigo en el recibidor, y alargó una mano furtiva para rozar el cuello, húmedo de nieve, de la prenda de *cheviot* que goteaba desde uno de los brazos del perchero. «Miss Blumenthal», la requería, modulada y grave, la voz de su institutriz inglesa desde el comedor lleno de luces y de adornos... Se llevó la punta de un dedo mojado a los labios, y sonrió, únicamente para sí, como sonríen, orgullosos y distraídos, los poseedores de un secreto.

Acababa de decidir que alguna vez, cuando se hiciese mayor, iba a casarse con el dueño de ese abrigo.

«Vale, mamá. Pero es que eso era *antes*. Antes de esto. Monika ha estado muy simpática. Su madre se trajo hasta restos de carne fría que tenían en el horno porque el día quince fue el cumpleaños de su hermano Dan. Tampoco se la íbamos a dejar a la portera, dijo Monika, y me contó que según salían por la puerta trasera, la que da a la calle des Ursins, la muy puta les fue detrás y les preguntó si podía quedarse con su máquina de coser... Imagínate, mamá. La señora Libbers no podía ni abrir la boca, pero parece que Dan la puso en su sitio... La portera subió con los policías al apartamento, y dice Monika que se estuvo todo el tiempo abriendo cajones, que curioseaba por el piso mientras ella y sus hermanos organizaban las maletas y su madre envolvía esa carne fría en una media. Fue divertido, dijo Monika, todos nos reímos, no había papel encerado, y mi madre sacrificó una de su mejor par de medias. Monika dijo que ella y sus dos hermanos estaban tan nerviosos que se partieron de la risa cuando la vieron envolver el rollo de carne en una de sus medias de *fiesta*, los polis y la portera no comprendían nada, los miraban reírse y todo eso, y la señora Libbers les dijo "callaos, chicos, a ver si aún os tengo que sacar la zapatilla de las tundas". Pero dice Monika que ella no se reía, dice que lloraba, y que fue muy raro, porque nunca la habían visto llorar, a su madre. Dice que al principio creyó que resoplaba. Pero es que la señora Libbers es tan gorda, mamá...».

Antes de esto.

Su hija había dicho «puta», lo había dicho con toda claridad, y ni siquiera se molestaba en reconvenirle... Tal vez esa clase de reconvenciones también perteneciesen al territorio perdido de ese *antes*...

Vio la estrella amarilla que ella misma había cosido sobre el vestido de Ilse. Había ido a buscarlas, las estrellas, *sus* estrellas, con Jeanne, Edith y otras vecinas, a la comisaría del distrito, y Edgar ya había muerto, y Simon y Arvid ya estaban en Drancy... Sin estrella no había cartilla de racionamiento, y sin cartilla no se podía ir, de tres a cuatro de la tarde, única hora en que les estaba permitido a ellos, los judíos, hacer sus compras, a rebuscar por entre las tiendas medio vacías, los doscientos cincuenta gramos semanales de sémolas a que daba derecho en esas fechas el ticket DN, o los doscientos cincuenta gramos de guisantes asegurados por el ticket DR.* Sin estrella no había escolarización de los niños, no había recetas médicas, no había cupones para el azúcar y las patatas, sin estrella no había nada... «Les diré una cosa, chicas», zanjó después de su recogida Edith Vaisberg las discusiones y fantasías de huidas al alba hacia la frontera suiza, o hacia esa línea de la demarcación de senderos boscosos invadidos por soldados alemanes a la caza y captura de unos fugitivos demasiadas veces vendidos por quienes se cobraron el precio del corto trayecto hacia Chabanais o Confolens en billetes, joyas o relojes de familia, «y esa cosa es que estamos bien jodidas. Se puede ir por la vida de clandestino, claro que sí, no seré yo, con mi trayectoria, quien lo discuta. El problema es, *son*, los niños». Estaban en la cocina de la señora Bloch, con el montón de estrellas de tela esparcidas sobre la mesita coja próxima al fogón, y Edith hablaba y hablaba, suspiraba que se moría por un cigarrillo... un «único» cigarrillo. A ella le dolían los pies, pero dudó unos minutos en descalzarse. Inútil, porque nadie, ni siquiera la señora Bloch, de ordinario tan observadora y detallista, se fijó durante la velada en sus pies cubiertos

* DN y DR: Denominaciones de dos clases de tickets, o vales, para la cartilla alimentaria durante la Ocupación.

por medias desparejadas, una era color cristal y la otra color café, recordaba ahora... «A ver quién es la guapa que se arriesga a una clandestinidad con los niños bajo el brazo. Niños llorándole de hambre en un escondite de días o de horas porque sin documentación no hay leche. No hay leche ni pan ni tapioca. Nos han marcado bien, pero que muy bien, los muy canallas, con esa estrella que para mí significa leche, y pan, y tapioca, y si hay suerte, lapiceros y cuadernos para las escuelas en otoño... Pero algún día se lo cobraremos, ese precio, ¿no? No siempre van a ganar los peores, digo yo. Nos han jodido, chicas, y nos han quitado hasta los aparatos de radio, han publicado en sus periódicos esos anuncios donde se condena a muerte a todo judío que no haya entregado antes de finales de abril su aparato de radio, pero en fin... Algo hay que esconderles. Y tengo el honor de decirles, chicas, que de los dos aparatos de mi casa sólo se les entregó *uno*... Y que el otro, del que no tienen noticia, y que no suena muy bien porque es barato, Jean se lo ganó en una rifa del 14 de julio al año siguiente de nuestra llegada a este país, nos espera... junto a unos *bretzels* que acabo de hacer. Ese aparato está a su disposición en mi casa, a cualquier hora, del día o de la noche, sólo tienen que usar la copia de llave que le di a la señora Bloch. Ella la deja siempre debajo de su felpudo, no es verdad, Myriam... Y ahora, señoras, olvidémonos de las estrellas, ya nos la coseremos mañana, porque son las seis y veinte... Y a las seis y media tenemos una cita clandestina, y maravillosa, con las ondas. Va a hablarnos Maurice Schumann, desde Radio Londres.»

Habían ido a recoger esas estrellas, que no olvidaron mientras, apretujadas en medio de la oscuridad de las persianas bajadas, asentían a las cálidas palabras, salpicadas de interferencias, de Maurice Schumann reclamando coraje y honor, piedad y rebeldía, desde la capital inglesa, aquella misma mañana... Y entre una sí y otra no de las fachadas de París, en mitad de los encartelados rostros y los nombres, ribeteados en rojo, de los resistentes *terroristas* cuyo inmediato fusilamiento se anunciaba en mayúsculas tenebrosas, vieron, orlada de negro, la nueva «ordenanza» firmada por el comandante Oberg: «PARISIENSES, SERÁN ARRESTADOS Y FUSILADOS *IPSO FACTO* QUIENES ESCONDAN, AYUDEN O APOYEN A LOS PERSEGUIDOS POLÍTICOS Y RACIALES. SERÁN ARRESTADOS Y DEPORTADOS SUS HIJOS, Y CONDUCIDOS SUS HERMANOS Y SOBRINOS MENORES DE DIECIOCHO AÑOS A CORRECCIONALES... PARISIENSES, EN VIRTUD DE LA LEY N.º...»

«Mamá. Escucha, mamá. Monika me ha dicho que si van deprisa ella y yo, como somos de la L, ya sabes mamá, como en las clases, por eso estábamos juntas en la *quatrième 2*, pues saldremos enseguida... Mamá, me escuchas, por favor... date cuenta. Hoy se han parado en la *D*. Y nosotros somos *L, L* de Landerman. Saldremos mucho antes que los Vaisberg. ¿Crees que iremos a Drancy? ¿Crees que iremos donde papá?»

Antes de esto, había dicho su hija. De pronto odió a Arvid, era un odio casi físico, de haberlo tenido delante hubiera sido capaz de golpearlo y de gritarle: «¡Para eso me hiciste los hijos, cabrón, para que viniesen a hablarme de Eles y de Des en esta pajarera, en esta ratonera que apesta, *apesta* a nosotros, al hambre de nuestros hijos y a la suciedad de todos, para eso estuve esperándote desde mi puta infancia!...»

El cansancio, tenía que ser el cansancio, todos esos locos insultos eran producto del hambre y del cansancio, cómo si no podía ella pensar semejantes barbaridades, decirse semejantes... improperios, resolvió, llevándose los dedos a las sienes. Como Arvid desde que era niño, evocó llena de malestar. Ilse la observaba, con la atención de un camillero acudido a toda prisa bajo el tejado de pizarra por donde resbala, gimiente, un vacilante candidato a suicida. *Los suicidas...* Morir hubiese estado tan bien... Estaban los locos y los suicidas. Y sus hijos.

También estaban sus hijos, allí dentro, con ella. «Perdóname, Arvid», rogó, y por un momento le pareció que él acababa de regresar de Berlín a su casa de Lübeck, y le rogaba a *ella*, derrumbado sobre una silla, desconocido y tan triste, mirándola con desolación y aquella especie de terrible piedad, que no lo perdonase y lo expulsase de su vida sin contemplaciones. Por un momento se divisó de nuevo frente a él, de pie en su gabinete, acariciándose la gargantilla del cuello con el mismo temor titubeante con que le acarició la cara y los hombros estremecidos apenas empezó a llorar... Un llanto amargo y extrañamente impúdico, de hospiciano en su primer día de orfanato o de recluso en una celda...

«Tengo que dejarte, Lies», había sollozado él, con la cara hundida entre sus manos, «tengo que dejarte y no puedo casarme contigo, porque justamente a ti no podría engañarte, nos conocemos desde niños, nos prometimos amor y tantas cosas siendo unos chiquillos, mi Lies, mi pequeña y querida Lies. No puedo mentirte, Lies. Estoy roto por dentro, y por eso, *sólo* por eso, he vuelto a Lübeck y he aceptado este puesto de profesor de español en ese *gymnaseum* luterano que dices que te ha hecho tanta ilusión. Yo la quería a ella, y ella no me quiso a mí, se fue con él, con mi mejor amigo, el tipo al que más quiero del mundo porque, y te aseguro que no lo entiendo, lo quiero más que a ella, y voy a morirme de la tristeza o de la rabia, Lies, o es que me estoy volviendo loco. Lies, a ti no podría mentirte, seguramente soy un sinvergüenza y han tenido que pasar años para apercibirme... porque si ella llega a decirme que sí, yo no hubiese vuelto jamás. Hubiese huido, como un ladrón, y tal vez ni siquiera te habría escrito. Por eso he tardado en visitarte. Pero esta mañana supe, cuando me levanté, que ya no podía postergarlo más. Tenía que venir a decirte que no puedo casarme contigo, por mucho que te quiera, no sólo porque me haya enamorado de otra, también porque no soy quien creía ser. Soy sólo un egoísta, un sinvergüenza».

Tal vez su hija sí se pareciese a su padre, a su padre cuando estaba en Berlín... A ese Arvid a quien *ella* no había conocido. Y si esa dolorida mirada de exigencia con que Ilse parecía emplazarla ahora —pero emplazarla *a qué*, se preguntó, llena de angustia— fuese realmente la de Arvid, su auténtica y secreta manera de mirar y de nombrar y de asir el mundo...

«Pobre Arvid», se apiadó fugazmente, «si tú nunca tuviste nada de sinvergüenza», y le sobresaltó descubrir que acababa de pensar en él en pasado.

Tragó saliva, como la había tragado entonces, cuando lo abrazó y simuló consolarlo, odiándolo y queriéndolo tanto, más que nunca, más que cuando recibía las cartas de su estancia berlinesa, donde le contaba al detalle mucho de lo que hacía y callaba todo lo demás. «Miénteme, Arvid», le dijo entonces, «miénteme y cuéntamelo todo, pero no me digas sus nombres. Te he esperado para lo bueno y lo malo, así que no tengas miedo. Pero no me digas sus nombres, sólo eso te pido». Entonces había pensado, un pensamiento furtivo y asombroso, que si esos nombres no eran pronunciados, nada de aquello llegaría a hacerse real, y todo lo sucedido se disolvería en una especie de bruma... Lo pensó antes de mecerlo como a un niño desconcertado por su primer gran duelo, fingió una calma que estaba muy lejos de sentir y aseguró que no estaba enfadada, ni decidida a abandonarlo, «estaremos juntos para lo bueno y para lo malo, ahora necesitas descanso y toda mi ayuda», insistió, y la mirada de él ya no rehuía la suya... Esa mirada sin la que no estaba *dispuesta* a vivir.

Aquella noche fue a la habitación de su madre antes de que ésta se acostara y contempló durante mucho rato el grabado de la mujer-pez, se acordaba de la sirenita del cuento de Andersen cuya lectura le sumía de niña en un desconsuelo sin límites y retrocedía unos pasos, espantada, porque el desconsuelo estaba otra vez ahí, dentro de ella y a su alrededor, amenazante y sombrío, con su promesa de un final de espumas y derrota... Y luego lloró toda la noche, tumbada sin desvestirse sobre la cama de su habitación infantil, hasta que de madrugada la venció el cansancio. Cuando despertó, había en su interior una novedosa e implacable determinación de luchadora.

Seis meses después se casó con Arvid, pese a las vagas reticencias familiares («un hombre sin más bienes ni fortuna que ese título suyo de profesor de idiomas, Anne, no crees que podrías haber encontrado alguien mejor y más situado», había protestado levemente su madre), y pasó a llamarse Landerman.

«Vamos, hija, regresemos.» Ilse se giró, pensativa, hacia las puertas, los gendarmes habían logrado reducir al gentío desesperado, y dispersaban a porrazos a las últimas recalcitrantes... «¿Crees que alguien lo habrá conseguido?», le preguntó. Se encogió de hombros, prefería no pensar en alimentos de ninguna clase, no imaginar botellas de leche ni nada por el estilo... «Tal vez hoy vuelvan a permitirles a los cuáqueros entregarnos algo de comida. El viernes les dejaron pasar unas docenas de cajas de bizcochos para los más pequeños, te acuerdas que los repartió la Cruz Roja.»

Su hija le agarró del brazo y se apoyó en ella. «No me refería a eso», sonrió. «Quiero decir que si alguien habrá conseguido deslizarse fuera... ya sabes, en un descuido, aprovechando el barullo. Monika me ha contado que el mayor de los Baum aprovechó un cambio de guardias para escabullirse. Y parece increíble, pero lo logró, su madre está contentísima... o lo estaba, porque es de los que ya se fueron. Un tipo pelirrojo, con muchas pecas, y muy engreído, estaba en la *Seconde A* de los chicos... la verdad, quién lo hubiese pensado de él, quién se hubiera imaginado tanto valor, con lo soso que es. Les había dicho que iba a intentarlo y su familia estaba de acuerdo. Y la señora Kanemann... se cuenta por ahí que una de sus hijas logró escapar de la comisaría del Panteón a las siete de la mañana del jueves. Alguien tuvo un ataque de histeria, y en medio del revuelo su madre la empujó entre las piernas de los policías. Lo que pasa es que parece ser que la volvieron a pillar porque echó a correr a la vuelta de la esquina y la vio uno de los guardias.»

Annelies se estremeció.

«Dios mío, qué horror... ojalá ese chico tenga algún sitio donde esconderse y no se vea... en fin, solo y merodeando por la ciudad, sin saber ni dónde va a pasar esa noche y las siguientes. Volver a su casa sería suicida, tal vez regresen a peinar los barrios, se dice que durante la redada se les escapó mucha gente... mejor pensemos en otra cosa, Ilse. Estoy preocupada por tu hermano.»

«Si Herschel fuese algo mayor podríamos intentar sobornar con dinero a uno de esos cerdos del *Secours National* que se pasean por aquí de uniforme como por el *Jardin des Plantes*. Algunos no tienen ni los dieciséis años cumplidos... Presumen de grandes ideales, de sus asquerosos ideales, pero estoy segura de que a muchos se les podría corromper hasta con unas simples entradas de cine. Se podría intentar comprarles un uniforme... Digo en el caso de que Herschie fuese algo mayor, o lo pareciese. Pero tal vez Jean o Emmanuel... Emmanuel es muy alto.» Hablaba ensimismada, como si soñase en voz alta y de pronto sintió mucho miedo. Otra clase de miedo.

«Ilse», la interrumpió atropelladamente, «Ilse, te lo ruego, no vayas a acercarte a ninguno de esos *vichystas*, no hagas nada peligroso. No son de fiar, comprendes, vienen de las Ligas o son *camelots* o *doriotistas* o yo que sé... tal vez no todos nos odien, pero es seguro que no les encantamos y... Ayer presencié cómo uno de ellos le gritaba a una anciana. Un mocoso que aún no se afeita y había que ver en qué terminos, y con qué desprecio, le habló a una persona en edad de ser su abuela. Con un vocabulario que ni en los puertos... Y la pobre mujer temblaba de miedo, igual que si tuviera delante a uno de los cosacos de su juventud, porque era una de esas rusas de mandil bordado que a Herschie le gustan tanto, te acuerdas que de chiquitito las llamaba abuelas de los cuentos, por ese libro de Afanasiev que tú le leías antes de iros a dormir... No se te ocurra hablarles, me oyes, Ilse, quiero que me prometas que tratarás de pasar desapercibida. Me aterra la idea de que os pase algo malo, bueno, quiero decir algo, algo aún peor... Prométeme que serás prudente, prométemelo por papá. Como se lo prometerías a él si estuviese aquí con nosotros».

La niña le sonrió. «Oh, vamos, mamá», repuso, «deja de tratarme como a una estúpida. Estás siempre encima de mí, como si...».

No terminó la frase, de nuevo agachaba la cabeza, llena de desaliento.

Como si fuese a caerte encima Dios sabe el qué, exactamente, pensó.

Y entonces se odió por haber nacido. Por haber nacido y haber traído hijos al mundo, a un mundo que encerraba a los niños en una jaula de cemento y vidrio...

En un lugar que por desgracia ni siquiera era una jaula. Porque al menos las jaulas se limpiaban a diario.

Cuando volvieron a sus sitios, Herschel estaba llorando otra vez, reclamando entre hipidos a su madre, que lo tomó en brazos enseguida, y Edith le hacía un hueco a su lado a los Wiesen, unos conocidos suyos a quienes acababa de divisar, deambulando de un lado a otro, con bultos en las manos y el aspecto desorientado de quien desembarca, al cabo de meses a la deriva, de una nave en cuarentena. A ellos los habían detenido el dieciocho por la tarde en Joinville-le-Pont, en casa de unos amigos donde llevaban escondidos unos días, los habían hecho dormir esa primera noche en una celda de la comisaría, y en las primeras horas del domingo los llevaron en coche al *Vel d'Hiv*. Uno de los agentes comentó que les había denunciado un vecino, explicó el señor Wiesen, un vecino que tal vez sintió ruidos extraños, voces de niños en una casa donde no los había, y sacó conclusiones y puede que hasta exigiese alguna clase de recompensa monetaria por su gesto «cívico» de escrupuloso seguidor de las leyes. El señor Wiesen era un hombre bajito y pálido, de ojos acuosos, que lloraba en silencio al pensar en la suerte de los Joliot, esa pareja amiga que llevaba meses instándolos a ocultarse hasta la venida de «tiempos mejores». Al menos la chica estaba a salvo, de momento, añadió secándose los ojos con el revés de una mano temblorosa, la mujer de su patrón le había conseguido meses atrás plaza en el convento donde estudiaba su propia hija, suponía que no irían hasta el extremo de registrar los conventos y los pensionados religiosos... Al principio, su mujer se negaba a dejar partir a Noémi, entre él y los Joliot lograron persuadirla, tras muchas horas de negociaciones entrecortadas por quejas y lloros... Ahora su mujer estaba contenta, «eh que sí, Eva», añadió, contenta por la hija que estaba a salvo, entre las monjas.

Y Eva, la mujer, callaba, sin aprobar ni disentir, miraba al frente con la vacía y acorralada expresión de quien ya no comprende qué le está sucediendo, con sus otros niños acurrucados en su regazo, el más pequeño, el que le tiraba de la manga y gimoteaba «huele mal, mamá, huele muy mal», no llevaba la estrella, no debía de haber cumplido los seis años. El otro sacaba de su bolsillo una bolsita de canicas y las hacía girar entre sus dedos, lanzándole furtivas miradas a Herschel. «No teme que se las quite», comprendió, «está asustado y quiere jugar con él, después de todo son de la misma edad», y entonces le palmeó en la pierna a su hermano, dijo: «no seas tan llorica, Herschie, por qué no jugáis un rato con sus canicas». Y Herschel la observó, dolido, pero no protestó, alargó los dedos y cogió una canica del montón, una bolita llena de azules y de verdes, la sostuvo un instante en la palma de la mano y luego la echó a rodar hacia el otro chico con aburrida resignación. Su hermano tenía unas enormes ojeras y había adelgazado mucho en ese par de días... se le veía muy frágil, casi tan indefenso como cuando era muy pequeño y ella lo paseaba al sol en su cochecito, en España, por una calle zigzagueante y en pendiente que recordaba de modo bastante impreciso porque después vino ese tiempo de las bombas, una calle llena de cines y de tiendas... A veces los paraba gente, gente que le tocaba a ella su rodete de pelo trenzado y se inclinaba a mirar al bebé dormido bajo su capota azul y decía palabras incomprensibles, su madre se apartaba temerosa, su madre era muy reservada... pero si iban con su padre éste les respondía en su lengua áspera y cantarina, sin parecer descontento, y les explicaba después que los españoles eran así, hablaban muy fuerte y se reían muy alto y amaban a los niños, les gustaba tenerlos hasta altas horas de la noche jugando por las calles y las plazas, siempre los llevaban consigo a todas partes, y aunque los reprendiesen a voces los entendían más que ningún otro pueblo en el mundo... Les decía que no se asustaran por su manera, tan abierta, de abordar a los desconocidos, afirmaba que los españoles sentían desde antaño una gran curiosidad por todo lo extranjero... A su padre le encantaban España y los españoles, si no hubiera habido esa otra guerra ahora seguirían allí, y ese domingo él los hubiera llevado por la mañana a un parque muy grande con un palacio de cristal frente a un estanque diminuto, y después de pasear a la sombra de los árboles y entre las estatuas se hubieran sentado en una mesa al aire libre, a comer patatas a la inglesa y una especie de caracolillos negros diminutos —había que extraerlos de su concha con un alfiler— que a su madre le daban asco, y a beber cervezas y esos refrescos blancos o morados que tanto le gustaban... Estarían allí, al sol del mediodía, y alguien, el camarero o el ocupante de la mesa vecina, se les hubiera acercado a trabar conversación, deseoso de saber de dónde eran y si se sentían a gusto en Madrid, y a ella le habría alabado su peinado, le hubiese preguntado su edad, su nombre o cualquier otra cosa —si tenía celos del hermanito, por ejemplo, al principio de nacer Herschel toda la gente parecía obsesionada por ese tema de los celos—, y su padre le estaría, en ese preciso instante, traduciendo esas preguntas con una sonrisa en los labios blancos de espuma de cerveza...

Su madre le había dicho que un conocido de su padre iba a sacarlos a Lisboa por España, desde allí tal vez podrían viajar en barco a algún otro sitio, y luego ella se reuniría con ellos, en cuanto pudiera, en cuanto supiera qué iba a ser de Arvid. No, estaba casi segura de que no pasarían por Madrid, aunque eso no era importante, lo único importante era salir de Francia, que estaba volviéndose tan peligrosa como Alemania. No le dio detalles, pero le hizo memorizar un nombre, una fecha y unas señas, recomendándole y ordenándole una discreción absoluta al respecto, y durante varios días la sorprendió mirándolos a hurtadillas, con una mezcla de tristeza y de anhelo; los miraba como si ya no estuviesen allí, como si ya hubiesen emprendido ese viaje de tránsito en secreto hacia un país que hasta entonces nunca llegó a gustarle y al que de repente mencionaba con el acento indudable de la esperanza.

El señor Wiesen había seguido hablando (le pareció advertir que Edith empezaba a hartarse y a considerarlo con cierta impaciencia), pero nadie, tal vez ni él mismo, prestaba ya atención a sus palabras. Decía algo sobre Noémi, su hija refugiada en un convento, cuando se interrumpió y fijó en ella una mirada soñadora. «Nuestra Noémi será más o menos de tu edad... en junio hizo los doce. Ella también es muy rubia, aunque no tanto como tú. Porque tú no tienes el tipo que ellos sacan y exageran en sus revistuchas, sabes. Sin la estrella podrías pasar por una niña alemana.»

«Señor Wiesen», ahora era su madre quien se levantaba, con una furia que la dejaba boquiabierta, «mi hija es una niña alemana, no tiene que hacerse pasar por nada, porque ella es alemana, una niña judía alemana hija de judíos alemanes, tan alemanes como Kant o el maldito cretino del último Kaiser. Nosotros no tenemos la culpa de que ahora pretendan borrarnos de los registros y matarnos hasta los recuerdos. Cállate Ilse, no empieces ahora tú con tus bobadas, déjame acabar, y de mayor te haces bantú o neozelandesa o lo que se te antoje, pero hasta entonces me escuchas sin interrumpir. Lo último que me faltaba por oír dentro de esta pocilga con gendarmes armados hasta los dientes en las puertas, como si tuviesen por misión custodiar a bestias rabiosas, y no a pobres familias desamparadas, es la clase de discurso antisemita que nos ha traído y encerrado a todos aquí dentro. Me importa una mierda qué *tipo* describen en sus revistas inmundas, porque aún me quedan luces para no tragarme sus mentiras. El único tipo que se repite ahora a lo largo y ancho de Europa es el tipo podrido y canallesco que les ha reventado sus cerebros, si es que llegaron a tenerlos alguna vez. No sé de dónde viene usted, pero le aseguro que si empieza a repetir sus argumentaciones estúpidas de ideólogos de la barbarie sobre perfiles o tamaños de los cráneos, tendrá que buscarse otro espacio para esperar a que pasen las horas, porque yo no le dejaré seguir ni un segundo más sentado al lado de ninguno de mis hijos».

«Mamá, cállate, cómo puedes, pero cómo puedes ser tan... oh, mamá, tan bestial.»

El hombre se encogió, aplastándose contra una maleta mal cerrada, de topes reforzados con una cuerda. Parpadeaba, amilanado, y titubeó: «Señora, perdóneme... No era mi intención... Es sólo que llegamos a París desde Viena, comprende. Y lo que vivimos allí es casi indescriptible. De hecho, Eva aún no se ha repuesto.» Bajó la voz y murmuró: «No soporta escuchar el mero nombre de Viena... Nos fuimos a vivir a las afueras porque en París nos topábamos a todas horas con compatriotas, entienden. Y esos encuentros le costaban enfermedades y postraciones nerviosas que duraban semanas. Cuando nació el pequeño temí que no resistiese... Pero lo aguantó todo muy bien, eh que sí, Eva. Eva es una madre excelente. Y nuestro benjamín es francés, nacido en Francia. Estábamos tranquilos por ese lado, ya ven, pensábamos que con un niño francés... Porque a él no tenían por qué llevárselo, en principio, o eso nos dijo uno de ellos, pero es que a quién se lo íbamos a dejar, si a los vecinos de los Joliot no los conocíamos de nada. Telefoneamos a una maestra amiga suya, pero no estaba en su casa. Y desde la comisaría ya no nos dejaron volver a llamar. ¿Cree que hay alguna posibilidad de que dejen marcharse a Eva con los niños? Porque como Joseph es francés, un verdadero francés...»

Su madre contemplaba ahora al señor Wiesen con horror atribulado... Sabía exactamente en qué estaba pensando: en el hecho de que medio velódromo estaba lleno de niños muy pequeños y nacidos en Francia, porque sus padres no fueron informados por la propia policía encargada de detenerlos de que tal vez podrían dejarlos a cargo de algún vecino bienintencionado, o de alguna portera bondadosa, o porque se les dijo, como a los Benoukin, que «ese niño francés garantizaba la inmediata puesta en libertad de toda la familia, a excepción del padre», o simplemente, y en la mayoría de los casos, y desde luego en la práctica totalidad de quienes residían en le Marais o en Belleville, porque no tenían a nadie a quien confiarlos. A nadie, o a casi nadie, en quien confiar.

Cerró los ojos, escuchó a su madre cambiar de tema, y supo que no quería decirle a ese hombre que se refrotaba nervioso unas manos nervudas y estropeadas por el trabajo, que las peticiones, hechas por la Cruz Roja, de liberación y de envío a orfanatos estatales de los nacidos en suelo francés, habían sido tajantemente denegadas. Todas. Sin excepciones.

Trató de fijar en su mente los rasgos de su padre. De su padre que en España les aseguraba riendo que si, como aseguraban los hindúes, los seres humanos vivían, a lo largo de toda la eternidad, varias vidas en sucesivas reencarnaciones, él había sido en otro tiempo un traductor de la escuela de Toledo... Toledo. Su padre pronunciaba ese nombre con fervor ensoñecido... Otro lugar lleno de cuestas, recordó. La primera vez que visitaron aquella ciudad hacía un calor espantoso, y su madre, que se mareó nada más bajar del tren, pronto desistió de caminar pegada a las fachadas en busca de una sombra a más de cuarenta grados. Tuvieron que dejarlos, a ella y al bebé, durante unas horas en el interior de un café con columnas que daba a una plaza. Y ella estuvo entretanto paseando de la mano de su padre por pinas callejas de pavimento de guijarros que se le clavaban en los zapatos de charol que ya le apretaban, porque eran sus favoritos y se había empeñado en traérselos de Alemania, pese a que su madre le insistió en que era tontería hacerlo, ocupaban un sitio innecesario en el equipaje y en unos meses le estarían pequeños; pero no protestó, porque le gustaban las historias de su padre, la manera que él tenía de leerle las inscripciones de aquella sinagoga donde por lo visto ya nadie entraba a rezar, su forma de explicarle las cosas, y aquellos cuadros y frescos extraños y alumbrados por un difuso resplandor azul, como aquel tan grande donde mucha gente de rostros del color de la cera asistía al entierro de un conde con aire de hallarse más muertos que el difunto.

Buscaba en la inmediata, y también en la más lejana o antigua memoria, las facciones de su padre y obtenía tan sólo unos trazos dispersos, como apuntes y esbozos del inacabado estudio sobre el tablero de un dibujante al que de pronto hubieran seducido los rumores llegados del vaivén de un bulevar. Era igual que tender las manos en la oscuridad al encuentro de un rostro y topar con la sola barrera del aire. De muy pequeña solía despertarse a altas horas de la madrugada, se demoraba unos minutos muy quieta entre las sábanas, con la respiración contenida a duras penas y el oído atento al tictac perturbador de aquella marea de relojes demasiado grandes para el estómago del cocodrilo que perseguía al pirata en el cuento del niño que no quiso crecer, y se quedó para siempre en las páginas del libro de cantos dorados. Aguantaba cuanto le era posible, pero al cabo de un rato el miedo la doblegaba y se lanzaba a oscuras, pasillo adelante, y casi nunca llegaba a tropezar con las estanterías, porque de repente prorrumpía en chillidos y se hacía la luz por encima de su cabeza que ascendía muy deprisa hacia el techo, y era que papá la había tomado en sus brazos, y la alzaba en vilo con esa media sonrisa burlona paralizadora de los monstruos que habitaban en los relojes del vestíbulo y en el carillón de una torre cercana, junto a los grajos y a las cigüeñas del buen tiempo. Por esa época, papá parecía no dormir nunca y despertarse al menor ruido. Su madre se quedaba casi todo el día en cama y vomitaba a lo largo de la mañana, y era porque ya estaba embarazada de Herschel... Pero no deseaba recordar nada de esa época, ni siquiera el día en que nació su hermano, y su padre la llevó a conocerlo, y de tan nervioso y contento que estaba le puso el vestido del revés; porque en aquella época vivían aún en Alemania, y ella odiaba Alemania con todas sus fuerzas, la odiaba tanto que ya ni se molestaba en preguntarle a su madre si seguían sin recibir ningún tipo de noticias de los abuelos Blumenthal o de su otra abuela Landerman, la querida *Noch*, que se negó en redondo a abandonar su país cuando papá dijo que había que hacerlo; entendía muy bien a la señora Wiesen, que ya no quería volver a oír hablar de Viena, y entendía también a su marido, pese a que éste tenía pinta de ser un auténtico pesado, un hombrecillo afable y aburrido que ahora se entretenía en abrir y cerrar su pobre maleta desvencijada y en palpar su contenido insólito, «porque hay que ver las cosas tan absurdas que uno guarda si le dicen que tiene quince minutos para vestirse y preparar lo necesario para un par de días», como había comentado la primera noche Edith cuando trataron de acomodarse lo mejor posible, y sacaron las cosas, y a Jeanne Bloch le dio por reír al ver que su suegra había deslizado, entre los pocos pares de pantalones de los nietos y un tarro de conservas de remolachas, tres cuellos de celuloide que fueron de su marido.

Ella no se había reído (los mayores se pasaban media vida reprendiendo por cualquier motivo, pero entre ellos circulaba siempre una curiosa y solidaria indulgencia hacia sus propios actos), porque aquellos cuellos duros de camisas le indujeron a recordar sus zapatos de charol que sin duda alguna niña española calzaba ahora, cómo no iba a entender a la vieja señora Bloch, por qué Jeanne, siempre tan simpática, le tomaba el pelo como loca, y entre carcajada y carcajada la abrazaba, y la llamaba bobita, y sentimental, y chicuela disfrazada... Myriam Bloch no era ninguna chiquilla, y no entendía por qué se ruborizaba y les seguía la corriente a las tontas bromas de Jeanne, pero evocar en ese momento aquel par de zapatos destellantes la apaciguó extrañamente... En cierta medida, le alegraba que se hubiesen quedado en España. Tal vez alguien los llevase puestos, tal vez sus suelas repiqueteasen libres sobre una acera recalentada por el sol.

Miró de reojo a Herschel, que ya no jugaba con el otro niño y se mesaba los rizos con aturdida indiferencia. «Es debilidad», se dijo espantada, «*tiene* que ser debilidad», y se prometió darle la mitad de su trozo de pan del reparto de la noche y todas sus galletas de la mañana, si su madre continuaba pretendiendo que no tenía ni hambre ni sed para cederles su parte no tardaría en ponerse enferma...

«Ven, Herschie, ven conmigo. Quieres que juguemos al *veo veo*, quieres que te cuente una historia», le insistió. Pero el niño sacudió la cabeza y se ovilló a un lado, y era como si de repente se hubiera hecho muy mayor, muy viejo, y ya no le importara nada. Su hermano era un niño dulce, que la había seguido a todas partes arrobado, desde que empezó a gatear por ese piso madrileño de muros desconchados enfrente de la iglesia de ladrillos que rajó la bomba... ella acudió entonces, con el pequeño a un costado, y los demás niños del vecindario a asomarse al cráter humeante por entre cuyos escombros saltaban camilleros de blanco, y otros hombres de pistolas al cinto y armados con palas, y no apartó la vista del cadáver sin brazos que sacaban a rastras, nadie lo hacía a su alrededor, ni siquiera la mujer que vomitó muy cerca de ella, y luego se lamentó porque «no está una para desperdiciar almuerzos», y como ya comprendía y hablaba bastante español, entendió con toda claridad a qué se refería aquella mujer que olía a sudor y a polvo de cascotes. Y de vuelta a casa encajó la primera y única bofetada materna de su vida... su madre los había buscado, de vuelta de las colas, cual loca furiosa por el barrio, chilló, y es que iba a volverse ella una salvaje sin conciencia, pero cómo se le ocurría irse a ver, y encima con el niño a cuestas, esa carnicería, no, ella no estaba loca, como otros, ella iba a sacarlos de ese horror, no había dejado atrás al malnacido de Hitler para morir bajo sus mismas bombas y las de sus golpistas amigotes generales de un país imposible... imposible. Aquella noche escuchó también la primera y única pelea entre sus padres. Que él era muy libre hasta de meterse en el batallón Thaëlmann, si así se le antojaba, «pero yo me largo corriendo de aquí... y me llevo a los niños». Y desde luego, su madre había tenido razón, porque aquella otra guerra la habían ganado los amigos de Hitler... Había tenido razón, aunque ahora la desesperase la idea de que a esas alturas ni ella ni Herschel podrían ya cruzar la frontera española con sigilo de evadidos o desertores.

Su hermano era un niño muy dulce y alegre, que aprendió en pocas semanas a hablar un francés perfecto, y ella nunca había tenido celos de él, el niño favorito de su madre como ella fue la niña favorita de su padre, al que todos afirmaban que se asemejaba tantísimo, y si los había padecido no los recordaba. Un niño que ahora buscaba aletargado el refugio del sueño en medio de aquel barullo. «Tal vez tenga ganas de orinar», pensó, y buscó a Emmanuel para que lo acompañase junto a los muros.

«Ya se lo he preguntado, y me ha dicho que no, que ahora no tiene ganas. Es miedo, Ilse, ya se le pasará. No lo atosigues, deja que se ocupe tu madre. Las madres saben de estas cosas.»

Sus rodillas se tocaban y se fijó en el recto perfil, asombrada, porque hasta entonces nunca había advertido que Emmanuel Vaisberg, que a sus catorce años desgarbados esgrimía una pensativa expresión de adulto, era guapo. Verdaderamente guapo. Mucho más que Jean, quien pese a llevarle dos años aparentaba menos...

Entonces le habló de los uniformes y él sonrió y repuso que también lo había pensado.

«Las horas pasan tan despacio aquí dentro que para no volverme loco pienso toda clase de cosas, sabes. Únicamente me he prohibido pensar en comida. Y en los baños públicos del barrio y... bueno, en ese tipo de cosas que me pondrían peor, seguro que me pondrían peor.»

Asintió, e inquirió, no sin cierta timidez: «¿Qué clase de cosas?», y según hablaba pensó que si sus amigas de clase pudieran oírla, la acusarían después, entre risas y cuchicheos, de estar *flirteando*. Incluso esa chismosa de Monika Libbers, que ahora ya no se lo parecía tanto, la había abrazado como si se alegrase *sinceramente* de verla, le diría, avanzando el labio superior sobre los dientes torcidos, que... Y tal vez no se hallasen tan lejos de la verdad... de repente le encantaba ver a ese chico de liso pelo oscuro llevarse los dedos a la barbilla —si hasta tenía un hoyuelo en el mentón, descubrió maravillada— mientras reflexionaba, igual que si analizase en su liceo los pros y los contras de un enunciado de disertación. Tenía que preguntarle cómo le había ido en los exámenes... pero no, mejor no lo hacía, y si la tomaba por una pedante.

«Pues qué sé yo... todo tipo de cosas. La vez que nos reímos tanto porque al tipo que nos daba *sciences nat* le habíamos colgado sobre el encerado una foto de Mae West, y él dale que dale hablando de protozoos, sin enterarse de nada, si se quitaba las gafas no veía ni a la rubia de sus espaldas ni a su sombra sobre una pared. O el banco de carpintero que nos hizo mi padre para que jugásemos de niños, todo el mundo nos lo envidió a nuestra llegada a París. O los catorce de julio de antes, sabes, eran muy divertidos. Y hasta el último, cuando mamá se vistió de blanco y rojo, parecía Grock el payaso o una *Madelon* de las miserias, le decíamos en broma, se colgó al cuello un pañuelo azul de Jean, como si fuera un foulard, y se fue a pasear muy ufana hacia Pont Marie. Y Jean se reía, porque era un pañuelo desteñido y desastroso, de un azul tan pálido que daba pena.»

Su mente discurría a toda prisa... Y pensó «a lo mejor es que está empezando a gustarme este chico Vaisberg». Le preguntó: «¿Admiras mucho a vuestra madre, verdad?» La miró sorprendido. «¿Admirarla?, no se me habría ocurrido... pero sí, supongo que sí. Claro que sí. Puede que no sea una dama como la tuya, pero es tan... no sé, tan valiente. Ya te acordarás cómo les gritó a los gendarmes, y a esa florista que nos miró de madrugada cruzar la calle y nos insultó, *ralea extranjera*, jetas judías nos llamó, y mi madre le contestó que cerrase su boca de hiena y de canalla fascista. Creo que hasta los policías se acobardaron un poco... de acuerdo, sólo un segundo, pero y la satisfacción de ese segundo, también eso cuenta, no. Además, es divertida.»

«Una dama», pensó y miró pensativa a su madre, ese chico había dicho que su madre era una «dama»... La pobre «princesa del *Vel d'Hiv*», le dieron ganas de contestar, pero no lo hizo, porque miraba a su madre como si nunca antes la hubiese visto, y ahora lamentaba sus malas contestaciones de los últimos tiempos, ahora le horrorizaban sus protestas si ella la regañaba, llena de preocupación porque había vuelto a casa en el último segundo del toque de queda, ahora deseaba abrazarla y no se atrevía, seguro que ella le preguntaría, estupefacta, si le pasaba algo, ¿estaba segura de que no le dolía la cabeza o la garganta? Y a ver cómo le explicaba que ese arranque de cariño tenía seguramente que ver con algo que le había explicado Jeanne Bloch, una mañana en que tocó a su puerta para pedirle una cucharada de sal y se la encontró llorando. Jeanne Bloch, que acababa de quedarse viuda, le dijo que lloraba por el amor, por su amor perdido, el amor, ya se daría cuenta ella de grande, era lo mejor del mundo, la prueba que cuando empezabas a enamorarte querías también más, mucho más, a todos los que te rodeaban, y hasta te portabas de otra manera con ellos. Si no eras un asqueroso gusano, el amor te mejoraba, insistió, llenándole un frasco con sal... se había secado los ojos y a sus labios regresaba aquella especie de sonrisa que durante muchos meses fue sólo la sombra y el recuerdo de una sonrisa... Su madre también era *valiente*, resolvió, pero estaba sola con ellos. Sola como tantas otras.

Y entonces sintió un gran frío por dentro porque en ese preciso instante se apoderó de ella la completa seguridad de que jamás volvería a ver vivo a su padre. Sudaba, al igual que el resto, por culpa de aquel maloliente calor pegajoso, y al tiempo se moría de frío y se le erizaba el fino vello sobre la piel de los brazos... Nunca más atravesarían de la mano las calles de fuego de una ciudad extranjera («una ciudad judía donde ya no hay judíos», por qué le volvían a la mente con malévola insistencia esas palabras de su padre en una esquina de Toledo, ésas y no otras, justo cuando empezaba a atenazarla el dolor por la certidumbre de su pérdida), jamás volvería a divisarlo, parapetado tras de un periódico, en una mesa de café... Y quiso gritar y llamarlo, «¡papá!», convocarlo a un retorno imposible, pero de sus labios entreabiertos no salía ningún sonido...

«¿Te ocurre algo, Ilse, chica?» Emmanuel Vaisberg la observaba con atención... y si, con un punto admirativo relumbrándole muy al fondo de sus ojos de un color incierto, eran verdes o de un marrón muy pálido, quién podría saberlo allí, bajo esa iluminación de sala de disecciones, esa luz de infierno surcada por millones, miles de millones, de motas de polvo... Aquel polvo repugnante que se aferraba a las gargantas y destrozaba los ojos. Pronto tendré conjuntivitis, a este paso, se dijo, y se enderezó las puntas del pelo con unos dedos tan temblorosos como los del señor Wiesen cuando hurgaba entre las mudas y los álbumes de filatelia de su revuelta maleta.

«No es nada, es sólo que a mí también me vienen cosas a la cabeza», aseveró.

Cosas y gentes, calles y cuartos, ruidos y músicas... El cuerpo medio desnudo de un bebé dormido a esa hora española de la siesta, y el cuerpo muerto y dislocado de un hombre sin brazos al que otros hombres, de atavíos y uniformes variopintos y monos azules, extraen entre resuellos de un hoyo sobre la acera y la calzada... Un carrusel de caballitos de madera frente a una playa dominada por un largo hotel blanco de torreones azules, y atrás, horas atrás y kilómetros atrás, el espanto de las sirenas de alarma sonando sin cesar sobre las paradas del tren atestado que nunca llegaba a la frontera de Irún... Y el pupitre de la escuela, y mamá que le enseña a rodar las erres a la francesa, y su padre que vuelve del cine donde nunca quiso llevarles, y ayudaba a sentarse a la gente durante cuatro sesiones seguidas, su padre que vuelca encima de la mesa las monedas de sus propinas de acomodador sin mirarlas, nunca quiso mirarlas ni contarlas, y su madre también evitaba mirar ese montoncillo de céntimos, ninguno de los dos las tocaban como si su mero roce fuese a acarrearles una desdicha. A la mañana siguiente ya no estaban allí las monedas, y la mesa aparecía de nuevo cubierta por el hule con el mapa pintado de Francia que les había regalado el señor Vaisberg, «para que la suerte les sonría en su nuevo país»...

Cosas y gentes, sueños y objetos... unos zapatos de charol que le hicieron daño y la caja de acuarelas que papá y ella fueron a elegirle a Herschel para su octavo cumpleaños, justo antes de que a él se lo llevaran a Drancy... Sus padres habían economizado mucho para esa caja, al pequeño le encantaba dibujar, mamá afirmaba orgullosa que el niño tenía «un trazo» estupendo... Y ahora ni ella conservaba los viejos zapatos de un brillo de espejos, ni Herschel tenía la caja de madera llena de círculos de colores engastados como en un estuche de las joyerías de la place Vendôme. La caja se había quedado en el piso, había visto a su hermano mirarla por espacio de un segundo... Mirarla y callarse. Acaso fuera mejor no tener cosas, pensó aturdida, no poseer nada, excepto amor, no le había dicho Jeanne Bloch que sin amor la vida era gris, gris como un muro, esos muros que...

No, no cosas, gente, aunque a veces también las cosas parecían ser parte de la gente, suspiró. Gente como Emmanuel Vaisberg, que no dejaba de mirarla de ese modo... maldita sea, tenía que mirarla de ese modo justo cuando peor aspecto tenía, cómo iba a darse cuenta de que tenía fama de ser la chica más guapa de los Vosgos. Pensándolo bien, tal vez no le faltase razón a Monika Libbers, bien pudiera ser que en los dos últimos cursos hubiera estado comportándose como una estúpida engreída. Después de todo, Monika podía tener los dientes torcidos, pero de tonta no tenía nada, era la *number one* en los estudios y no iba, sin embargo, de «pelota» ni de *chouchou* de ninguno de los profesores, por Dios, si hasta le dejaba copiar a las de su lado, al revés que las mellizas Duhamel, siempre en primera fila y levantándose escopeteadas si llegaba el provisor...

«Volviendo al asunto de las fugas», dijo Emmanuel, «creo que lo de los uniformes de esos tipejos es demasiado arriesgado, cómo saber a cuál de ellos abordar... no puedes fiarte de las apariencias. Eliges a uno con cara de mosca muerta y puede caérsete el pelo, quién te dice que no se trata de un acérrimo, de un convencido a ultranza de la grandeza de su *misión de expurgador del peligro hebreo* en el puto país donde Jeanne d'Arc oyó las voces debajo de un frutal... Jeanne d'Arc les vuelve locos, ya sabes, por aquello de que combatió a los ingleses... Y además, tú eres una chica, a ti no te venderían su camisita azul, sus correajes y sus brazales, ni por todo el oro de la Reichsbank. Quiero decir que aunque agarrases las tijeras de Myriam y te cortases el pelo al rape seguirías pareciéndoles una chica, una chica muy... muy chica». Apartó de ella la vista azorado y prosiguió: «Por otra parte, fingirse enfermo no vale de nada, por muy agradables que sean esas mujeres de la Cruz Roja, no les sirve ese argumento ni a los enfermos de verdad, conque a qué perder el tiempo en ilusiones de ilusionista o de imbécil. Me temo que aquí sólo funcionaría el azar... un azar de tipo "surrealista", bueno, de esos poetas que lee Jean con sus amigos en ciertas revistas. Cambio de guardias, revueltas y altercados como el de hace unas horas... La entrada n.º 4, por ejemplo, ésa no tiene una doble puerta. Sólo hay un batiente de cristales... pero naturalmente, allí han apostado a más gilipollas con mosquetones que en las otras, por si acaso. De hecho, la primera noche estudiamos con mi madre todas las posibilidades... Y nos ganó tal abatimiento que no hemos vuelto a tocar el tema.»

Estaban tan cerca, se habían arrimado tanto el uno a la otra, que sus rostros casi se tocaban... Distinguía el latido de una vena en su sien, contemplaba hipnotizada ese constante palpitar azul cuando él le susurró al oído, y qué cálida era la sequedad de sus labios sobre su oreja:

«Daría la mitad de mi vida por salir de aquí.»

«Sí, pero y tu madre... ¿No se enfadaría?»

Ahora él se miraba la punta de los zapatos. Unos zapatos muy viejos y cuarteados de invierno, seguro que lo mataban de calor debajo de esas vidrieras... Tal vez no tenía ningún otro par y se había visto obligado a llevarlos desde el empiece de aquella primavera de las estrellas, y las mil y una nuevas ordenanzas y prohibiciones... Prohibición de acudir a las piscinas públicas y a los locales con cartelito avisador a la puerta de «se prohíbe la entrada a judíos y perros», obligatoriedad de acudir a las compañías telefónicas para dar de baja las líneas registradas, nuevas restricciones de los famosos números «clausus» universitarios que ocasionaron tantas huelgas a partir del 40... la lista de lugares prohibidos y de las posibles infracciones era tan interminable que ella había desistido de aprendérsela.

Seguro que no disponía de otro par, a menos que le hubiese dado la misma manía que a su madre, que apenas daban las tres se arrojaba a los comercios, en pleno julio, a la caza y captura de unos absurdos zapatos de marcha para ella y para Herschel, cuando le preguntó, irónica, en qué club deportivo pensaba apuntarlos si hasta el uso de las cabinas telefónicas les estaba vedado, se limitó a fruncir los labios y a recomendarle, otra vez, que se callara. Que se callara y fuese prudente. Y que confiara en ella.

Esta vez le respondió en un tono muy alto, menos grave, un tono que añoraba, acaso, al del niño que presumió, primero en *yiddish* y enseguida en francés, de un banco de carpintero de juguete.

«Mi madre también daría la mitad de su vida porque al menos uno de nosotros pudiese largarse de aquí. Y entera la daría si pudiésemos salir sus dos hijos.»

Crispaba los dedos sobre la tela del pantalón, y le hablaba acerca de una misteriosa red de resistencia, la Sexta Sección de los clandestinos Éclaireurs Israélites de France, como se la conocía a media voz, «pero, por favor, nada que ver con la gentuza de la UGIF», que había logrado, con la ayuda de ciertos grupos descendientes de hugonotes, esconder a niños muy pequeños en granjas perdidas, al otro lado de la línea de demarcación, e incluso sacar a algunos, con cuentagotas, hacia Suiza... Pero Suiza era tan inexpugnable, y ellos eran tantos...

«Daría más, mucho más que la mitad de mi vida, por salir de aquí», repitió.

Y ella le preguntó adónde se encaminaría si pudiese volver a cruzar, pero ahora hacia fuera, Dios, hacia *afuera,* las puertas del velódromo.

Iría a la calle... bueno, qué importaba el nombre de esa calle. A casa de un compañero del liceo. No eran judíos. El hermano mayor de su amigo era comunista y nadie conocía su paradero, se había pasado muy pronto a la clandestinidad. Y el padre estaba en *La Santé* desde febrero, desde aquel atentado del metro... No, aún no lo habían fusilado. Iría allí para que le dijesen dónde podía acudir para enrolarse en las Juventudes Comunistas de Francia. Quería llevarse por delante a unos cuantos, afirmó, alemanes o *collabos,* le daba igual, para él todos eran lo mismo, sólo quería cargárselos. A ellos y a los cerdos de su especie. «No quiero morir como un conejo en una jaula, Ilse, de hambre y de sed y de espera, prefiero cualquier cosa a irme así.»

Le temblaba el labio superior, como a Monika Libbers si ella le había soltado cualquier impertinencia en el patio del liceo de chicas, cualquier idiotez de las que ahora se avergonzaba, y también los dedos convulsionándose sobre la rodillera del pantalón con aquel movimiento frenético, frenético... Colocó su mano sobre esos dedos de uñas negras (tan negras como las de ella, entonces por qué las suyas le conmovían tanto), y no se atrevió a asegurarle «saldrás de ésta, Emmanuel, ya lo verás», tal y como deseaba absurdamente, porque de pronto mucha gente de las filas traseras se les echó encima, y se vio aplastada contra él, que en un movimiento instintivo la rodeaba con sus brazos, pero también se rodeaba y se abarcaba a sí mismo a la par que a ella, porque también él gritaba de pánico, y su voz se perdía, al igual que la suya, entre los clamores ajenos... Yacía sepultada contra él, y se ahogaba, y él sujetaba, casi arañándosela, su barbilla, y ambos gritaban, como si buscasen aire, aire... aire enrarecido, pero aire...

Muy remotamente percibía la voz de su madre llamándola... Tuvo miedo por Herschel, pero no lograba desasirse... y era como si los dos cayesen muy juntos, y tan apenados, por una pendiente, una pendiente que...

Caían y caían, trabados entre sí, caían en picado y mordiéndose por una calle en cuesta y al fondo de una hondonada, donde un insepulto muerto sin brazos que no era ningún conde miraba a otros muertos escrutándolo bajo una luz de polvo azul... Y esos muertos eran ellos.

Después se enteró de que se había desmayado al paso de la avalancha... Porque había habido una avalancha cuando murió el bebé de aquella chica, que enseguida se volvió loca y la emprendió a golpes con todos los que la rodeaban, seguramente ahí se inició la desbandada de pánico, algunos contaban que el niño estaba mamando y que de pronto ella empezó a aullar porque ya no sentía el movimiento de sus labios, pero qué iba a chupar su hijo si hacía más de veinticuatro horas que a ella se le había cortado la leche, movía el señor Wiesen horrorizado la cabeza ensangrentada mientras se lo contaba a aquella señora magnífica de la Cruz Roja, Suzanne Bodin,* que llevaba el nombre inscrito sobre una tarjeta en un ángulo de su bolsillo de enfermera; alguien le había pisoteado la frente en medio de aquello, «y por cierto que con unos tacones de muy buena calidad, de los de antes de la guerra, no de esos de corcho que se consiguen hoy, y si no, miren el resultado», pero sus tontos rasguños carecían de importancia, «porque, señora, dígaselo a todos los que pueda, dígales que si existe un Dios y ve esto... porque yo ya no sé si hay un Dios, señora Bodin, disculpe que la llame por su nombre tan hermoso de pronunciar... Yo ya no sé si hay Dios. Pero esa chica, esa chica que nos empujó y se arrojó sobre nosotros con su bebé muerto en los brazos... quién le va a pedir mañana a esa chica que confíe en la palabra, señora Bodin. Ni en la de Dios ni en la de nadie».

Los ojos de Herschel ya no reflejaban nada... Tenía una mano negra e hinchada, la que le habían pisoteado, pero no se quejaba ni lloraba, se limitaba a mirarlos, agazapado y como sonámbulo... Inmóvil como un muerto, se estremeció. Su madre continuaba acariciándole la frente, si no fuera por Emmanuel Vaisberg, le decía, ahora Dios sabe en qué estado se hallaría, porque él la había sujetado en sus brazos cuando toda la gente se les echó encima despavorida...

Giró los ojos y lo vio, la cara tumefacta y llena de sangre. Su madre gritaba que estaba segura de que se

---

* La autora ha querido citar, en este contexto de ficción, a una persona real. Suzanne Bodin, enfermera que estuvo como miembro de la Cruz Roja en el *Vel d'Hiv*, murió en el campo nazi de Rasenbrück tras ser detenida por actos de resistencia.

había roto el puente de la nariz y requería a gritos a la señora Bodin, pero la señora Bodin estaba muy lejos, se ocupaba de la joven madre que se volvió loca sobre el improvisado, mísero, puesto médico de la pista, nunca había visto a la señora Vaisberg histérica... Pero él permanecía muy quieto, llevándose un pañuelo roto al párpado destrozado, muy quieto y callado, hasta que zanjó los lamentos de Edith con un: «bueno, ya basta... es suficiente, mamá. Madre, que te calmes, de acuerdo».

Y se acercó a ellas y dijo: «Señora Landerman, creo que este chico suyo ha tenido un accidente, si puede darme alguna muda, si le queda algo para él... Vamos, Herschel, *arriba los corazones*, como dicen esos suertudos de Radio Londres. *Arriba los corazones y Viva Francia*.»

Con esa maldita luz de sima o de pintura infernal no lograba discernirle el color de los ojos y además se le daba un ardite el color de sus ojos... Y entonces fue ella quien empezó a volverse loca, quien empezó a gritar cual demente «tú sí que vivirás, tú sí que vivirás, tú sí que vivirás», sin saber exactamente a quién se estaba dirigiendo; si a Emmanuel Vaisberg, que cogía en brazos a su hermano con el cuidado de un guardián que traslada una cerámica antiquísima de una sala a otra dentro de un museo vacío, si al muerto sin brazos que ahora ostentaba los, de pronto muy nítidos, rasgos de su padre en el fresco pintándose en su mente a toda velocidad, o al niño que despertaba de su siesta *española* en una cuna sin barrotes, y le preguntaba, con su extraña voz de adulto: «¿Y ahora adónde vamos, di?»

IV

—Es verdad que fui un crío solitario... En cierto modo, y después de haber leído su manuscrito, tengo la sensación de haber sacado bastantes rasgos del carácter de su hermano... Del otro Herschel, del primero, quiero decir. Del que hubiera debido ser mi tío.

En esa ocasión fue él quien me obligó a quedarme un día entero en la cama. Había aprovechado mi aturdimiento para avisar al médico del hotel, y éste nos aseguró que no ocurría nada, yo necesitaba simplemente veinticuatro horas de descanso, podía recetarme unas píldoras, si eso me tranquilizaba... No, nada de píldoras, farfullé enojado, teníamos mucho quehacer por delante como para perder el tiempo en inútiles curas de sueño, ya me iría a un balneario al siguiente milenio...

De todos modos, el médico dejó una receta sobre el escritorio, y Herschel cerró la puerta a sus espaldas riéndose como loco, «menudo rabión que resultaste ser, Miranda». Adujo que por meterme al cuerpo una sola de esas malditas píldoras no iba a convertirme en un adicto a los somníferos y tranquilizantes como su madre, y salió en busca de una farmacia. Pasé todo el día durmiendo. Y al otro día lo llamé bien temprano y nos fuimos al despacho de los abogados y concertamos desde allí la cita con el notario para la siguiente mañana.

—No es que me diesen miedo los otros niños, ni que detestase su compañía... Pero me gustaba estar solo. Y era tímido, además. A vos sí que no me lo imagino tímido de chico, Sebastián.

—Seguro que no, aunque quién sabe... Ha pasado demasiado tiempo.

Le pregunté si le gustaba la ciudad, esperaba que ayer no se hubiera pasado las horas muertas a la cabecera de mi cama de viejo, atento a mis ronquidos y al ritmo de mis pulsaciones como un enfermero novato, ¿habría salido a dar algún paseo, al menos? Tampoco había venido exactamente a hacer turismo, repuso, y después asintió, sí, había salido unas horas, deambuló por la antigua judería y comió en el puerto viejo, en una ruidosa taberna de largas mesas de madera y carteles taurinos por las paredes, incluso le había rondado por un instante la vaga idea de preguntar por el cementerio, pero luego la desechó, no se sentía capaz de ponerse a caminar entre tumbas y cruces a la búsqueda de la lápida del hombre que dijo ser su padre, del desconocido que cuando ya no pudo seguir escribiéndola se habituó a llamarlo a él, como si esperase aún que contestase al teléfono una voz de mujer, siempre percibía «aquello», su inconsciente y fugacísima decepción al oírlo responder a «él», y no a ella, al otro lado del mundo. «Ah, eres tú, Herschel», le decía, como si hubiera podido tratarse de algún otro, «justamente te llamo porque me estuvo apeteciendo durante toda la mañana hablar contigo». Había regresado a pie al hotel por calles sinuosas que daban al mar, y atravesado plazoletas con fuentes de gastados monstruos marinos, y en una plaza más grande se había refugiado del repentino arreciar de la lluvia bajo los soportales de arcadas. Enfrente brillaban las luces de un café, y cruzó deprisa el adoquinado lleno de charcos, bajo el paraguas prestado por el portero del Colón, de pronto lo desarmaba un extraño desasosiego y deseaba sentir a su alrededor ruido de voces, risas de gente divirtiéndose al resguardo de la oscuridad y del son monótono de las ráfagas de lluvia. Pero allí dentro no había nadie, comprobó al empujar la doble puerta de cristales, nadie excepto los camareros y los peces de colores nadando en las aguas iluminadas de la docena larga de acuarios repartidos por todo el local. «No era un café corriente como éste o como otro cualquiera de esos, más elegantes, del bulevar o del paseo marítimo, sabes», y miró a nuestro alrededor; estábamos sentados en una mesa de cafetín frente al piso de Dalmases, ese piso que pronto sería suyo, contemplando sus ventanas de persianas bajadas a través de la cristalera con los nombres de ciertas especialidades culinarias pintados sobre el vidrio. Aquél, explicó con una especie de aprensión, parecía no existir... o existir tan sólo en el espacio clausurado y muerto de otro tiempo y de otro lugar. De hecho, los camareros de levita y guantes blanquísimos que lo miraban en silencio sin acercarse, sin mostrar intención alguna de conducirlo a una mesa y ofrecerle una carta de cócteles o de tés rarísimos o de «algo, lo que fuese», tenían una rígida compostura de espectros o de zombis de Haití, rió. Se dio media vuelta y salió de allí en dos zancadas, conteniendo las ganas de echar a correr como un idiota. Media tarde pensando en lo absurdo que era pretender seguirle el rastro a una ausencia, buscar las huellas de un muerto en ese recorrer al azar unas cuantas calles y plazas de su desconocida ciudad natal, para terminar abriendo la puerta del punto de encuentro favorito de los fantasmas, añadió. Y ahí terminaban sus paseos de explorador sin plano en el bolsillo, porque después volvió al hotel a ver si yo había atendido a sus consejos y amenazas, y no había saltado de mi cama de «doliente» camino de un whisky en el bar. Él sí que se había tomado uno, dijo, tras comprobar que yo dormía como un párvulo, aunque roncase como un *marine* de los de la islita de Vieques, se fue derecho al bar, y hasta se permitió, mientras lo apuraba, gozar de un súbito acceso de nostalgia por su casa de Condado, aquella villita con dos sirenas en las rejas, pegada a las tapias traseras del consulado de España, que estuvo muchos años abandonada, con el minúsculo patio que no llegaba a ser jardín devorado por una vegetación de jungla, y el aviso del *For Sale* pintado en letras color óxido sobre las grietas de la fachada. Durante todos esos años, antes de su nacimiento, ella acudió con puntualidad semanal a merodear por sus alrededores de casonas muchísimo más lujosas, íntimamente convencida de que aquella casa guardada por la pareja de sirenas de bronce, la una con los ojos abiertos, y la otra con los párpados velados, sería suya alguna vez. «La de la izquierda es la de los ojos abiertos», asentí, «y la derecha es la que tiene la mirada dormida». Me miró, sorprendido, y le dije, sonrojándome como un tonto, como si fuese Klara quien hincase en la mía su relampagueante mirada, con el ojo izquierdo de un azul profundo y el derecho de un castaño casi negro, que siempre me fijo en primer lugar en los ojos de la gente. «Y en los de las esculturas», sonrió dulcemente. «Y en los de las esculturas», acepté. Ilse había conseguido comprar la casa al poco de su quinto aniversario, prosiguió, al fin dejaron atrás esos cambios sucesivos de apartamentos, esas estancias de semanas o de meses en cuartos que siempre parecían amueblados por el Ejército de Salvación o por propietarios llenos de un extraño odio preliminar hacia quienes fuesen a residir entre las mesas cojas y las lámparas de monstruosas pantallas con flecos y borlas. Se había sentido de inmediato a gusto en aquella casa que ningún huracán logró nunca destechar del todo, le gustaba entretenerse a solas en el patio, a la sombra de las pitayas y de los canteros gigantes de plantas que cuidaba Milita, cuyos hijos eran demasiado mayores para venir a jugar con él; le gustaba refugiarse a leer en el pequeño desván y sentir sobre las tejas la ida violencia de los aguaceros, y tal vez por ello, aunque no sólo por ello, se convirtió en un chico reservado y fantasioso, y después, según le había dicho Camilla en varias ocasiones, incluso antes de plantarlo, en un hombre que «no sabía hablar». Simplemente, titubeó, había encontrado un mundo a su medida allí dentro, junto a esas dos mujeres a las que adoraba... un mundo donde nadie te insultaba, como en la escuela donde también, aunque nunca se lo dijo a Ilse, abundaban esos antisemitas, orgullosos de sus apellidos *wasp,* que odiaban a los negros y despreciaban a los hispanos, un mundo que no te perdía porque, de antemano y voluntariamente, *tú* habías elegido perderte en él.

Sí, le gustaba Finis, aunque sospechaba que iba a preferir Toledo o Segovia... Y levantó la vista hacia los largos balcones y el mirador central del piso donde nació y vivió Dalmases, la casa donde su madre pasó el final del verano y el otoño del 42, y me preguntó si nunca había entrado en él. Le contesté que no, que la única vez que estuve en Finis fue mucho antes de la guerra mundial... Y entonces no conocía a Dalmases. Lo conocí en la primera salida de niños que Sefarad organizó, porque en esa ocasión, y excepcionalmente, ya que por mi situación de ex combatiente republicano se decidió que en lo sucesivo se encargasen otros de velar por la buena marcha del viaje hacia los Pirineos, yo llevé a esos niños hasta Roncesvalles. Nunca se me han ido de las memorias sus nombres... ni tampoco la extenuación de sus caritas abrasadas por el resplandor de la nieve.

El hombre que nos aguardaba del lado español era Javier Dalmases. Y enseguida entendí que no tenía nada que ver con tipos como Alfredo Sanguina... Era un hombre muy alto, y muy... en fin, lo que las mujeres suelen denominar entre sí un «hombre guapo». Llevaba al cuello una diminuta medalla de plata y sonreía; tomó en brazos, uno por uno, a los cuatro niños más pequeños, y nos dijo «rápido, vamos». Nos condujo a una borda, a un refugio de montaña, y allí nos aguardaba otro hombre, un anciano recio y tocado con una boina negra, y había un fuego encendido y encima de éste una marmita de sopa. El montañés sacó cuencos y vasos de un arcón y los dispuso, junto con largas rebanadas de pan, sobre una mesa de cabaña. «Hoy los chicos dormirán aquí... y mañana en Pamplona. Pasado iremos a Madrid.» Nos miró comer, sonriente —el otro callaba a su lado, y sólo habló para avisarnos de que iba a apagar el fuego, era *necesario* apagar el fuego, aunque fuese noche cerrada sería mejor que ninguna patrulla advirtiese el humo—, y cuando terminamos se desabrochó el chaquetón y sacó de un bolsillo unas cuantas tabletas de chocolate. «A ver, muchachos, a quién *no* le gusta el chocolate...» Me giré bruscamente, y me tocó el hombro. «Haber frecuentado ciertos círculos diplomáticos tiene muchos inconvenientes, sobre todo si uno se apartó, asqueado, de todo lo habido y por haber, pero en nuestra situación no se deben desdeñar sus pequeñas ventajas. ¿Me deja que le sirva un poco de brandy, amigo?»

Con la amistad suele ocurrir, contra lo que aseveran los mediocres, como con el amor; a veces te derriba al primer impacto, y otras te sobreviene lentamente; es algo que descubrí primero con Arvid, y luego con Dalmases. Yo supe allí, mientras entrechocábamos nuestras tazas de metal (se me cerraban los párpados, como a los niños que se apelotonaban en las literas bajo las mantas con que fue tapándolos aquel anciano hosco con ternura insólita de nodriza, y las piernas se me doblaban, pero quería postergar ese momento delicioso de recogimiento, esa felicidad por la visión de unas manos que partieron los cuadritos de chocolate y se los llevaron a las bocas que de súbito *sonrieron*), que alguna vez ese hombre y yo estábamos destinados a ser amigos, con guerras o sin ellas de por medio, porque en cierta medida lo estábamos siendo ya. Apuramos nuestras bebidas, y lo miré recto a los ojos y supe que no me equivocaba, porque desde que me enamoré de Klara Linen yo había aprendido a leer las miradas ajenas, a descifrar en su resplandor de bola de vidrio verdades y mentiras, dudas y certezas, y tal vez por ello tardé tanto tiempo en decidirme a enfrentar la mía. Sólo lo hice después de Auschwitz, y para entonces mi mirada era un espejo donde nunca terminaban de morir los muertos, un pozo sin fondo desde cuyas remotas aguas de podredumbre yo no alcanzaba a tocar jamás el aire no viciado y liberador de la superficie.

Dalmases era un hombre extraordinario, repetí, uno de esos escasos seres que no necesitan acudirle ni a su Dios ni a su ideal en busca de dictámenes sobre los pasos a seguir. Uno de esos seres que llevan en su interior y en su conciencia, sin brújulas ni huellas de avance de conquistadores, el secreto itinerario del mundo. «Te has emocionado...» Me apretó una mano, y yo volví a mirar los balcones de piedra, las ventanas que desde su muerte no se abrían para ventilar los cuartos donde, décadas atrás, hizo sentarse a una niña fugitiva, y sin escuela, sobre cuadernos donde él le corregía quebrados y conjugaciones inglesas, con la puntillosa y estilizada caligrafía que después invadiría las páginas de sus cartas enviadas a unas señas de mujer residente en Puerto Rico.

Sacudió su cabeza llena de rizos. Podía imaginarme los comentarios sobre sus rizos «orientales» en la escuela de hijos de ricos estadounidenses, agregados o afincados de por libre en su «asociado» estado tropical, donde fue el único alumno judío... Toda la prensa de la ocupación estaba llena de referencias a «nuestras cabelleras orientales», recordé... Tanto mi madre como mi padre, o la propia Ilse Landerman, tenían el pelo liso cual tablas de lavadero, pero ellos insistían en sus sórdidos panfletos acerca del «tipo judío» y sus *características*...

—Por eso decidiste que ni mi madre ni su hermano pasasen por Madrid, no, porque Dalmases era tu amigo y confiabas en que cuidaría casi como tú mismo de los hijos de tu amigo... Por eso ella se quedó al principio en esta ciudad... Antes de Lisboa. Imagino que no debió de ser fácil, en plena España de los cuarenta, explicar la presencia de aquella niña extranjera en su casa de soltero burgués.

—Claro que no. De haber podido, créeme que no

yo, sino cualquiera de nosotros, se hubiera encargado personalmente de acompañar hasta su destino final a cada niño rescatado... Pero entiende que había otros niños, que cada niño era una urgencia y un deber, y que no disponíamos de tiempo, del maldito *tiempo*. En el caso de tu madre, y también de su hermano que no llegó, por desgracia, a poder acompañarla... Bien, eran los hijos de Arvid. Y yo le debía, al menos eso, a nuestra amistad. Por eso contacté, a través de ciertas vías diplomáticas, con Dalmases, por eso le pedí que se ocupase en persona de llevar a esos niños y de acompañarlos a Lisboa o de buscarles sitio en su ciudad hasta el fin de la guerra, que mintiese al respecto, si hacía falta, como yo. Le dije la verdad, a través de otra persona que se reunió con él de mi parte en un café de Hendaya. Sabía que esos dos niños no eran sefardíes, sabía que no entraban en el *cupo*. No tenían las *características* requeridas para el visto bueno «español». Pero me daba igual. Cuando tu abuela, la señora Landerman, vino a verme, me juré que yo mismo, si era necesario, sacaría a sus hijos de Francia. A tiro limpio, si no había más remedio.

Se lo debía a Arvid, recordé... De algún modo, casi tanto como le debí a Javier ese segundo viaje a Finis, cuando me llamó para pedirme que fuese su albacea testamentario y acudiese a firmar una serie de documentos, no podía soportar la idea de que al hijo de Ilse lo enredasen en problemas... y en comprobaciones «a la alemana», me suplicó. Tomé un avión matutino en Madrid, fuimos a la notaría, y comimos juntos en un refinado restaurante en lo alto de un monte al que me llevó en su coche de jovenzuelo, atento, por vez primera a los límites de velocidad —era como si temiera perderle la partida a ese pobre, e intenso, tiempo que nos queda a los viejos—, con la expresión nerviosa de quien se viste para la boda en que su chica se casa con otro. Comimos con voracidad de náufragos, y cuando ya me temía una apoplejía le aseveré que nada había estado tan mal, si al fin de nuestros años podíamos volver a reírnos sobre la cima de un monte con ovejas lanudas, y abajo la línea abierta del mar de los exilios, pero también de los regresos. «Claro que sí», y alzó su vaso de aguardiente, «claro que sí, hombre. Es sólo que quiero dejarle arregladas las cosas al chico, a mi hijo... a mi hijo Herschel, sabes que pronto va a venir a verme, charlamos por teléfono y hacemos tantos planes... Quién sabe si Ilse y yo no nos equivocamos por completo, verdad. Es sólo que quiero dejarlo todo listo, no porque me crea con un pie en la fosa, ya sabes que nunca fui por la vida de enfermo imaginario, pero tampoco se pierde nada por ser prudente, no». Decliné su invitación a quedarme en su casa, y regresé a Madrid en el último vuelo de la tarde.

—Pero tú no viajaste en esa ocasión.

—No. Nadie puso ningún problema en Sefarad, ni siquiera cuando les confesé que se trataba de un asunto personal, y eso que nos teníamos absolutamente prohibidas las elecciones, y las decisiones, de índole «personal»... Mi amiga Catherine Ravel era la mejor acompañante del mundo, era la mejor de todos nosotros, con su aire eficiente y ensayado de maestra y su maestría de antigua actriz de bulevar... Perfecta para viajar con los niños, y en caso de problemas, convencer a un gendarme o incluso a un hijo de puta alemán. De todos modos murió en Ravensbrück, la cazaron en otros asuntos en la primavera del 44. En realidad, con las armas en la mano, durante una operación que salió mal... Su grupo

FTP* atacó la cabeza de un tren de deportados, kilómetros antes de llegar a Novéant, en Mosela, justo antes de la entrada en territorio germano. Allí, en esa estación de Novéant, se bajaban siempre los policías franceses que viajaban, a la cabeza de esos trenes de ganado, en un vagón de viajeros, junto a sus colegas alemanes de las SS... Volviendo al 42, yo empezaba a estar un poco «quemado»... De hecho, un mes después, a finales de agosto, la organización me sacó del garaje de la calle Varenne, y puso a Sam Benès en mi lugar. Pasé de experto mecánico a figurar como negociante turco de especias en mis nuevos «auténticos papeles falsos», como decíamos entonces... Turquía era neutral. A partir del otoño del 42 mi nueva y flamante documentación aseguraba que mi nombre era Yusuf Khalil, comerciante en especias, con domicilio en, no te rías, el n.º 5 de la calle des Pyrénées.

—Y esa chica, esa actriz, Catherine Ravel era...

—No, Catherine no era judía. Era una francesita «mala» de Dijon, como le gustaba decir. A los veintiún años «subió» a París, en busca de telones, aplausos y aventuras, y le dijo adiós para siempre a su padre consejero municipal, a su madre ultradevota y a un hermano que le mandó una carta plagada de insultos y de faltas de sintaxis desde su regimiento de coloniales en Indochina. La conservaba, y solía leérsela a sus amigos en las horas de depresión, para levantarles la moral y doblarles en dos de la risa. Aquella carta era un disparate que hubiese hecho las delicias de los Dadá.

—No te preguntaba si era judía... quería saber si era tu amiga. Tu amiguita.

* FTP: Movimiento de resistencia Franco-Tiradores y Partisanos.

—¿Cathy? No, claro que no. Ella sólo se acostaba con un hombre si lo quería mucho y lo sabía lleno de miedo o desesperado... A mi amiga sólo le gustaban las mujeres. A veces, incluso, llegaron a gustarnos las mismas chicas. Pero nunca nos peleamos por ese motivo, sabes. No sé, también ella fue especial. Muy especial. Cantaba muy bien, era tan divertida... Fue ella quien condujo, ya te digo, al grupo de tu madre, al que esperaban dos hombres, Dalmases y Vergara...

Compromisos, pensé, promesas que uno formula sin pronunciarlas y cumple a rajatabla y con ciega obediencia de soldado, y promesas que uno hace en voz alta y rehúye mucho tiempo después o al minuto siguiente... Acaso no estaba yo ahí, en mi habitación berlinesa de ventanas tendidas sobre un patio triste que olía, de la mañana a la noche, a coles y a carbón, yo gimiente debajo de los gemidos de Klara, yo pasándole después un pitillo encendido a los labios donde ya no estaba ese carmín que enchafarrinaba los míos y sombreaba la comisura de los suyos con una especie de rojo bigote de pega... Yo diciéndole que ahora y en todas las horas de mi vida y en la hora de mi muerte, Klara mi amante, mi amor oscuro y tibio, mi rabia última y primera, diciéndoselo mientras entro en ella y ella me penetra a mí, iracunda como un viento de la noche alemana, y tan leve como el aliento que alguien, un niño, tal vez yo, sopla sobre una vela de *sabbath* en una noche de viernes en Salónica. Yo, más tarde, mucho más tarde y demasiado pronto, gritándole que no, que no quiero ningún hijo, la gente como yo no debe tener hijos, y por Dios, en qué pretende convertirme, en un estúpido «novio» oficial que le aguanta los desplantes miserables al burgués de su papá prestigioso, no, nada de hijos que hereden mi «acento infame de español otomano y después griego» y sus resabios de señorita casadera que juega a la *avant-garde* y se disfraza de Musidora por las cervecerías y los mítines... los mítines... nada de hijos que entorpezcan la urgente tarea de cambiar el mundo... El Mundo.

Porque yo también anhelaba el mundo, el misterio y la bravura de sus rutas sin trazar y... Oh, Dios mío, Herschel, no creas que fuimos tan distintos, quise decirle, pero me callé. Acaso también yo haya resultado ser, a la postre, un hombre que no «sabe hablar». Pero tampoco eso me importa mucho, a veces escucho a algunas mujeres en televisión, a cierto tipo de mujeres, con melenas cardadas y labios untados de un discreto rosa que me desagrada aún más que los carmines de mi época, y sus entonaciones moduladas largan exactamente esa cantilena, «los hombres no saben hablar», y entonces suele ocurrir que apago el aparato, preguntándome, asqueado, de qué podría yo hablar con esas recitadoras de tópicos y pseudopsicólogas biempensantes, que no le llegan a la suela del zapato a una Catherine Ravel, o a Grete Wolff. Miraba los rizos «orientales» de Herschel, y casi sentía la mano de Klara sobre los míos. No podíamos buscar a *alguien*, alguien que nos resolviese el problema, si acaso más adelante, no, Klara no me mires así, qué vas a contarle a tu padre, «resulta que este tipo que vivió durante un tiempo del dinero de una pintora que se fue a Guatemala, sí, papá, Guatemala, está en los mapas, este hombre que ahora sueña con toda esa mítica de la Komintern sin que realmente le guste, porque en el fondo le aburren, como a mí, esas peroratas bienintencionadas pero imbuidas de una severidad casi luterana, este chico que sale a la calle a pegarse con los camisas pardas, y ya sé que tú dices, papá, que quien les presta a esos vándalos carne de presidio la más mínima atención, siquiera sea para insultarlos, pues es que en el fondo es otro golfo de su calaña de ignorantes... resulta, papá, que este chico que por orgullo, y así se caiga muerto, no le escribe a su familia, con la que se peleó por su asunto con la pintora, a pedirle dinero aunque sólo tiene buenas notas, dos camisas y el verde de sus ojos para exigir el mundo, es... en fin, papá, el hombre con quien duermo cuando te digo que me he ido a estudiar y a pasar la noche a casa de mi amiga Birgitta Höllander, sólo que nunca dormimos, papá, ésa es la verdad.»

No ocurrió nada, no hubo que buscar a *alguien*, porque a Klara le vino, con mucho retraso, la regla... Y ya estaba, yo podía seguir siendo un candidato a «las mañanas que cantan», que decían los franceses, y un impaciente aspirante al porvenir de las barricadas, y ella seguir «estudiando» a Fernando de Rojas bajo mi cuerpo en esas noches en que no dormía con su «amiga», y ninguno de los dos conciliábamos más sueño que el de la desolada y mutua rabia a que nos entregábamos hambrientos, eso nunca varió entre ambos; pero algo sustancial había cambiado entre nosotros, y ella bebía más que nunca por las cervecerías, y a veces olvidaba por las mesas sus largos y conmovedores guantes de estrella, los olvidaba para que se los encontrase yo, pero yo nunca estaba, porque salía y entraba de las comisarías berlinesas con la misma frecuencia con que de niño había entrado y salido del horno de mi padre. Se volvió celosa y suspicaz, y empezaron a exasperarme sus continuos seguimientos, y el desorden de su pelo, y ese aspecto descuidado de esposa desdichada que ostentaba en los prolegómenos de casi todas esas noches en que nos acostábamos para no dormir un minuto, y querernos, también, más que nunca, porque yo jamás la quise tanto como en aquellos días finales de tormenta y arrebato. Y entonces me llegó la noticia de que me echaban de la universidad y me expulsaban de Alemania, las autoridades me declaraban peligroso agitador, y *«persona non grata»*, y empaqué mis bártulos, y a ella le dejé una breve nota, mejor hubiese sido que se enamorase de Arvid Landerman que era mil veces mejor que yo, le decía, mejor hubiese sido para todos, incluso hasta para mí. Le prometí que le escribiría, y nunca lo hice, aunque no haya dejado, también yo, de redactarle cartas imaginarias a lo largo de casi todos los días de mi larga vida de superviviente.

—Pero dime... dime cómo vivieron en esta ciudad, y después en Lisboa. Él tendría amigos y familia, y sin embargo mi madre... mi madre era una niña venida de la nada.

Una niña del Belén, sonreí... Del Belén que montan sólo, y hasta el fin de sus vidas, los hombres como Javier. Pocos, pero tan enteros, católicos como Javier.

—Pues ya te imaginarás que no fue demasiado sencillo. La hizo pasar, en principio, por la hija de un amigo alemán preocupado por evitarle a su niña el riesgo de los bombardeos aliados sobre Dresde, Berlín, Munich... Sin decírselo a ella, que al pasar la frontera, le ordenó, «más que rogarme, ordenó», me contó admirado, que no volviese *nunca más* a dirigírsele en la lengua más bárbara y asesina de todas las lenguas criminales y balbuceantes surgidas del vocinglerío de esa torre de Babel habitada por matones e imbéciles. A partir de entonces le habló en un francés que dominaba peor que el ale-

mán o el inglés de su juventud, aunque no tardó en sol-
tarse en esa lengua con rapidez de vendedor de Clig-
nancourt, porque de qué otra manera iban a entender-
se, si el español que ella recordaba de su vida en la España de la República, y luego de la guerra, era mínimo.
Se hablaban en francés, y él casi se esforzaba en olvidar
su alemán, y al mismo tiempo le enseñaba español con
unos cuentos ilustrados que a ella le aburrían... tu madre venía de demasiadas cosas, había perdido demasiado, aunque por esa época aún la sostuviese la frágil esperanza de reencontrar, alguna vez, vivos a los suyos...
Entonces empezó a leerle, y a traducírselos simultánea-
mente al francés, a unos cuantos grandes poetas españoles, Garcilaso y Manrique, y a dejarle en su mesita de
noche, junto al diccionario, las ediciones que conservaba de los modernos, lanzados, en su inmensa mayoría,
a la hecatombe del exilio y a los mapas de la guerra más
atroz... y ella tomó interés, porque esos hombres, le dijo
a él, sabían hablarle al corazón mismo de la desdicha,
aunque en sus versos o párrafos no siempre la menta-
sen. Se aplicó sobre las gramáticas españolas, acordán-
dose acaso de su padre durante las horas silenciosas de
estudio, y sobre los desencuadernados volúmenes de fí-
sica y matemáticas que él se llevó consigo, al final de su
bachillerato, sacándolos de la taquilla del internado católico donde le emparedaron su infancia de hijo de madre jovencísima muerta durante el parto, y de un viejo
adusto y devoto, demasiado enfrascado en sus monografías inéditas sobre los pretendientes carlistas para
preocuparse del muchacho que durante las vacaciones regresaba a la casa familiar mirándolo igual que a
un desconocido. Javier estuvo solo durante demasiado
tiempo.

Nadie cambia a nadie, pensé, pero la exhibida y arrogante crueldad de los triunfadores al fin de su guerra ganada lo sacó del ensimismamiento sin fervor en que llevaba sumido desde mucho antes de alcanzar la edad de la razón. Puso su despacho de abogado al inútil (y digo inútil porque ante un derecho que sólo entiende de ejecuciones sumarísimas de poco o nada valen los alegatos de las defensas) servicio de los perseguidos, y empezó a labrarse una sólida reputación de paria. Muchos de entre quienes estudiaron con él, o frecuentaron al padre y al abuelo, comenzaron a evitarlo o a negarle el saludo si se lo cruzaban por una calle o en el pórtico de la catedral... En ciertos ambientes de Finis se murmuraba de él que no era «realmente de fiar», pese a sus orígenes carlistas y a una religiosidad juvenil que no desembocó en devociones, sino en firme rechazo de los crímenes legalizados a título de escarmiento y en esas actividades de «ángel de la guarda de los rojos», como algunos dieron en llamarle...

A la llegada de Ilse, aquel ostracismo los favoreció. Vivían casi recluidos en el piso del paseo Colón, que él sólo abandonaba camino de su despacho atestado por familiares de encarcelados y depurados de todo tipo, acudidos más en busca de consuelo y de ánimos que de una ayuda casi imposible. Vivían allí, como en el interior de una de esas bolas de vidrio que vuelcan los niños para que nieve al revés encima de las agujas de un campanario o de una torre de hierro, y de mañana la niña entreabría el balcón del cuarto que dispuso para ella, respiraba el aire marino y contemplaba la calle, cerraba enseguida las contraventanas si pasaban las camionetas llenas de hombres uniformados que paraban a los transeúntes y los conminaban, pistola en mano, a entonar la vociferante monotonía de un himno que hablaba de soles y camisas... A ella le atemorizaba pisar la calle, muy pocas veces consintió en acompañarlo por aquella ciudad donde todos parecían conocerse entre sí... Una ciudad que le desagradaba instintivamente y donde nada le retrotraía a su recuerdo infantil de la España amada por su padre.

A los pocos meses de su llegada, Dalmases recibió dos o tres invitaciones de hombres de negocios alemanes, de esos que compraban a precio de amigos del régimen enormes cantidades del wolframio indispensable para su industria armamentística de guerra. En ellas se le insinuaba que acaso fuese bueno para su joven invitada, refugiada del «terror aliado» que asolaba por aire las no obstante «invencibles ciudades del Reich», disfrutar de la cálida compañía de sus compatriotas... La palabra compatriotas estaba doblemente subrayada y rodeada por interrogantes. Javier se las ocultó a Ilse, y las arrojó a la basura, pero por más que lo intentó no llegó a convencerse de que no estaba cometiendo un error. Y cuando su criada de toda la vida le llegó con el recuento de las últimas insidias, y la noticia de que hasta en los puestos del mercado se rumoreaba ya el hecho de que pronto lo expulsarían del colegio de abogados, y se comentaba sin ambages su inminente arresto bajo el, en absoluto vago, cargo de corrupción de menores, comprendió que cada minuto perdido era precioso. Y tenía su precio, qué iba a ser de la niña si a él lo encarcelaban...

Fue a visitar a un viejo general, y correligionario carlista, con cuya hija, muerta de tuberculosis al principio de la guerra, había estado a punto de comprometerse en su etapa de estudiante (si no lo hizo fue porque a veces le ocurría el discernir en la mansedumbre azul de esa mirada de muchacha pálida el brillo de una inquietante e inmisericorde dureza, y entonces una especie de instinto de salvaguarda lo echaba atrás, y refrenaba sus afanes de solitario necesitado de afecto), y le habló largo y tendido, no sé exactamente de qué, porque nunca llegó a contármelo. Sí sé que aguantó en silencio un sinfín de amonestaciones y de circunloquios medio seniles. Y que salió de allí con una promesa en regla. Y que dos días después un asistente del general le llevó en mano a su casa dos salvoconductos para viajar a Portugal, «obtenidos vaya usted a saber cómo», decía él, «porque lo que es seguro es que el viejo Sixto Carlos Lezama detestaba a la policía casi tanto como yo, no en vano aquellos inspectores de la contrainsurgencia se habían pasado media vida molestando a su familia a partir del reinado isabelino. Pese a su reaccionaria escasez de luces y a su sentimentalidad dudosa y enchochecida, el general era un hombre de honor. Y de otros tiempos. Odiaba cuanto le oliese a liberal y a masón, pero odiaba aún más ese gratuito espectáculo de la sangre derramándose por doquier que nos estaba enfangando a todos».

En esos salvoconductos, Ilse pasó a convertirse en su pupila Elise Montauban de Lizana, sobrina lejana suya por parte de madre, de nacionalidad suiza. «El general creía a pies juntillas, por culpa del manifiesto de Ginebra, que todos los suizos estaban por nuestra *nobilísima* causa carlista. Así que amaba a Suiza, y sus montañas y sus chocolates, y esos relojes que se regalaba a sí mismo por Navidad y mostraba después por los cafés *nuestros*, contando torpes mentiras que a nadie, ni a jóvenes como yo ni a los viejos de su época, engañaban acerca de partidarios que no olvidaban nuestros desvelos al fondo de sus cantones, y gustaban de premiar con un modesto regalo su fidelidad inquebrantable», me contó muerto de la risa, y aún conmovido por el recuerdo de quien les consiguió misteriosamente aquellos «auténticos buenos papeles falsos» con que una mañana de enero del 43 dejaron atrás España.

—Y en Lisboa aguardaron la victoria aliada...

«En Lisboa aguardaron la victoria y el fin de la guerra, en efecto», repetí, contento porque Herschel entornaba los ojos con el aire satisfecho de una criatura que disfruta antes del sueño de la seductora repetición de una historia. Oían la radio inglesa, en el piso barato que él alquiló más arriba de Alfama, en lo alto de una colina de casas fantasiosas y como dibujadas por la mano caprichosa de un niño, oían el nombre, ya en boca de todos, de Stalingrado, la ciudad sitiada que resistía heroica al este, barrio a barrio, casa por casa, bajo el viento y la nieve, escuchaban la voz tranquila y bondadosa del presidente Roosevelt dirigiéndose a sus soldados en Asia y en Europa, oían el pitido y el aviso en francés, «Ici Londres», y enseguida atendían al acento vibrante de Maurice Schumann hablándoles a los combatientes del Vercors, y a los refractarios del STO,* y a quienes se ocultaban, y ocultaban a otros, en sótanos y en graneros, y a quienes simplemente, y como ellos, esperaban... Esperaban. Unidos por la más frágil y persistente de las esperanzas, por una decidida, y desesperada, voluntad de sobrevivir.

* STO: Servicio de Trabajo Obligatorio, leva impuesta a los jóvenes franceses por los ocupantes alemanes para ir a trabajar a Alemania. La imposición del STO fortaleció, como es lógico, las adhesiones al maquis y a la resistencia armada.

Un tal monsieur Yusuf Khalil escuchaba también, por aquellos días, las sintonías de Radio Londres, en la calle des Pyrénées... a su regreso de ciertos encuentros y de clandestinas «operaciones». Monsieur Khalil, quien para su asombro había descubierto que tenía una inigualable puntería de cazador y una sangre fría de cirujano, evitaba, al igual que tantos otros, la ponzoñosa grandilocuencia colaboracionista de Radio París, porque Radio París era alemana... emitía en francés, pero era alemana, descarada e insultantemente alemana... Insultaba y denunciaba en francés, pero era alemana...

Los he imaginado en ese tiempo de quieta turbulencia de la espera, tal vez, para y al cabo de tanto tiempo, poder describirle a Herschel Dalmases Landerman sus gestos nerviosos, ese modo de arrimar las sillas al viejo aparato prestado por la amable casera del Algarve que apenas comprendió que la «menina» tenía familia en Europa... La «menina», le digo, es una niña que a veces sigue buscándose, con un ademán de inconsciente alarma, la estrella de tela sobre la blusa o el vestido, como si quisiera asegurarse de que, en caso de que le pidan los papeles a la entrada de una boca parisiense de metro o a la salida de las clases, no será inmediatamente arrestada por «acto grave de rebeldía», y su «tutor» español es un hombre joven a quien por vez primera en su vida no espanta ni desasosiega la constante presencia a su lado de otro ser humano no regido por disciplinas comunes de cuarteles o internados jesuíticos. Buscan la frecuencia deseada, y se estremecen al son encandilatorio de esos nombres de ciudades, de esos avances y repliegues que luego buscarán en el mapa inmenso que él compró en una vieja papelería del Chiado y clavó sobre la pared, y a veces los enardece el entusiasmo, como la mañana en que la radio amiga anunció la capitulación italiana, *Italy has capitulated*, gritaba eufórico el locutor británico, y aquel 26 de julio del 43 ella salió del torpor y del triste letargo en que se había hundido poco antes del advenimiento del primer aniversario de su salida del *Vel d'Hiv*, saltó a su cuello desde el sofá donde llevaba días agazapada, lo tomó de la mano y lo forzó a bailar sobre las sueltas baldosas al ritmo del himno inglés sonando a sus espaldas con bríos alegres y extravagancia de fox.

Lisboa, añadí sonriente, incluso aquella triste y empobrecida Lisboa salazarista, era, es, una de esas escasas ciudades que parecen nacidas para la espera. Bajo las ruinas de su castillo y a la sombra de sus muros conventuales, Lisboa despliega el fulgor de sus calles cerámicas y oleadas de luces hacia la marea de todas las partidas, el mar de todos los regresos. Más allá de la línea del horizonte se perpetúa a sí mismo el océano, y por encima de sus nieblas otea desde los muelles el inminente viajero en *tránsito* el espejismo poderoso de otras tierras y la promesa de una vida. Lisboa levantó torres aduaneras que luego lamió el agua no para defenderse del mundo, sino para festejar su llegada al avistamiento de sus emisarios mascarones de proa, Lisboa trazó sus calles, que removieron terremotos y ensangrentaron feroces dictadores pusilánimes, desde la nostalgia secreta de quien les teme a las tierras firmes y el anhelo de unos moradores que se saben prometidos a la línea sin quiebra de todos los descubrimientos. En la atlántica Lisboa, hermosa como Finis, pero más secretamente bella que Finis, le dije a Herschel, era posible sentir que ninguna espera se revelaba del todo inútil, porque el barco que aguardabas en sueños y alguna vez vendría en tu búsqueda, doblando cabos de desesperanza, reservaba para ti uno de sus camarotes sobre el puente y una hoja de ruta hacia destinos no cercados de alambradas.

—A veces, mi madre sacaba de una caja sus viejas postales de Lisboa... Y ella, que tanto detestó las fotografías, disfrutaba enseñándome los monumentos, «Torre de Belém», «Jerónimos», la «Seo», me indicaba... Y si le preguntaba, me narraba historias de los navegantes portugueses y me decía que en dos ocasiones, de niña, y de jovencita, había vivido en Lisboa. Me gusta, me gusta y me conmueve, imaginar que llegó a ser más o menos feliz en Lisboa, al menos al principio, en esa primera etapa... mientras aguardaba ansiosa el desembarco aliado...

Feliz no era exactamente la palabra, pensé. Ninguno de los dos iba más allá de su espera, tan confusa en el caso de Javier que, muchas tardes, y sin decirle nada, acudía a la sede israelita frecuentada por tantos refugiados en una vana búsqueda de noticias, y tan concreta en el de Ilse... Se limitaban a vivir al acecho de los días y de los partes de la radio aliada. A él ni siquiera lo preocupaba su inactividad forzosa... Sefarad ya no existía, aunque Vergara y otros se asegurasen ahora de facilitar la huida pirenaica de muchos aviadores aliados, fundamentalmente franco-canadienses, caídos en suelo francés, y, aunque a veces lo asaltaba el remordimiento al pensar en su despacho cerrado y en los familiares de las víctimas de la represión que ya no tocarían a su puerta de apestado, se consolaba viéndola cobrar nuevas confianzas; porque la niña a la que trataba de engordar gastándose en mantequillas y carnes rojas buena parte de los giros que puntualmente, pero con la avaricia de quien de pronto controla el bien ajeno, le remitía desde Finis la vieja Fabiana, la niña a la que medía cada tres meses con una cinta amarilla de sastre (hacía una muesca en la pared, y anunciaba muy serio «medio centímetro», y ella bromeaba, llamándolo «madrecita»), empezaba a dormir mejor, y a querer salir a la calle y a aceptar ir algunos sábados de excursión a costa de Caparica, se quedaba muy quieta en la playa, sentada durante horas, la vista fija en el vuelo de las gaviotas y en los chicos que saltaban entre las rocas en busca de percebes... Le gustaba acompañarlo al Brasileira, y morder el azucarillo de su vaso de leche mientras él se tomaba una copa. Una tarde le comentó que las mujeres «lo miraban»... franca o indisimuladamente, pero lo «miraban», pareció acusar, y como él se agitara azorado, se echó a reír. «Una vez, en un café de la Madeleine, una mujer miró de ese mismo modo a mi padre», le dijo, «y creo que a él le gustó. No la mujer, sino el hecho de que ella lo mirase así. Aún no había guerra, era antes de Munich, y en algunos sitios nos trataban mal, *sucios boches*, dijo una vez una mujer según salíamos de su tienda, y mi madre se echó a llorar, imagínate, sucios boches nos soltó, a nosotros que ya no éramos, por culpa de Hitler, ni alemanes ni nada... Pero mi padre volvió a entrar en la panadería, y yo le fui detrás, aunque mi madre intentó retenerme. "Boche lo será usted, señora", replicó muy tranquilo, "que a lo mejor se alegró de la caída del señor Blum y está esperando ciertas alianzas... Yo sólo soy el señor Arvid Landerman, israelita y demócrata alemán, para más señas, y a su disposición". Aquella gorda asquerosa se calló, pero mi padre estuvo el resto del día de mal humor. Decía que en España nadie nos había mirado así, pero entonces mi madre le recordó quiénes estaban, ya, ganando en España. Y eso porque no ha visto *cómo* me miraban a mí esas horribles mujeres que te saludaban por el paseo Colón, y mientras lo hacían nos desnudaban a los dos con los ojos... pero no como quisieran hacerlo contigo esas mujeres que te miran aquí, no. Ellas desnudaban con ojos de hijas de sepultureros».

Le ordenó que se callase, me contó, menudas absurdidades se le estaban ocurriendo, unas absurdidades tan... tan poco... naturalmente no se atrevió, era demasiado inteligente para ello, a pronunciar esa palabra, «decentes», que de pronto se le antojó más obscena que ninguna otra en el mundo. Apuró un trago de brandy y se dijo que no sabía nada de niños ni, lamentablemente, apenas nada de mujeres, exceptuando las de esos burdeles que frecuentó hasta el final de su vida, de hecho la última vez que nos vimos se atrevió a confesarme su miedo al sida y su querencia inconfesable por las putas, me lo dijo en un tono tan lastimero que casi lloré de risa, Carlota Lezama, la hija del general, no contaba, como no contaba la mayoría de sus amigas, porque todas ellas parecían salidas de un molde congelado de cera empeñado en repetir hasta la saciedad el mismo aburrimiento de gestos devotos, y esa palabrería inconsistente de adictas a novenas, y de organizadoras de tómbolas y meriendas dispensadoras de una dura y repulsiva caridad... Se dijo que no había vivido nada, que tal vez ya no le fuera dado vivir nada más allá del simple hecho de ver crecer a esa niña que le decía cosas tan inapropiadas para su edad... ver crecer a esa niña que...

Esa niña con la que quería compartirlo todo, hasta que creciese y después... Sí, claro, después... no, cómo que claro, qué carajo estaba pensando, se volvía loco o qué... qué. Encargó otra copa, horrorizado, sin prestar apenas atención a sus palabras... La niña le hablaba de la obsesión de su madre por las sirenas, le decía que si la sirenita de Andersen hubiese vivido en las costas de Lisboa tal vez su final hubiese sido otro, un final feliz no merecedor de cuento ninguno, Lisboa le gustaba y porque le gustaba se negaba a imaginar a la pequeña sirena entregándole su cola de pez y su voz de cantante ultramarina a un engreído pretencioso... Un verdadero príncipe de Lisboa hubiese *entendido*, le decía, no se hubiese dejado atrapar por banales equívocos, no hubiese perdido el tiempo... el tiempo... no la habría llevado consigo a su palacio de las caridades, porque la habría seguido a su reino de exiliada de las sombras. Y entonces ella lo habría ahogado, y a él no le hubiese importado. Pero aquel príncipe del norte no conocía las sombras porque vivía entre ellas, concluyó.

«Entonces a mí nadie me había leído ni a Andersen, ni a ningún otro cuentista, mi madre murió al nacer yo, y Fabiana nunca pasó, y eso entre gruñidos, del exasperante cuento de la buena pipa... De modo que no entendí nada de ese galimatías acerca de sirenas y príncipes, y en cierta medida quizá sea mejor haber seguido en la inopia. Sospecho que ella hablaba desde la nostalgia de quien ha escuchado muchos cuentos y de golpe los ha perdido todos, de quien ha perdido la memoria de haber sido feliz escuchando esos cuentos. Creo que quería decir en voz alta, y al decirlo volverlo realidad, que estaba segura de que nada malo iba a sucederle en Lisboa... lo supe cuando muchos años después me compré la obra completa de Andersen. De todos modos, algo debió de quedárseme en la mente, porque la mañana del desembarco en Normandía salí a buscarle un regalo, y volví al piso desde la plaza del Comercio con una sirena de plata en los brazos, una copa de trofeos deportivos, en verdad, pero la sirena parecía tan real, alzaba los brazos, y ella también alzó los suyos al tomarla, la izó sobre su cabeza rubia, con ese rubio de los niños que en España se les va apenas crecen, y llorando me dijo que tal vez esa sirena ayudaría a que su madre siguiese viva. Viva, en algún sitio, Sebastián. Imagina cómo me sentí... Estaba tan asustado, y a la vez tan contento, que fui en busca de champaña, me costó mucho encontrarlo, media Lisboa debía de estar celebrando clandestinamente ese desembarco... No había nadie por las calles, y a mi vuelta descorchamos una botella de marca desconocida. Le dejé que tomase un poco, y cuando me alborotó el pelo me dije que no es bueno que los niños crezcan demasiado deprisa. Ni siquiera los niños de la guerra.»

—Mi madre amaba Lisboa. Como tú.

—Tal vez. Pero yo no *amo* Lisboa. Yo sólo he amado Salónica y después París. Y he disfrutado en Berlín, y he vivido en Nueva York, y voy a morirme en Madrid, que es una ciudad que me gusta, pero no me apasiona. A Lisboa, que *sí* me apasiona, voy a otra cosa.

—A esperar...

—A esperarme, más bien. Todos tenemos dentro de nosotros a un pariente en América, hijo... A un pariente que a lo mejor vuelve alguna vez y nos cuenta quiénes somos.

Parpadeaba incrédulo, la misma, seguro, incredulidad de Javier cuando escuchaba esos cantos de sirena que Ilse pronunciaba, deseosa de que todas las mentiras se transformasen en verdades y que nadie, ni siquiera la chica de la abandonada cola de pez, tuviese que blandir un puñal sobre el sueño de la traición para esquivar un destino de espumas y aire...

—Y crees que fue entonces cuando se enamoró de

ella... De ella que sólo era, a fin de cuentas, una niña.

—No moralices, Javier fue cualquier cosa menos un depravado. Creo que fue entonces cuando *supo* que iba a enamorarse de ella. En realidad, se enamoró de ella ya en París, cuando la vio tirada llorando sobre una cama de hotel, pero sólo fue capaz de confesárselo a sí mismo a la vuelta, tan derrotada, de ambos a Lisboa. Un superviviente de Auschwitz a quien encontraron, cómo no, en el Lutétia, un tal Samuel Vaisberg, les dio algunos detalles, muy pocos... Creo que era el padre de un amigo suyo del barrio. El hombre, a quien los alemanes conservaron vivo porque era impresor y les servía para la industria de falsificación de billetes con que desorganizaban a su antojo las economías de ciertos países afines, había perdido a su mujer y a dos hijos, creo, tal vez fuesen tres, no podría afirmarlo. Toda la familia de ese Vaisberg estaba *wurden vergast*. Como la de casi todos, nada muy original... Él tenía, por su trabajo en las oficinas y en la imprenta del campo, acceso a las listas de los *wurden vergast*. Y las consultaba, cómo no iba a hacerlo, en busca de amigos y parientes... Allí leyó el nombre de su antigua vecina de París. Annelies Landerman, *wurden vergast*. Allí estaba, entiendes... no, quién puede entender. Sencillamente, estaba allí. En la columna de los *wurden vergast*. Al lado, en el espacio reservado a las «pertenencias», había escrita una única palabra: ROPA.

—Y el niño... y su hijo...

Le temblaban las manos, pero no rehuí su mirada brillante.

—Viajó en otro convoy, desde Drancy, adonde lo trasladaron cuando a su madre la deportaron de Pithiviers, una semana antes que a él, porque hicieron eso con los niños del velódromo, ya lo sabes, deportaron primero a sus familiares adultos, y a ellos los hicieron viajar más tarde, junto con otras detenidas, diez mujeres por cada cien niños, y los había menores de dos años... Alguien creía recordar que había muerto en el tren... Pero no era cierto. Fui yo quien en diciembre de 1947 logré dar con su nombre en otra lista. Herschel Landerman, *wurden vergast*, pasado por el gas, gaseado. Tendría que haber ido a Lisboa a decírselo a tu madre, pero no lo hice, se lo escribí a Javier para que él se lo comunicase. Ahora lo lamento, aunque Ilse nunca me guardó rencor. Pero es que mi cabeza estaba llena de nombres *wurden vergast*. Josué Miranda, *wurden vergast*, Antonina Miranda, *wurden vergast*, Esther Miranda, *wurden vergast*, Ramona Miranda, *wurden vergast*, y sus hijos, mis sobrinos a quienes ni llegué a conocer, y esos novios y maridos suyos que jugaron conmigo de niños... todos ellos *wurden vergast*. Y muchos de mis amigos y compañeros, ese estribillo detrás de sus nombres, esas dos palabras obsesivas, *wurden vergast, wurden vergast*. Ibas a la Cruz Roja, y consultaban sus listas y siempre sabías que iban, seis meses, un año, quince años después a soltarte, rehuyendo tu mirada, ese *wurden vergast, gazé*, gaseado. Todos esos nombres silbándome por la espita atroz de la mente... yo venía de *allí*, comprendes. Y no era, no soy un *wurden vergast*. Nunca he podido vivir en una casa con instalación de gas, sabes. Igual que tu madre. Que tampoco soportaba el olor de la carne asada porque... porque se *figuraba*... Una vez intenté explicarle que no *olía* así, que la carne empujada al fuego de los crematorios no olía así. Pero me miró tan desorientada que desistí... creo que se sentía culpable por no saber reconocer *exactamente ese olor*.

Me levanté, con el platillo de la cuenta entre los dedos, tenía que controlarme, si empezaba, como otras veces, a desvariar y a imaginar que cuantos me rodeaban eran inminentes *wurden vergast*... la mujer de la esquina, por ejemplo, con sus zapatos de hebillas y su bolso sobre la falda, el hombre que leía un diario al fondo, la chica que se estaba abrasando los labios con una rodaja de calamar... y el mozo que avanzaba hacia mí, al grito de «¡ya va, señores, un minutito!». Controlarme, llevaba años controlándome y sabiendo cómo dominar aquellos brutales ataques de pánico... expulsando de mí la imagen del montón de cadáveres apilados junto a los barracones que nosotros, yo, Dios mío, sí, yo y nosotros, arrojábamos al alba sobre las carretillas, empujándolas después hacia las puertas de los hornos gigantes... Los hornos...

«Mil quinientas treinta y siete», decía alguien a mi oído, y ese alguien contaba los muertos del día y de la noche, y los tachaba sobre una lista, oías tu número y permanecías inmóvil durante una o dos horas en medio del silencio de la concentración nocturna, bajo la luz cruda de los reflectores...

«Pesetas», proseguía la voz... Y yo susurré:

—Herschel, Herschie... no digas que no has venido a hacer turismo, no quieras hacerte el original, todo el mundo viene a esta ciudad únicamente a hacer turismo... Vámonos a ver la catedral, Hersch, es una de las más famosas del mundo... del Mundo.

No sé si me oyó, tal vez yo sólo pensaba y no articulaba las palabras... Tenía que decirle... teníamos que salir de allí. Enseguida.

Me observaba, con ese aire tan pálido, tan angustiado... El aire de un niño a quien le ordenan en un frío y monótono alemán que se desvista y entre en esa cámara tan fría para dejarlo sin aire... Ninguno de mis sobrinos entendía una palabra de alemán... Ni mis hermanas, ni tampoco mi padre... ¿Se desnudaron en Treblinka con aquella pastilla entre las manos, no desperdiciable, de jabón que antes de ellos asieron tantos muertos *wurden vergast*? Esa pastilla que pasaría enseguida, tras la llegada de un tren, a otras manos... Esa pastilla barata que no conservó el calor de ninguna palma, ni supo nunca del tacto mojado de ninguna piel... Mi hermana pequeña era tan lista... Ramona tuvo que saber, tuvo que percibir... ella siempre se dio cuenta de todo, nadie podía ocultarle nada, fue ella quien le contó a mi madre que Grete Wolff y yo... Cuántas veces no me la he imaginado en Treblinka arrojando esa pastilla por el suelo, pisoteando su blancura de azufre y sosa y grasas, rebelándose contra la odiosa táctica del engaño último... rebelándose. Era la única de mis hermanas que no tenía hijos.

Y ese niño de rizos, ese niño tan pálido, ese niño de ocho años, ese niño, Herschel *wurden vergast*...

Me aferró del brazo, y en un destello de lucidez pensé aliviado que claro, era el otro Herschel, se trataba del *otro* Herschel...

—Sebastián, escúchame, Sebastián, por favor. *Tú* sabes, los dos lo sabemos... sabemos que no puedo ser hijo suyo. Que *no* soy hijo suyo. Y ahora dime, por favor, dímelo aquí, debajo de sus ventanas... ¿Hay alguna posibilidad de que yo... de que yo sea hijo tuyo?

Herschel, Herschel, Ilse, Ilse, Herschel, digo en voz muy alta, en la soledad de mi tiempo, y es como si al llamarte a ti invocase también a su desconocido hermano muerto, tu tío niño que me observa desde las sombras con sus ojos que nunca alcanzaron los nueve años. Palpo este largo, larguísimo, número azul más arriba de mi muñeca, y me digo que cuando yo llegué al campo ese niño ya no estaba, Annelies ya no estaba... Arvid ya no estaba, también él *wurden vergast*, qué pensaste, Arvid, en el último momento, que *«nuestras vidas son los ríos / que van a dar en la mar, / que es el morir»*... Estás llorando, Arvid, llorando delante de mis ojos que llevaban tanto tiempo sin verte, llevas un abrigo oscuro de grandes solapas y lloras sin vergüenza sentado a horcajadas sobre mi cama de pensión, y yo te digo «es así, prefiero que sepas que es así», escueto y feroz, como un villano de los romances de ciego que te gustan, y lloro contigo, Klara nos espera nerviosa en el café de la esquina, y tal vez llore también, acaso lloren por todos nosotros sin saberlo sus maravillosos ojos castaño y azul, azul y castaño, pues *«Qué se fizieron las llamas / de los fuegos ençendidos / de amadores?»*... No sé si Klara fue una *wurden vergast*, o si murió de agotamiento o a manos de locos y criminales oftalmólogos del Reich, su pista se pierde a partir del ingreso en el campo de Dora y de su posterior traslado al de Ravensbrück... Acaso tu nieto llore también por nosotros en el bar donde lo he dejado después de un largo, larguísimo día, de deambuleos y llantos y acusaciones histéricas. Lo dejé allí, hace ya un buen rato, antes de irme de nuevo a la catedral, a última hora de la tarde nubosa. Había poca gente, únicamente algunas mujeres que rezaban absortas a la luz de los cirios, de rodillas sobre los reclinatorios, entreabrían los labios y a veces fijaban la vista en la figura torturada de su Mesías... El rostro de su madre me miraba desde las vidrieras golpeadas de lluvia, y su boca de muchacha de Galilea no era fría como las de los santos, no era distante como la de su espléndido hijo sufriente a la derecha del padre. Era una boca real. La única boca, allí dentro, en medio de esa extraordinaria y ambiciosa belleza, a la que yo hubiese podido rogar... Valor, entendimiento y consuelo.

Era la misma boca exhausta y vigilante de las madres muy jóvenes llegadas al andén de los campos con sus niños a cuestas, que pronto serían, como ellas, *wurden vergast*. A veces, como ocurrió con los niños del *Vel d'Hiv*, deportados en un tiempo distinto al tiempo elegido para sus madres, esos niños ni siquiera habían salido de sus vientres. Pero esos niños *eran* los suyos. Lo fueron desde que los tomaron en brazos para encaramarlos a su costado según pisaban el estribo del tren. Y esa boca «judía» que no estaba a la derecha de nada, sino debajo y encima del todo, también era la nuestra.

Salí muy despacio por la nave central, muy despacio y muy erguido, repitiéndome mis palabras de ira pronunciadas, media hora antes, en el café donde me aguardabas, tembloroso y ya un poco bebido. «Si vuelves a decir esa tontería de promiscua, te parto la cara, me oyes, Herschel, aunque sea un viejo, y tú me mates a mí después. El que Konrad haya sido toda su vida un miserable, que explotó a la hija de su hermanastro durante años sin pagarle nada por todas esas horas detrás de su caja registradora, o una miseria, mientras le recordaba una y otra vez "tú estás viva, y ellos han muerto... muerto, cómo te atreves a quejarte de tu suerte", no te da derecho a repetir su bazofia de palabras, su inmunda sarta de palabras, hijo.»

Parpadeaste, Herschie, farfullaste que «sólo querías saber...».

Saber el qué, hijo. Este cansancio que me invade... No soy tu padre, si «eso» es lo que quieres saber, te dije, paciente. Me he acostado muchas veces con tu madre, aunque eso no te lo dije, ni voy a decírtelo, entre otras cosas porque ya lo sabes, lo leo en tus ojos que buscan, no esa corroboración, sino aquella otra, imposible... ya sé que medio mundo cree a ciencia cierta que un hombre de la historia de nuestro pueblo es hijo del Ser, Herschie, pero yo no lo creo, y desde luego no soy tu padre, mírame, Herschel.

—Konrad me contó que ella era muy promiscua, que lo fue desde su llegada a la isla, le robaba píldoras para dormir y cajas de preservativos estadounidenses, me aseguró que siempre tenía aventuras... con todo tipo de hombres, dijo, con clientes de la farmacia y compañeros de la escuela de comercio donde insistió en matricularse, y campeones de concursos de baile convocados por locales sospechosos que le hubieran puesto los pelos de punta a cualquier chica *decente*, que frecuentaban soldados de permiso y envanecidos mulatos de cabellos lucientes de brillantina haciéndose pasar por blancos... eso dijo, *haciéndose pasar por blancos*, eso dijo él, un judío, exactamente eso. «Una vergüenza para Erika y para mí», prosiguió, «ni siquiera quiso nunca acompañarnos a la sinagoga, era muy guapa, tan guapa que de haberlo querido hubiera podido casarse bien, pero tenía el demonio en el cuerpo. Y nosotros, por lo que atañe a *nosotros*, a mi esposa y a mí... tengo la conciencia muy tranquila, tratamos en un principio de ser comprensivos, siempre tuvimos en cuenta lo que mi sobrina había vivido y padecido en Europa»... Entonces lo eché de casa. Pero antes de irse me hizo, ya en el umbral, su oferta de compra. Si Milita no llega a estar de por medio, creo que me hubiese arrojado a su cuello. Creo que lo hubiese matado».

—Bueno, el hecho de que ese malnacido de Konrad sea judío no le garantiza, ni de antemano ni a perpetuidad, grandes cualidades —sonreí—. Hay otra, y si acaso más sutil, manifestación de antisemitismo que consiste en exigirnos en todo momento a los judíos un comportamiento y unas inteligencias de superhombres... Primero nos llamaron *infrahumanos* y ahora nos quieren *sobrehumanos*. Si no eres un Einstein o un Disraeli, ciertos *gentiles* empiezan a preguntarse para sus adentros si no habrá un error en tus genes, si serás *realmente* judío... o si es que te estás tomando la molestia, Dios sabe con qué secretas intenciones de revancha, de esconderles astutamente esas listezas propias de «tu raza»... Nunca he residido en Israel más allá del breve lapso de una visita turística... pero podría presentarte en Madrid a dos o tres conocidos que apenas estalla Oriente Medio me llaman, recriminadores... Nadie responsabiliza nunca a un liberal estadounidense que lleva años afincado en Europa de las tropelías del Pentágono, pero para algunas personas en Madrid... Bien, para esas gentes es igual que si yo en persona, y a distancia, dirigiese el Mossad. Y por supuesto, la banca Rothschild y la fundación Guggenheim, y todas y cada una de las escuelas talmúdicas de Nueva York y los restaurantitos parisienses del Marais y las producciones de Spielberg, y el trabajo de sus guionistas... «Los pomelos israelíes son menos sabrosos que los hispánicos, debe de ser por el riego gota a gota», me esgrimen, acusadores, y es como si yo hubiese inventado esa forma de riego o traído, uno a uno, y en cuévanos a lomo de animal mareándose en la sentina de un barco, esos cítricos por el mar de las cruzadas... Muy fatigoso.

Me observó cariacontecido, recordé en el atrio de la catedral, y dijo, con asombro idéntico al de mi amigo DeVidas aquella tarde en la taberna de Jérôme, «cómo somos nosotros para ellos... qué o quiénes seguimos siendo para ellos».

—Ellos también son parte de nosotros, y carne de nuestra carne, y sangre de nuestra sangre, pero no lo saben. Llevan siglos acogidos a la íntima seguridad de su olvido, al presentimiento de que sin duda fue mejor no haber seguido sabiendo —repuse suavemente.

«Buena parte del prodigio y la modernidad de las ficciones españolas viene de una mentira fundacional... una mentira engendrada por el temor, Bas, algún día escribiré un libro al respecto», me señalaba entusiasmado Arvid, «cambias de nombre, y te *inventas* un origen... te haces a ti mismo, y a ti mismo te armas caballero frente a la irrisión, la mofa, y tal vez la oscura piedad o la seca vergüenza ajenas... Mentira y temor dominaron durante generaciones las almas de los descendientes de conversos...». Divertido, le replicaba: «vamos, no te hagas el Freud»... Pero él sacudía la cabeza, y fruncía el ceño, propinándose golpecitos en el mentón con la puntera de plata de su lapicero mordisqueado. «Tú no has alcanzado a intuirlo porque vienes de quienes se fueron, Bas. Pero detrás de toda mentira subyace, poderosa, una nostalgia. En este caso, en el de quienes se quedaron, la de no poder llegar a ser quien se podía haber sido frente a la verdad de estar siendo quien no se iba a ser... Es la nostalgia de un viaje imposible, Bas, no lo entiendes... *porque ese viaje de expulsión lo acometieron siglos antes, y en su nombre venidero, otros que ya estaban muertos.* Todos nosotros, y en especial vosotros, los *sefardim*, somos su herencia perdida, Bastián, sus espejos sin reflejo. Su Ítaca.»

Extrañamente conmovido, emocionado a mi pesar, escuchaba a mi amigo... hasta que éste abandonaba sus anotaciones, y me arrojaba una bola de papeles a la cara. «Vamos por ahí a quitarnos las telarañas de los estantes de la cabeza, *Avicena*, ¿sabes que desde que os presenté Klara te llama así? Siempre me pregunta por ti, y eso que no parecisteis caeros demasiado bien, discutiste con ella de un modo que en fin... tampoco importa realmente, le expliqué lo de la muerte de tu madre, no entiendo por qué tardaste tantos días en contármelo. A veces tienes unas reservas de perseguido hugonote... Claro que a ella eso no le asusta, ni le sorprende, tampoco... porque es como si todo lo viviese instalada en el asombro. Klara es distinta... Me cae bien.»

«A mí también», hubiera debido confesarle, «incluso demasiado bien, para mi gusto». Pero no lo hice. Callaba y lo acompañaba a los cabarets baratos, al paraíso de los teatros en cuyas plateas chillaban enfurecidos los padres de familia en airada protesta a la escucha de ciertos textos que nosotros aplaudíamos hasta ensangrentarnos casi las palmas de las manos; y luego marchábamos de cervecería en cervecería, y al calor del humo de las cocinas y del tabaco rancio yo disparataba, «déjame ser tu negro ayudante en literarias tareas más livianas y menos ensayísticas, déjame ser émulo del gran Dumas que le ofreció a ese río de Madrid un vasito de agua para que no se le resecase la garganta», Arvid lloraba de risa, yo engolaba la voz, y arrancaba: «Entonces, y de la ingrata madrastra Sefarad, llegó Raquel, la de los ojos de cieno de laguna y el pelo de fuego, y al divisarla perdió el juicio y las ganas de vivir el hijo favorito del sultán... Ya no visitaba el harén, y el imperio peligraba porque surcaban sus mares las goletas españolas al grito de *Muerte a los infieles*...», y las noches se convertían en mañanas con nosotros dos dando tumbos entremedias de la niebla berlinesa. «Podrías ser un excelente actor, Bas», solía decirme, con acento estropajoso, y al caer sobre la cama yo me confirmaba que lo era ya. Llevaba toda mi corta vida empeñado en ser el mejor actor del mundo a los ojos del único público que de veras me inquietaba; ese público era yo, y yo me dormía abriéndole mi sueño a una extraña mirada desigual, de mar y tierra... De un modo u otro presentía cuanto iba a ocurrir, y temía la ruptura de nuestra amistad. Lo temía con pánico inminente de traidor que toma sus medidas, sus vanas y banales medidas... nunca salía con Arvid, si éste me avisaba de que pensaba pasar la tarde con Klara, por qué no los acompañaba, había una conferencia espléndida sobre Velázquez, o un recital de cantigas seguido de unos conciertos de piano de Falla, ese músico maravilloso, en la sede de... No, me negaba yo, mejor me quedaba a estudiar, mejor me iba a una reunión de célula, mejor me iba a remar, mejor me iba al mismísimo infierno. Hasta el día en que me topé a solas, y de casualidad, con Klara Linen a las puertas de una confitería, y ella me tomó riendo del brazo, y me obligó a entrar, y se sentó frente a mí en una mesa diminuta, con floreros enanos y servilletas de hilo y azucareros de Dresde, por qué la evitaba de continuo, me preguntó, mientras se sacaba despacio los largos guantes y derramaba el azúcar y las moradas flores de Swift, y no prestaba atención ni al agua volcada ni a las corolas caídas entre añicos de porcelana y puñados de azúcar sobre las que ya se inclinaba un camarero obsequioso, por qué si nos encontrábamos en la biblioteca de románicas o a la puerta de un espectáculo yo me daba media vuelta y me largaba igual que si acabara de divisar al mismísimo Torquemada o a Gilles de Rais. Ella no era Torquemada, ni desde luego Gilles de Rais, no había mazmorras en su castillo... si ni siquiera poseía un castillo que albergara sus maldades, rió, ella «sentía» curiosidad por mí, y ya nos traían el té en unas tacitas de casa de muñecas, «creo que a los españoles otomanos, bueno, perdona, griegos, os gusta mucho el té», me escanciaba otra medida de sorbito, la rechacé sin brusquedad, colocando mi mano sobre aquella especie de juguete, y le dije que quizá ni a su, de seguro que reverenciado, Lord Byron ni a otros griegos ni a mí hubiese llegado nunca a entusiasmarnos el té de las damas y de la tarde. Y ella achicó sus ojos de lago y lava, apretó los labios muy pintados, y silabeó que era muy ex-tra-ño. Sí, porque en primer año y en segundo curso iba aquella mujer a buscarme... Bueno, yo sabía, *tenía que saber* lo que entonces se murmuraba acerca de mí y de aquella mujer «mayor» del perrito oriental en los brazos cargados de pulseras, aquella mujer a la que *sí* le gustaba el té, porque ésa era la bebida que encargaba mientras esperaba mi salida al fin de las clases en un cafetín de obreros cercano a la facultad... Allí no tenían té, pero alguien le contó que la mujer siempre lo pedía, cuando se le contestaba que allí no... asentía, solícita, y encargaba un *schnapps*... Hice ademán de levantarme, y entonces, y mientras replicaba, con una neutra contundencia, que buenas tardes, lo lamento, pero no hablamos el mismo lenguaje, desconozco, y pienso seguir haciéndolo, las conjugaciones del idiota y repugnante idioma con que se entienden entre sí los «burgueses» de este mundo, ella tiró de mi chaqueta y se echó a llorar... Los camareros miraban a través nuestro, como si no existiésemos o alguna extraña consigna los hubiera convencido de nuestra recién adquirida invisibilidad, y una mujer sentada junto a una niña de trenzas oscuras nos contempló un segundo con desagrado y musitó algo entre dientes. Klara Linen seguía llorando, como si tampoco ella advirtiese la presencia de los otros (luego descubriría que era inmune al pudor, y que al revés que yo se le daba un ardite manifestar a gritos o a carcajadas sus estados de ánimo allá donde se encontrase)... «No te enfades, por favor», rogaba... Toqué sus cabellos y volví a sentarme, alarmado. Y no sé qué pudo impulsarme entonces a hablarle de Grete Wolff... Arvid, que era mi mejor amigo, jamás me había hecho una sola pregunta sobre el asunto... pero ahí estaba yo, contándole, con la mirada húmeda, que Grete se había sentido mal dos años atrás, y había visitado a un médico, y a la vuelta estuvo más de una semana sin preocuparse de teñir las canas de su pelo, una larga semana de silencios y atisbares de la bola de vidrio sobre el tapete de terciopelo con quemazones de habanos... Una semana entera inclinada sobre sus ilustradas monografías de cultura maya, una semana entera en que no les prestó atención ni a él, tan angustiado, ni al perrito mohíno que se arrastraba por las alfombras. «Un tumor en el útero», le dijo al séptimo día, «no estoy yo para carnicerías ni para mugres de hospital...». Y le habló de un viaje y de un testamento, tendría que tener cuidado, porque aquella chismosa de Hildegard intentaría llevarlo a juicio y arrastrar sus nombres por el lodo... pero de qué y de quién estaba hablando, le chillé, y agitó sus pulseras, «pues de quién va a ser, de la bruja de mi cuñada, de la viuda de mi hermano, vive en Francfort», resopló, como si le sorprendiera que yo desconociese hasta entonces el hecho, no tan insólito, de que había tenido una familia... «Vive en Francfort y seguro que reza todos los días para implorar mi muerte de pecadora. No sé de qué te asombras... pensabas que yo venía de una col o qué... De acuerdo en que algunas coles están podridas, pero hasta yo tuve una madre y un padre... un padre que me amenazó con desheredarme cuando le dije que iba a ser pintora, te puedes figurar lo que me ha importado... Mi padre, ja, me dijo: Grete, no te hagas ilusiones, de guapa no tienes nada, eres torpe y sin gracia, suerte habrá si te encuentro a un berlinés decente que no mire más allá de tu dote... mi padre, un nacionalista suabo enriquecido en Berlín que juraba por Bismarck apenas se le daba ocasión, fue el dueño de este piso y de muchos otros. Casi todos pasaron a manos de Hans, y a su muerte a las de su mujer Hildegard. Pero éste sigue siendo mío... y será tuyo.» Ella quería morirse en Guatemala, adujo, llevaba toda la vida soñando con esas pirámides mayas y con el verdor de sus montañas, toda la vida imaginándose, pincel en mano («y ahora incluso sin pinceles, hijo, qué me importan a estas alturas los pinceles»), bajo las fumatas de sus volcanes, a orillas de sus lagos de leyenda... Y nada ni nadie iban a impedirle morir en su secreta tierra de adopción... del mismo modo en que nada ni nadie pudo impedirle, una mañana de sus «no te voy a decir qué años, Seb, para que no me adivines los reales», que tomase la puerta y el expreso hacia París...

Rogué y rogué, le detallé a Klara Linen, nadie podría imaginar cuánto quería yo a esa mujer increíble, no todos los días se le debe la vida, la *vida de verdad*, a un ser de carne y hueso que forzó para nosotros la oxidada cerradura de las puertas del mundo, y nos dijo, alegre: «levántate y pasa, levántate y mira, levántate y habla». Pero era inútil... «No, Seb, no vas a venir conmigo, vas a quedarte aquí, vas a estudiar y a convertirte en cualquier cosa menos en un hombre de provecho, esa miseria y esa idiotez es lo único que me gustaría prohibirte. No pongas esa cara enfurruñada, chiquillo mío. Dinero tengo poco... y además el dinero... Tengo el suficiente para mi viaje y el de *Tommie*, este perro está muy viejo y no aguantaría una despedida, y francamente, amor mío, no te imagino cuidándolo *bien*, y también el necesario para que vivas sin sobresaltos durante unos cuantos meses... quiero que sigas en esta casa... Que sigas en esta casa, y te hagas un hombre y durante un tiempo te esfuerces en ser menos malo que la mayoría de los hombres, me oyes, Seb, atiende, por favor, Seb, esto es importante.»

Naturalmente había dejado la casa, dejado la casa y echado a una alcantarilla las señas de un notario berlinés («lo elegí al azar, amor mío, pero allí está mi testamento para ti, tendrás que luchar con uñas y dientes cuando alguien te escriba que yo ya no estoy, con uñas y dientes contra Hildegard»), tras dejarlos a ella, y a su perrito *Tommie*, de nombre tan provocador, en la ruidosa soledad de un andén... Había acudido a despedirla enfadado, furioso porque ella se iba sin intención ni promesa de regreso, y también porque en los días anteriores había destrozado, uno por uno, todos los lienzos de su casa de maga sin éxito... «¡Salvas esa mierda de cartas astrales colgadas por las paredes, y tus cristales de Paracelso de feria, y quemas y rompes tus cuadros!», le había chillado, y esa última noche se acostó con ella casi a regañadientes, con la misma, pero no maravillada torpeza, de la primera vez... Y luego lloró sobre su vientre de matrona rebelde y en fuga, y Grete rió, tiró de sus rizos con insolencia de niña, y le aconsejó que se tomase la vida tan en serio como si ésta fuese una larga broma... «Los cuadros... no te enfades por los cuadros, Seb. No eran realmente buenos, sabes, me faltó... no sé, quizá una pizca de malicia, para prohijar en ellos la verdadera turbiedad del mundo... Siempre quise el cielo, y por cobarde, más, mucho más que por tonta, me quedé en la tierra. A lo mejor me supero pintándome con un *huipil* ante la boca de una de esas pozas de sacrificios... en mis libros se dice que esos *huipiles* de Atitlán son del más hermoso azul... Vamos, que están más allá, imagino yo, hasta de los azules picassianos.» Al despedirlo en la estación, repitió unas señas notariales, acarició su rostro atribulado, y le confió: «Eres mi último amor, jovencito, Sebastián Miranda de Salónica, pero te pareces al primero. Eres más importante para mí que ningún recuerdo, nunca serás en mí ningún recuerdo», y entonces él hundió el rostro entre el boa de plumas teñidas, y silbó la locomotora, y «el mundo se me vino abajo, Klara, realmente, abajo, porque esa mujer *mayor*, como la describes sin siquiera haberte parado a verla, me inoculó la fascinación del mundo. Me mostró el camino tortuoso que conduce, pero no siempre y no en todo momento, a territorios que no están en los mapas». En el último instante, y en el arrebato del último abrazo, logró deslizar el manojo de marcos que ella se empeñaba en dejarle dentro del forro descosido de su abrigo, y vio partir su tren, y regresó por última vez al piso destartalado a envolver, para llevárselo consigo al confín de todos sus días con sus noches, uno solo de entre el cúmulo de objetos estrambóticos... Un mapamundi que él había señalado en Salónica una tarde de sus trece años, diciéndole, con su trémula voz asaltada de gallos: «Quiero eso, señora Wolff, quiero el *Mundo*.» Apretó contra su pecho la fría y cálida bola envuelta en periódicos y paños de cocina y se buscó un cuarto de alquiler, le contó a Klara Linen, callándose el hambre sistemática de los últimos tiempos y la vergüenza de que Arvid compartiese con él, y sin decir palabra, los víveres enviados por su familia de Lübeck, y nunca volvió a ese piso, nunca, ocurriese lo que ocurriese, retornaría al lugar donde ella ya no avanzaba por el pasillo al son vibrante de sonajero de sus pulseras, oliente a aguarrás y a perfume francés y a azul de Siena, recién despertada de una siesta donde a él lo había «soñado emperador», «y *tú* no sabes lo que eso significa, pero *yo* sí... ese sueño nos augura para ti un destino de gloria, prepárame un té ruso, que corro a la bola de las videncias, y mierda, dónde puse mi mejor baraja de tarot, ya sabes, la veneciana, la que nos vendió ese tipo asegurándome que perteneció a los Visconti...». Klara Linen había dejado de llorar, asentía al apresuramiento de sus palabras como embrujada y sólo al final, cuando él se detuvo, tras asegurarle (o más bien asegurarse a sí mismo), con vehemencia inaudita, que jamás consentiría en separarse de esa esfera terráquea, habló muy bajito, le aseguró, abochornada, que «nunca iba a tener celos de esa mujer... esa mujer maravillosa que», siguió hablando, pero él ya no la oía, se estremecía inquieto sobre la silla extraña, y de una liviandad de juguete o de balancín, y se repetía «celos de... celos por qué», y entonces alzó sus ojos y se encontró con la nocturna y opalescente fijeza de los suyos. Fue ella quien alargó una mano curiosamente desnuda, *tan* desnuda, pensó él mucho después, por encima del rebuño rojo de sus guantes apelotonados sobre el velador, y rozó su pelo, y después su frente, y después sus párpados... Fue ella quien dijo, en voz tan alta que la mujer que merendaba al lado de la niña de las trenzas se giró, con virulencias de institutriz, «Alemania entera es ahora una cloaca sin ley, sin orden ni decencia», protestó esa mujer, golpeando la redonda superficie de mármol veteado con un puño muy frágil y sin anillos, que «lo amaba»... Lo amaba, pronunció insegura, y entornó dramáticamente los ojos, pero él comprendió que en ese dramatismo de muchacha no tenían cabida la teatralidad ni la pose de un instante, lo «amaba», repitió, y no sabía por qué, si él era un desastrado sin educación ni (no se atrevía a decir «clase», sospechó, enternecido) entendimiento, lo amaba desde que ese encanto de Landerman se lo presentó en una esquina y él estaba tan borracho y era tan divertido que... Bueno, daba igual, ¿podía ella, que nunca había *estado* de verdad con ningún otro, ir con él a su habitación... ir y? Y entonces todo su teatro, todos esos telones que lo apartaban del estruendo y la culpa del deseo y de sus sentimientos, cayeron, con un sordo rumor a sus espaldas, y se escuchó decir, también en voz muy alta (y entonces sí que lo miraron las señoras y los camareros, tal vez porque se había levantado de golpe, y empujado su silla de muñecas con las manos que tras las horas de clase se ganaban unos marcos lavando a los muertos del instituto anatómico forense, esas manos que después pegaban brillantes carteles sobre los muros), «coge tus guantes, Klara», y en verdad quería decirle «si casi me he muerto todo este tiempo, Klara, porque te quería tanto, y no debo quererte, Arvid me acusa de no hablar, pero es él quien sella sus labios, siempre, siempre...».

Muchos años después descolgué el teléfono en mi casa de Nueva York y percibí el ansia alemana de una voz muy joven. El señor Sebastián Miranda, inquirió esa voz, y como yo asintiese, prosiguió, alentada... Mucho le había costado dar conmigo, abogado Lucius Böllinger, se presentó... Hijo del notario Johannes Böllinger... a la muerte de su padre había hallado, escondidos en una caja fuerte, muchos documentos notariales... Esos documentos tanto tiempo a resguardo tenían que ver con bienes de víctimas del nazismo, no sólo «raciales», suspiró... también depurados políticos y desposeídos de todo tipo... «¿Me escucha, señor Miranda?» Por supuesto, yo no era alemán... pero era el beneficiario del testamento, «tampoco se trata de los Krupp, señor Miranda, no se ilusione», de una alemana, de una tal Grete Wolff, ciudadana alemana, muerta en julio de 1933 en la ciudad de Antigua Guatemala, había descendientes, unos sobrinos y su madre anciana, «siempre *hay* descendientes, señor Miranda, ése es el problema, pero como abogado le digo que podemos pleitear». Lo interrumpí, preguntándole, si su padre, el señor Johannes Böllinger, había seguido residiendo, y ejerciendo, en Alemania de 1933 a 1945... Hubo un silencio evidente al otro lado de la línea. «Es suficiente para mí, abogado», repuse con suavidad, «olvídeme, y olvide ese piso, botín de una guerra, familiar y sin trincheras, anterior a la mía, y que ojalá no disfrute la señora Hildegard, viuda de un señor Wolff cuyo nombre de pila desconozco. Pero, y por favor, ya que es alemán... quiero que tenga en cuenta, para cuando telefonee a posibles clientes, que no siempre hay descendientes, que no siempre *hallará* usted descendientes». Aún estuvimos unos segundos sin colgar, ni el uno ni el otro, aún le dio tiempo a lamentarse: «pero señor Miranda, si hasta conoce usted el nombre bautismal de la dueña del piso adjudicado, en detrimento de ese testamento que las leyes de Nuremberg hubieran, de haberse hecho público, invalidado en esas *circunstancias*... es que no entiende, señor Miranda, que podríamos ganar... Que *ganaremos esta demanda*... No le da pena, un documento guardado tantos años para que ahora usted... un piso en pleno centro de Berlín, recapacite, señor Miranda». Deposité el interruptor sobre la horquilla y me eché a reír, como se hubiera echado a reír Grete, antes de llorar y de mandarlo a la mierda. De modo, jovenzuelo Böllinger, que siempre *hay descendientes*... mire en mi bola de vidrio lo que no quisieron ver sus padres, abogado, y no se acerque demasiado. Las emanaciones de gas podrían matarlo. O aturdirlo, aunque no aturdiesen a los suyos, a su padre notario que levantaba actas y atestiguaba testamentos de quienes temían morir en el frente del este o de resultas de un disparo anónimo, y tan colectivo, al doblar una calle cualquiera de un barrio de París, y a su madre que elaboraba, tal vez, en su piso mermeladas de patatas recolectadas por prisioneros rusos y polacos... Conozco la receta, la prensa colaboracionista francesa la publicaba *recomendada* en sus páginas de *intrascendencia*. En sus páginas femeninas, pero no siempre, a veces era un suelto a medio camino entre las soflamas tipo ciencia ficción, tituladas «El último judío», de un tal Jacques Boureau, y los *escombrados* delirios de Rebatet... No sé si le temían a las páginas femeninas desde que aquellas chicas no judías, en la primavera del 42, se colgaron en sus liceos, y pagaron por ello su precio en arrestos y deportaciones inmediatas, se colgaron digo, y no he olvidado nada, de las chaquetas unas amarillas estrellas de cartón donde habían escrito a pluma la palabra «Philo», de filosofía... O desde que en el invierno de 1941, aquella muchacha de no más de dieciséis o diecisiete años, según todos los testigos, sacó de su cartera, no un bocadillo ni unos apuntes colegiales, sino la pistola con que le disparó entre los ojos a un oficial de las SS en los pasillos del metro del Louvre...

Me había echado a reír, y nunca contesté a sus llamadas, al cabo de un mes dejó de insistir, pero ahora, y sobre el atrio de esa catedral, rememoraba la insistencia de esa voz anhelante de marcos... Marcos crujientes y occidentales.

Herschel no se había atrevido a formularme esa pregunta, precisamente ésa: «¿no sabes, al menos, si él... mi padre *biológico*, era como tú y como yo... es decir, judío?»... Acaso temía que lo acusase de *racista*, pensé, y de nuevo me eché a reír, sobre la plaza con su central monumento de mármoles a los descubridores y navegantes. Ahí estaban esas duras velas al viento, y las cofas, y entre ellas la extraña doncella sonriente de piedra que elevaba el qué, un cáliz quizá, a la lluvia y a ese lejano tronar de tormenta acercándose a tantos nudos por hora de las vidas...

«Pero si eso no importa, Herschie, si nosotros, tú y yo, y todos los judíos, lo somos por ascendencia materna», hablé muy alto, para mí o para nadie... Herschel, niño mío, niño de todos nosotros, milagro encarnado de nuestras vidas, ven conmigo, toma mi mano entre las tuyas y repítete despacio «yo viviré», repítetelo en cada desfallecimiento, en cada golpe de tu existencia, repítelo sin cesar, y avanza o retrocede, como ante una mujer, el desprecio ajeno, o un nido de ametralladoras, pero aguanta y *permanece*... Porque sólo eso cuenta, hijo del misterio que no disimulaste tu enojo cuando te aseveré, roto de tristeza, que yo no era tu padre... No a cualquier precio, por supuesto... ni siquiera a ese precio íntimo y sólo tuyo, que no sabe de ganancias ni de beneficios. Ese precio sin precio que fue para mí una bola del mundo ansiada en Salónica y rescatada, envuelta en trapos y artículos de periódico, de la soledad de un piso vacío de la noche a la mañana... Ese mapamundi me ha acompañado a todas partes, a París y a Nueva York y a Madrid, sabes, entonces lo guardé en una taquilla de las de la estación de Austerlitz, y le di la llave a Jérôme para que la escondiera, que la escondiese tan bien que hasta él y yo *tardásemos* años en encontrarla, le ordené, y asintió sin hacer preguntas, nadie las hacía en esa época deplorable, y en 1947 su viuda me devolvió la llavecita que él había ocultado, me contó, en el hueco de su árbol favorito de los jardines del Luxemburgo. Jérôme le había sido fiel al centenario guardián de los secretos de su infancia...

Y una mañana del 48, Herschel, cuando tu madre ya tenía en sus manos el billete sin retorno y la visa de emigrante a Puerto Rico, me armé de valor y me encaminé a esa estación, metí la llave en la pequeña cerradura, y giré... y ahí estaba, intacto y cubierto de polvo y al fondo de su reino de oscuridades, el pequeño mapamundi... Me aguardaba desde 1940, desde que, al cabo de esa rendición que el asesino del mariscal Pétain prefirió calificar de armisticio, y tras evadirme de un revuelto agrupamiento de prisioneros de guerra en la plaza, dormida y blanca, de una aldea de casas incendiadas, volví a *subir* a pie a París, dispuesto a la más necesaria, y en mi caso obligatoria, de las clandestinidades... Catherine Ravel me acogió en su casa, me compró con sus cupones del tejido unas ropas baratas de civil, y se dispuso a ayudarme en todo, salvo en «eso»... «Soy supersticiosa, y si escondiese fetiches ajenos estos hijos de perra nos matarían a todos enseguida», dictaminó, «pero conozco a alguien que te guardará tu amuleto. Es un sentimental, y a la par un racionalista, y finge desdeñar el valor mágico de los objetos, casi con la misma convicción con que yo simulo pasar de largo ante ciertas... ciertas *propiedades*». Me presentó a Jérôme, era un hombre grande y rubicundo, simpatizamos enseguida, yo llevé mi bola del mundo al refugio de una taquilla y le entregué la llave, *personal*, le dije, tan personal que llega a ser *mágico*, según Catherine, pero él no hizo preguntas y me prometió conservar y esconder esa llave hasta que los vientos soplasen, *favorables*, en nuestra dirección... Y ahí estaba mi *mapamundi*, quizá un poco, o levísimamente agrietado, del lado de África, pero intacto... Más intacto, desde luego, que yo. Mucho más intacto que Jérôme, a quien los alemanes fusilaron en marzo del 44 en el patio de la prisión de Fresnes. Al recuperarlo lo acuné entre mis brazos como a un bebé o a un niño perdido... abracé al *Mundo* y luego eché a correr, a correr cual poseso entre maletas, mozos y viajeros, y es que era bueno correr sin miedo a llamar la atención, sin miedo a que tu carrera la señalasen tiros y silbatos que no atendían a metas ni a descalificaciones de concursos...

—Ella ya estaba embarazada cuando se casó con Dalmases —insistió, apenas volví a sentarme a su lado, en el pequeño café de turistas que se llamaba, tiene gracia, Esmeralda.

—No veo qué importancia...

—Pero es que no lo entiendes —me interrumpió, colérico—, cómo puedes no entender... Ella ya estaba embarazada, y por esa época ya había plantado a Konrad, ya no trabajaba para él, el propio Dalmases la había convencido al fin, tras muchos años de ruegos y de insistencias, y créeme que he leído todas esas cartas, de que lo mandase al carajo, y por vez primera le hizo caso y aceptó sus envíos de dinero, y se buscó un alquiler para ella sola, lejos de la buhardilla miserable y sin refrigeración que ellos le prestaban a título de gran favor... se buscó un sitio para ella sola y para el bebé que ya crecía en su vientre. Había decidido tenerlo, «quiero tener este hijo por encima de todo», le escribió a Javier... Sin decirle nunca de quién era. De quién vengo yo.

—Vienes de una noche en que ella se sintió viva, nada más. Y nada menos, tampoco. ¿O es que te lo parece?

Le había respondido acalorado y furioso, y mientras hablaba rocé los números azules de mi antebrazo, 78798, y fue como si la estuviese tocando a ella, tocando muy despacio el hueco de sus rodillas y la curva de sus omoplatos y la delgada línea sin color de los labios que temblaban bajo los míos... La mayor parte de la gente, casi todos esos que nos rodean, los de las mesas de al lado, por ejemplo, quise decirle, hacen el amor para no sentirse muertos, hasta sin ganas lo hacen. Supongo que también ella buscó a su vez en el calor y la proximidad de otros seres la insólita corroboración de que estaba viva. Pero conmigo se trató de algo diferente, porque nosotros, Ilse y yo... nosotros nos acostábamos juntos para tocarle techo a la muerte, para irnos muy cerca de los muertos, y sentirlos a nuestro lado, sentirlos levantándose a la cabecera y a los pies y en medio de los cuartos por los que se paseaban como por en medio de los bulevares de sus vidas... Ilse gritaba y gemía, y en sus gemidos gemía de nuevo Klara, y acaso también sofocaba mi madre sollozos de amor la tarde en que me engendró, se tumbó con mi padre a una hora inhabitual porque ambos se encontraban molestos, ella había comido demasiados higos y él recién se curaba de un largo resfriado, y ahora yo imagino el son quejoso de sus placeres, o es que alguien, tal vez Antonina, mi hermana mayor que se despertó alarmada de su siesta y golpeó asustada la puerta del dormitorio cerrado a cal y canto donde nadie respondía, me lo contó entre risas tras descubrir mis sábanas mojadas de muchacho. No sé a quién, o a quiénes veía Ilse dentro de mi cuerpo, pero sé que a veces, si después del amor yo le acariciaba el pelo húmedo, pensaba en su padre. En la mano de su padre, que fue mi amigo, tentándole la nuca acalorada una tarde en que ambos visitaron los monumentos de Toledo... Lo sé porque ella me lo dijo, «mi madre y el bebé se quedaron en esa plaza de Zocodover, y yo me fui con mi padre a ver las cosas, los palacios, las sinagogas donde ya nadie le rezaba a nadie, y las iglesias, y de repente me sentí muy mayor, y a él lo presentí muy pequeño, a mi lado... Era guapo, como los jóvenes, y me hablaba como un niño, y me cuidaba como un viejo. Pero eso era porque todos los niños sienten que es viejo aquel que les ordena *no te asomes a ese pozo*».

Nos veíamos muy poco, yo iba a Puerto Rico muy escasas veces o ella venía, en tan pocas ocasiones, a Nueva York, y siempre las camas eran tumbas y sepulcros donde nos revivíamos, el uno al otro, al calor de los muertos... Ilse rozaba el número de mi antebrazo, como aquella primera vez, en un restaurante francés de su barrio de Condado, y me susurraba obscenidades de burdel, y yo me volvía loco, me excitaba como con nadie, también ella se erguía rabiosa bajo mi cuerpo y en nuestras pieles resucitaban tantas otras pieles... Nos venían todos los muertos, lentos y desesperados, y nunca les cerramos los ojos, no... Éramos sólo dos seres, una mujer y un hombre, que se contemplaban, castañeteándoles, llenos de miedo y de agradecimiento, sus dientes en una, en muchas habitaciones anónimas. Fuimos dos seres que compartían y buscaban calor en un abrazo sin mentiras... Éramos dos amigos. Dos amigos que burlaron la muerte y fueron a buscar, después, la de los suyos en la rabia y el deseo de sus cuerpos sin olvido.

No, Ilse nunca buscó la vida bajo mi cuerpo, quise decirle y no pude... En vez de eso, le recomendé, estúpidamente, que bebiera menos. A mi «vuelta» del campo, le dije, también yo busqué, apenas repuesto y durante un par de meses, consuelo en la borrachera... Y el alcohol no servía... No eliminaba ni apacentaba los recuerdos, no mitigaba nada en absoluto.

—Yo no busco consuelo —replicó—. Ningún tipo de consuelo... Has tratado de convencerme de que no importa desconocer quién fue mi padre. Hasta me has convencido, con tus historias de hebreas transmisiones maternas, de que en realidad no importa el nombre de mi padre. Pero hay algo que no entiendo... si Javier Dalmases la quería tanto, y no me vengas, por favor, con historias para tontos, de miedo a los aviones y excusas de esa clase... ¿si la quería tanto, por qué no se fue a Puerto Rico con ella?

Sonreí, incómodo y feliz, pero no aparté mi mirada de la suya que brillaba, aún joven y tan inquieta...

—El miedo a los aviones, dices... Claro que no, Herschel, aunque hubo un poco de eso, al principio, desde luego. Pero ocurre que se querían tanto que ya ni siquiera necesitaban verse... Estaban más allá de los encuentros, entiendes... no, no me entiendes. Hablo, en cualquier caso, por Javier... ya no necesitaba verla, porque llevaba viéndola, niña y luego mujer, qué criatura huida del nazismo tuvo derecho en esos años a la adolescencia, verdad... Llevaba viéndola sin cesar, insisto, desde que aceptó empezar a verse a sí mismo... Has leído sus cartas, así es que tienes que haber comprendido al menos eso... Haber comprendido que a su modo él la veía todos los días de su vida, porque ella era el reflejo, y el sentido no empañado, de sus noches en burdeles, de sus lecturas, de sus deportivos de colores estridentes... El sentido de su vida. Ella, y luego también tú, fuisteis el sentido de su vida. La mujer y el niño de su vida. Hay gente a quien le basta con poco... Sin duda porque nunca se conformó con menos.

Y por otra parte, tu madre se había jurado no volver a pisar Europa, no quería ni oír hablar, no ya, y por descontado, de volver a vivir en Europa, sino de pasar siquiera un par de días en una ciudad europea cualquiera.

—Tampoco tú has vuelto a París —observó.

No quise decirle que en ocasiones me asaltaba la extraña idea de haber muerto en París. A veces me sobrecogía la íntima convicción de no haber llegado a burlar por completo mi destino de paria o de convicto y despertaba de mis pesadillas pegando alaridos y empapado en sudor porque la fosa que se abría en mi sueño ya sólo la cavaba la soledad de mis manos. Y era como si aquella tierra removida de una tumba sin nombre me convocase a su húmeda oscuridad de útero. Sebastián, Yusuf, Sebastián, murmuraban los granos apelmazados de aquella tierra, y entonces, y al borde del lecho, yo luchaba contra la acerba voz interior que me impelía a repetir una y otra vez mi número de superviviente, ese 78798, me acordaba de las palabras de Arvid sobre los conversos de España, «piensa en el drama de no haber podido ser aquello que se creía que se iba a llegar a ser, Bas», y tenía que meterme a toda prisa, ya fuese invierno o verano, bajo un chorro de agua helada para librarme de la inquietante y absurda sospecha de haberme convertido en un impostor empeñado únicamente en suplantarse a sí mismo.

—Ni a París ni a Salónica.

—Ni a París ni a Salónica, en efecto. Había muchos otros lugares en el mapa.

Pensé en el mapamundi de Grete, que siempre acarreaba supersticiosamente conmigo, convencido de sus poderes protectores, y me prometí que a nuestra vuelta a Madrid se lo regalaría. Porque ahora era él quien más necesitado estaba de protección.

Herschel me miraba, afectuoso y apaciguado...

—Creo que apenas veamos a ese notario voy a irme a París, oh únicamente dos días, este sábado y el domingo, por ejemplo. Creo que... creo que es necesario. Supongo que sería inútil pedirte que me acompañes.

Me tendía una mano temblorosa por encima de la mesa y se la estreché, con un nudo en la garganta.

—Ve, Herschel, ve. Yo te esperaré, en Finis o en Madrid, donde tú quieras. No te preocupes por mí, que a lo mejor también te estoy esperando en París, para que me convenzas de no acudir a una cita traicionada de 1943, para que me infundas valor cuando llegue a ella y unos tipos muy altos se saquen la placa Feldpolizei y unas esposas de los bolsillos, mientras otro hombre que me encañona con una pistola grita *Gestapo*, y yo pienso «ya está, se acabó», y enseguida «ahora empieza todo, se acabaron los prolegómenos».

Nunca mienten los espejos deformantes del dolor, Herschel. Nunca.

PARÍS, 21 DE JULIO DE 1942, VELÓDROMO DE INVIERNO

Había merodeado alrededor del puesto de enfermería por espacio de unos minutos o de una hora, allá dentro el tiempo parecía transcurrir a un ritmo distinto del normal, las noches llegaban demasiado deprisa y las jornadas se estancaban en una especie de exasperante inmovilidad, sin duda porque desde la invasión alemana nada había vuelto a ser «normal», reflexionó, y su vida anterior se le antojaba la de una extraña. Una extraña que al principio de la guerra fue a la escuela con aquella inútil máscara antigás colgada del cuello, bajó al refugio durante las alarmas aéreas, y acompañó a su exhausta madre a las colas de alimentos... Recordaba vagamente los bombardeos de España, y no entendía por qué su miedo actual era mucho mayor que el de entonces. Su padre trató de alistarse en la Legión Extranjera, pero fue rechazado a causa de antiguas lesiones pulmonares, por aquella época, que ahora se le figuraba más remota que el imperio romano, su madre repetía en todo momento que Francia y Gran Bretaña eran invencibles, lo proclamó incluso en medio del desastre de Dunkerque... sólo dejó de afirmarlo tras escuchar el discurso de armisticio donde Pétain, con su cascada y temblorosa voz de anciano, exigió el adiós a las armas y el regreso a una «honorable normalidad». *Invencibles*, rememoró, más desesperada que desdeñosa. El 2 de julio había caído Sebastopol. «Somos tan invencibles que acumulamos derrotas», pensó.

Una de las enfermeras la instó a volver con los suyos, no, no podía darle una aspirina para el resfriado de ese niño, estaban muy desprovistos de medicamentos y había casos graves, y en cualquier caso ¿por qué no lo llevaba la madre para que ella o sus compañeras le echasen un vistazo? Aunque si el pequeño no tenía ronchas ni sarpullidos, dudaba que se tratase de nada muy serio... Y es que había algunos casos declarados de sarampión, aparte de los de varicela. «Pues porque Eva Wiesen está a un paso de la locura, se niega a levantarse de la manta y chilla si alguien que no sea su marido toca a sus hijos, hay que arrebatárselos si les entran ganas de estirar las piernas o de ir a orinar sobre los muros empapados», quiso contestar, pero calló y tiró de las puntas de su chaquetilla de punto. Aquella noche había tiritado, increíblemente, de frío... Sudaba de calor y a la vez tiritaba de frío, le castañetearon los dientes durante mucho rato y le temblaba todo el cuerpo, pese a la manta que Jean Vaisberg le echó sobre los hombros y a las friegas que su madre le dio en las manos. Le preguntó la hora a la señora de la Cruz Roja, y ésta le respondió, sin mirarla, que se le había parado el reloj. «Me está mintiendo», pensó, «no quiere decírmela porque tal vez estén a punto de llegar los locutores con su lista de nombres elegidos para el día de hoy».

Y de pronto la necesidad de aire fresco fue casi intolerable... La sola idea de tener que escuchar de nuevo la espantosa letanía de nombres en medio de aquella atmósfera asfixiante, de aquel hedor a polvo y orines, la enloquecía. Entonces recordó que el lunes Emmanuel Vaisberg había logrado convencer a uno de los guardias de las puertas para que dejase tomar el aire durante diez minutos, por turnos, a los menores de diez años, se había llevado consigo a Herschel, a los niños Wiesen y a las pequeñas Rozen...

Aire. Si no respiraba aire fresco enseguida iba a morirse, no podría resistir ni aguantar lo que viniese. Necesitaba aire fresco con urgencia, o se moriría.

Echó a andar hacia los corredores de salida con fría determinación. «Que me peguen un tiro si quieren, pero que me dejen asomarme a respirar», se dijo. Mientras se abría paso entre la gente de rostros mortecinos y desesperanzados se abrochaba, metódica y mecánicamente, uno a uno los botones de la chaquetilla regalada por la señora Bloch, adónde habrían conducido a los Bloch, adónde los llevarían a todos los demás... Su madre y Edith rogaban porque su destino fuese Drancy, «me conformo con que me dejen en Francia», afirmaba Edith, «puedo aguantarlo todo, los piojos y el hambre y lo que haga falta con tal de que me dejen en Francia durante toda la guerra, con tal de no tener que verme nunca de regreso a Polonia». Pero y si en vez de a Drancy o al Loiret se los llevaban directamente a Alemania... Y si de allí los enviaban a Alemania o incluso a Polonia, como daba a entender su padre en su última carta fechada en Drancy... Una noche, escamoteó un instante aquella carta del bolsillo materno y la leyó sobresaltada... Polonia, tal vez a trabajar en una mina de sal, como le dijo al señor Wiesen uno de los policías que fue a detenerlos, o

Alemania. El nombre de Alemania bastaba para provocarle sudores fríos. Y náuseas. Y terror. Y odio.

Apretó el paso hacia los uniformes. Uno de los gendarmes la imprecó. «Adónde crees que vas, chica. Largo de aquí. Vuelve a tu asiento.» La señora Bloch sufría espantosas crisis asmáticas... Improvisó: «soy asmática, me manda una de las enfermeras de la Cruz Roja para que me dejen respirar un poco de aire puro, por favor, serán sólo dos o tres minutos, enseguida me vuelvo».

La puerta n.º 4 estaba a unos pasos... Imaginó el Sena, el muelle, la isla de los Cisnes, y apretó los dientes, la garganta le dolía, era como si le amordazase el polvo, todo aquel polvo... «Dos o tres minutos, nada más, señor, para evitar la crisis asmática...» Divisaba las casas de enfrente...

El gendarme gruñó. «Unos minutos, de acuerdo.» Se volvía a su compañero, le comentaba algo, se desinteresaba de ella...

Dos gendarmes, junto a la puerta... Y unos cuantos policías en la calle Nélaton. Veía las casas, las casas... y a una mujer de pie en uno de los portales, la mujer, inmóvil como una estatua, miraba el velódromo... Se preguntó si alcanzaría a divisarla a ella, que se deslizaba, milímetro a milímetro, pegada al muro, a espaldas de los dos gendarmes. No, imposible, resolvió. Aquella mujer que observaba la mole del viejo recinto deportivo, las idas y venidas de los policías por las calles adyacentes, era libre... podía ir y venir a su antojo, sentarse en un café y beber agua y tisanas endulzadas con sacarina, Dios, qué sed sentía sólo de imaginar un vaso de agua y una taza de té, era libre de tumbarse en una cama con sábanas al llegar la noche y de tomar el metro para visitar a unos amigos... Era libre.

Nunca en toda su vida había envidiado tan intensa y desquiciadamente a alguien. Tan atroz y desoladamente a nadie. Con todas sus fuerzas anheló convertirse en esa mujer que permanecía allí, muy quieta, como si aguardase algo, como si le enviase mudas señales de ánimo... Y era igual que si desde la breve, pero inmensa distancia que las separaba, aquella mujer le susurrase al oído un insistente «sal, venga, sal, decídete y sal».

Los gendarmes ya debían de haber comido porque uno de ellos le decía a su compañero algo acerca de «buscarse unos cafés». Buscarse unos cafés y tomar el aire unos minutos, ya no soportaba más la peste de «estas gentes», deberían darles una bonificación, si él hubiera sabido que le iban a encargar esa clase de tareas pues tal vez se hubiera planteado que eso de ser gendarme no era, a fin de cuentas, tal panacea... El otro, un tipo robusto y lento, le contestaba que muy bien, que trajese también otro café para él, le tendía una petaca y suspiraba, por fortuna al día siguiente libraba, a ver si llegaban pronto los relevos, y él se marchaba con la salida de los detenidos, no sabía por qué a los de hoy iban a sacarlos por la tarde en vez de haberlo hecho a la mañana, qué harto estaba, Señor, y cuánto le molestaban los pies hinchados por el calor.

Vio salir al gendarme, lo vio cruzar la calle y saludar a otro policía, señalaba algo, quizá un café, y desaparecía de su vista...

En su mente retumbaba implacable una vocecita de mujer: «vamos, sal, adelante, sal». Cerró un segundo los ojos, hasta que diminutas luces chispearon, rojas y amarillas, ante sus párpados, pensó «estoy perdida si esta mujer se marcha, si hace un solo movimiento», y cuando los reabrió la mujer continuaba allí.

Entonces ocurrió.

Tiró de la manga azul del guardia y estupefacta se oyó decir «déjeme salir». El hombre la contempló de arriba abajo, anonadado. Tenía un rostro ancho y curtido y bovinos ojos pardos... «*Soy francesa, sólo vine en busca de noticias sobre unos conocidos, déjeme salir.*»

No le contestaba, la observaba y parecía meditar intensamente... Y de repente se hizo a un lado y le dio la espalda.

La puerta...

Empujó la puerta y anduvo despacio bajo el sol de la calle Nélaton, donde los policías que charlaban entre sí no parecían haber advertido su salida. Con los ojos clavados aún en la mujer del portal avanzó unos pasos, palpándose la hilera de botones de la chaqueta que ocultaba su estrella amarilla, *no correr*, se decía, *sobre todo no correr.* Enfiló la calle Nocard y un hombre la tomó de repente del brazo y le habló a gritos. Un policía, comprobó horrorizada. Que circulase, le chillaba el hombre, «¡no se puede estar aquí!, ¡ningún civil puede estar aquí!, ¡fuera de aquí de inmediato!».

Murmuró alguna excusa entre dientes y se alejó deprisa hacia el metro.

El metro, ya estaba en las escaleras del metro aéreo... el corazón le latía en el pecho como el mecanismo de una bomba, sentía que se le iba a desbocar y un dolor espantoso le acalambrinaba el estómago, pero estaba allí, libre, y respirando a grandes bocanadas...

Delante de la taquilla cayó en la cuenta de que no llevaba encima dinero. Espantada, comprobó que ningún viajero aguardaba a sus espaldas, y le susurró a la taquillera: «por favor, déjeme pasar, he perdido el monedero y no tengo para el billete, se lo ruego, déjeme pasar». La mujer esperó unos segundos, le miró a los ojos y a la chaquetilla abrochada hasta el último botón, y sin decir palabra le alargó un billete de segunda clase. Y ella corrió con aquel billete apretado dentro de un puño, corrió hacia delante, hacia el andén, iría hasta Grenelle, dos o tres estaciones, y allí transbordaría hasta Invalides o École Militaire, la calle Varenne no quedaba muy lejos a pie... Evitó subir al último vagón, y evitó mirar los rostros de los dos jóvenes soldados alemanes que conversaban animados, sentados frente a frente, con guías y planos de París sobre las rodillas...

N.º 5, calle Varenne, su mente recitaba embrujada aquellas señas... Aquel nombre y aquella dirección que su madre le hizo memorizar semanas atrás... Pero *ahora* no debía pensar en su madre o la atraparían, cualquiera de los que viajaban a su lado podría entrar en sospechas si la notaba muy angustiada, e insistirle al respecto a esos soldados que consultaban sus planos y discutían los méritos de sus respectivas guías turísticas alemanas. No debía pensar en su madre, que estaría buscándola por todo el velódromo, ni tampoco en el pobre Herschie que llevaba sin pronunciar palabra desde el domingo, ni en Emmanuel Vaisberg susurrándole al oído «daría la mitad de mi vida por salir de aquí». Concentrarse en ese nombre y en esas señas, esforzarse sólo en eso... Y de momento desechar la imagen de su madre buscándola, llena de alarma...

Casi la oía llamarla...

Uno de los soldados le decía al otro que Berlín contaría muy pronto con mejores y más famosos museos que París...

Su madre estaba al límite de sus fuerzas, y al ver que no regresaba...

Las salas asirias del Louvre, proseguía entusiasmado su perorata el alemán, y a hurtadillas divisaba a su compatriota que ahora bajaba la voz y musitaba algo acerca de los cabarets, de repente ambos se echaban a reír al unísono, y la gente del vagón apartaba la vista... algunos ni siquiera se molestaban en disimular una franca repugnancia.

Al ver que no regresaba, su madre...

N.º 5, calle Varenne, señor Sebastián Miranda, recitó desesperada.

El metro frenó. Habían llegado a la estación. Tenía que transbordar. Pasó delante de los soldados, y uno de ellos le miró a la cara y le hizo un comentario a su amigo, ahora éste también se fijaba en ella con expresión admirativa. «Hasta las crías francesas son guapas», dijo sonriente, «lástima que en este país sean todos y todas tan sucios».

Y ella apretó los labios y pensó «cerdos. Ojalá os revienten muy pronto de un tiro en las tripas».

No correr, sobre todo no correr. Había policías franceses en la estación y un oficial alemán leía *Le Matin* apoyado contra el muro... El muro. Si le pedían la documentación siempre podría contar que se la habían robado, siempre...

Nadie se fijaba en ella, que temblaba de frío dentro de su chaqueta a pesar del sofocante calor del verano.

Salió del andén. Sus labios secos no se movían, pero en su mente se sucedían, obsesivas e incesantes cual plegarias, aquellas palabras:

Calle Varenne n.º 5, señor Sebastián Miranda, Miranda, Sebastián, en el 5 de la calle Varenne...

HERSCHEL

Aterrizó en París a las diez de la mañana, pero no fue inmediatamente a Auteuil. Se alojó en un hotel modesto contiguo al museo Picasso y deambuló durante horas por Le Marais, por el silencio de sus calles de comercios cerrados por el *sabbath*.

Sobre la acera, y delante del portal del n.º 22 de la calle des Ecouffes, divisó el ramillete de flores blancas que una o varias manos anónimas renovaban, según se enteró esa misma noche, cada dos o tres días desde aquel agosto lejano de 1944 en que la capital se insurreccionó, a las órdenes de los FTP de Rol Tanguy, ex voluntario en España, animada por las noticias del avance americano con su División FFI* mandada por Leclerc al frente. Contempló absorto el amoroso puñado de pequeñas y tristes flores, y se encaminó después al n.º 1 de la calle Roi-de-Sicile, y bajo la quietud de sus contraventanas cerradas imaginó a la mujer joven que hubiera sido su abuela trasteando por un piso diminuto.

«Te pareces tanto a mi madre, hijo mío», le había dejado escrito Ilse, «que nunca dejo de sorprenderme y de maravillarme ante esa semejanza casi sobrenatural,

---

* FFI: Fuerzas Francesas Libres o del Interior. Cuerpos franceses del Ejército Aliado.

porque es como si ella hubiese vuelto un poco a la vida a través de tus rasgos, de tu timidez y de tu talante delicado. Según fuiste creciendo te miraba y era como si a través tuyo me fuese al fin concedida la posibilidad de implorar su perdón por haberles abandonado». Una mujer espléndida, así la describió Miranda, que únicamente la vio una vez, «una mujer de una elegancia infinita y una belleza profunda y sin estridencias, decidida a todo para intentar salvar a sus hijos del tormento en ciernes, porque se reprochaba, absurda pero vivamente, no haber previsto la inminencia de la guerra y la magnitud de la derrota francesa, y haberse negado en 1937 a tratar de emigrar a Puerto Rico. Por esa época nos pasábamos la mitad de nuestras vidas recriminándonos a nosotros mismos los actos cometidos durante la otra mitad».

Se decía que ya no quedaba seguramente en el barrio ninguno de los muy escasos supervivientes que podrían haber conocido, aun vagamente, a los Landerman, y pasó ante la antigua escuela primaria, con los dos sicomoros en su patio central dormido al frío sol de noviembre y sus altas ventanas emplomadas, donde ella luchó con sus tablas de multiplicar y se esmeró por borrar de su acento todo deje alemán. Una niña avispada y rubia, secretamente orgullosa de su fama de guapa y de audaz, que saltaba al interior delimitado en tiza de una rayuela, y empujaba el guijarro con el pie... una niña que corría por la cercana plaza de los Vosgos, por delante de su madre, que la seguía con el niño de su mano, una comba entre los dedos y una cartera, comprada de ocasión en Les Puces, a la espalda... su madre. Apoyó la frente contra la verja de la escuela de los niños muertos, y se echó a llorar.

Flores blancas en una acera para los niños muertos, se decía, limpiándose las lágrimas a manotazos, embargado de furia, flores blancas cual frágil recordatorio de la brevedad de sus vidas embarcadas en la oscuridad de los vagones cubiertos de paja maloliente, pequeños tallos y corolas húmedos para los niños del *Vel d'Hiv* y los demás, los atrapados en las redadas de los meses y los años siguientes, los que fueron sacados a punta de pistola de sus pobres escondites en las ciudades y en los pueblos de los valles, las llanuras y las montañas tras las correspondientes, y cursadas, denuncias... Aquellos cinco niños de Marsella por cuya captura el vecino denunciante, y esfumado durante la Liberación, cobró 500 francos, aquellos niños ocultos en un pueblecito próximo a Lyon a los que Klaus Barbie en persona, escoltado por los asesinos franceses de la *pétainista Milice*, fue a buscar un día de primavera del 44, y aquel otro niño de ocho años que entregó sus últimas monedas a un gendarme de Beaune-la-Rolande para que éste le hiciese llegar a su antigua portera de la calle Notre-Dame-des-Victoires el siguiente mensaje: «Señora portera: ahora estoy solo. Primero detuvieron a papá y sólo nos pudo escribir una vez porque lo deportaron. Ayer deportaron a mamá. Estoy solo y ya no me queda nada. Por favor, si puede usted hacer algo.» El mensaje, publicado años después en un libro titulado *Cartas de detenidos y fusilados bajo la Ocupación*, que él había consultado en la biblioteca de la Universidad de San Juan, estaba firmado simplemente por *Jacques*. Encima de la temblorosa rúbrica infantil había una estrella de David dibujada. Acaso el pequeño Jacques temía, mientras garrapateaba aquellas líneas desesperadas y apresuradas sobre aquel trozo de papel de estraza conseguido Dios sabía de qué manera, contravenir alguna ordenanza si a su nombre no le añadía la estrella pespunteada sobre su ropa cayéndosele a pedazos... El gendarme cobró las monedas y cumplió su promesa de remitirlo, previo pago, a una mujer desolada y bondadosa que nada podía hacer ya, salvo conservarlo cual muestra fehaciente de la abyecta ignominia del tiempo que les fue dado a tantos para morir temprano o sobrevivir muriendo. Escrupuloso y corrupto, el gendarme francés aceptó las monedas del niño y el mensaje llegó a su destino. Como Jacques al suyo. *Wurden vergast.*

Y a Herschel le parecía distinguir ahora, en el rectangular patio de aquella escuela de bancos vaciados día tras día por la insaciable gula del ogro, la marea de rostros apiñados de los centenares de miles de niños muertos que retornaban, de un lado y otro de Europa, por encima de su oscuro vuelo aventado de cenizas sobre el continente arrasado del crimen.

Caritas ansiosas a la luz de una única estrella del color del sol tejida en sus ropas y estampada en sus documentos por orden de los eficientes y ordenados asesinos, caritas febriles que lloraban de hambre y de miedo en las noches abarrotadas de Pithiviers, Drancy, Beaune-la-Rolande, donde aguardaron, tras la inmediata deportación de sus madres a la salida del parisiense Velódromo de Invierno, turno para su deportación al alba en los trenes de «niños»... Algunos no tenían ni dos años y desconocían su nombre o lo habían olvidado, cuando los altavoces los llamaban por sus apellidos, aquellos sonidos, aquel amplificado deletrear no significaban nada en absoluto para ellos, que se quedaban muy quietos y sin levantarse del suelo hasta la llegada de los gendarmes histéricos; todos los menores de seis años sufrían de diarreas persistentes provocadas por el tazón diario de sopa de coles agrias y el espanto, y durante los quince días de su última estancia en Francia fueron los niños algo mayores y las mujeres sin hijos, y aún no deportadas, quienes se esforzaron en limpiarlos, acariciarlos y calmarles el terror sin límites en que los sumían el son de los silbatos y la visión de los uniformes franceses y alemanes. Llegado el toque de queda, se apretujaban entre sí a centenares, y no dormían o dormían a intervalos de cabezadas interrumpidas por las pesadillas donde unos hombres muy reales los arrancaban del lado de sus madres... Pronto, afirmaban los mayores en su intento de calmar a los pequeños, volverían junto a ellas, en cuanto llegasen más trenes podrían, quizá, reunirse de nuevo con las familias perdidas... Y tal vez fue durante una de esas charlas «tranquilizadoras» de las noches de Drancy cuando uno de los niños más pequeños le puso nombre a ese lugar misterioso que los esperaba, en Alemania o, como se musitaba en voz muy baja, en Polonia... Ese sitio al que ya habían sido conducidos sus madres y sus padres y sus abuelos y sus vecinos y sus primos veinteañeros. Un nombre de reminiscencias y sones *yiddish*, que no representaba nada en absoluto, y lo contenía todo, el miedo a lo desconocido y la esperanza, el pánico y el anhelo... *Pitchipoï*, lo llamó ese niño anónimo, y aquella palabra se extendió enseguida con rapidez de talismán, de niño a niño, por la miseria de Drancy... *Iremos a Pitchipoï, nos llevarán de viaje a Pitchipoï, tú también tienes a tu madre en Pitchipoï, a mi hermano mayor se lo llevaron con mi madre y el abuelo a Pitchipoï.*

Así llamaron a Auschwitz-Birkenau, antes de morir gaseados en una de sus cámaras selladas, los cuatro mil cuarenta y tantos niños, descontando a su madre y a los otros cuatro que lograron escabullirse, detenidos en el curso de la gran redada del Velódromo de Invierno. Pitchipoï.

Sin duda, también aquel niño cuyo nombre él había heredado, aquel niño que tanto se parecía a su madre, Annelies Blumenthal, de casada Landerman, también soñó en algún momento de su desamparo último con que quizá en *Pitchipoï* no todo fuese tan terriblemente malo... Porque después de todo, *allí* se habían llevado a su madre, *allí* tenía que estar esperándolo su madre... Aguardándolo con la misma impaciencia con que esperó a Ilse, que nunca había vuelto... Aquel niño de rizos cuyas tranquilas facciones ahora exhibía él, su sobrino, por las calles del barrio donde él anduvo a la vera de su impetuosa hermana que contaba los cuentos mejor que nadie en el mundo, su hermana a quien nada asustaba ni doblegaba...

Recordaba haber leído que un empresario francés de bollería había conseguido introducir en Drancy, mediante sobornos a los guardias y a los delincuentes comunes amnistiados a condición de que ejerciesen de feroces carceleros en los campos franceses, unos centenares de cajas de *pain d' épice* y de chucherías diversas para los niños, y secándose las lágrimas rogó porque el pequeño Herschel Landerman hubiese subido al tren, que se lo llevó, en la humedad de una mañana de agosto, a la letal asfixia de *Pitchipoï,* con una última dulzura pringándole los labios que acaso, mientras trepaba al vagón con andar vacilante, le rezaban a Dios, al espíritu de su madre o a nadie.

Alzó los ojos sofocados hacia el patio de la escuela ya no agolpada de esos rostros que en su imaginación adoptaban la forma de su cara, y Dios, *también la de su hija Estelle*, escrutó los vacíos, silentes, muros grises y se giró, tembloroso. Dejó atrás la calle Vieille-du-Temple, y se encaminó, bajo el blanco sol del frío, a la antigua y pronto culminada paz sabatina de la calle des Rosiers.

«Ese silencio de las montañas y de los valles pirenaicos, Herschel, ese silencio de cuando llevas horas de unas caminatas sin fin, hacia una salvación dudosa o el seguro final, quién podría describir ese silencio. La majestuosidad y lo tenebroso de ese silencio, y entremedias el rumor del viento sobre los árboles, el son del agua en una garganta de montaña, el crujir de la tierra bajo el rítmico cansancio de los pies. Yo era la única que no iba calzada convenientemente, de entre aquel pequeño grupo de niños griegos sefardíes, y Catherine Ravel intercambió, a partir de nuestra llegada al Béarn, sus zapatos conmigo, ambas teníamos los talones ensangrentados y las uñas moradas, pero ninguna de las dos nos quejábamos, de qué me iba yo a quejar si la propia Catherine me había rogado que no le contase a ninguno de mis compañeros mi huida del *Vel d'Hiv*, que no les describiese cuanto habíamos vivido allí dentro, insistió, era mejor que no se asustasen, porque un único movimiento de pánico, un solo descontrol, y todo el plan se nos vendría abajo. Hasta nuestra llegada a Pau viajamos ocultos en un falso camión consular de mudanzas, más o menos protegidos por la también falsa documentación diplomática proporcionada por los contactos de Miranda. Esa noche dormimos en un antiguo granero, entre silenciosos maquis sin afeitar y tres o cuatro desertores italianos que se habían unido a sus filas.» Hasta entonces, le había escrito a su hijo, sólo los habían parado en un control, en una carretera secundaria próxima a Tours. El taciturno chófer español apagó el contacto, ellos se agazaparon sobre las mantas escocesas y bajo aquel absurdo piano blanco de cola que alguien se empeñó en meter como operístico camuflaje en la renqueante trasera del camión, y vieron saltar al suelo a Catherine Ravel, *a quien Sebastián y el dueño de ese garaje, Jérôme Dassiou, nos habían presentado bajo el nombre de Émilie Vaugirard, y todos llevábamos detrás demasiadas horas de ocupación para saber que no se llamaba así, para saberlo y no hacer preguntas, al fin y al cabo nos habíamos criado, o llevábamos algún tiempo inmersos, en un hábito pertinaz de miedo a las preguntas, a toda clase de interrogaciones. Me enteré de su nombre muchos años después, ya en Puerto Rico, y por boca de Miranda,* recogiéndose melindrosa una informe falda gris. La observaron saltar al suelo y encaminarse, sonriente y púdica, hacia un oficial alemán. La vieron hablar con él, y acompañarlo hacia el camión. El conductor murmuró sin volverse unas palabras de aliento, que quizá nadie entendió porque lo sospechaban mudo, o porque los paralizaba el pavor. «Tenía tanto miedo que me oriné encima, un accidente que ni siquiera me había sucedido durante aquel infierno del velódromo, y por absurdo que parezca, uno de aquellos niños, el más pequeño, Yorgos, se llamaba, me *oyó* y se echó a reír, me propinó un codazo afectuoso y sin malicia, parecía contento de no ser el único, porque horas antes le había ocurrido a él, y su vergüenza fue tan grande que no aceptó ni siquiera el bocadillo de margarina que le tendía aquella chica de pelo muy negro y tics faciales que no despegó los labios en todo el camino. Se lo guardó bajo el faldón de la camisa con ademanes furtivos y hambrientos, un poco sorprendido porque nadie se burlaba, ni se abalanzaba a arrebatárselo. La señorita Vaugirard regresaba, acompasando la menuda agilidad de sus pasos a las zancadas del oficial y el aire del verano despeinaba su moño severo y le agitaba las faldas en torno a unas piernas musculosas e incongruentes, parecían piernas de bailarina o de gimnasta más que de maestra, recuerdo haber pensado, uno siempre piensa idioteces que a veces son aciertos en momentos semejantes, porque luego resultó que ella era actriz y que durante una temporada trabajó incluso de caballista en un circo. Llegaron hasta nosotros y ella izó la lona y dijo, muy deprisa, en un tono muy agudo y consumado de artista que lleva media existencia desenvolviéndose en un sinfín de registros, y en mil y un repartos, «*Herr* oficial, los niños de mi coro... Bien, no exactamente de mi coro, yo sólo soy su directora en Francia, la encargada de velar por su triunfante regreso a España, si supiera usted la de éxitos que han cosechado en sus actuaciones parisinas estos jóvenes cantantes de la cofradía madrileña del *Buen Pastor*, el mismísimo Röthke los ha aplaudido en París, durante una velada musical organizada por el señor Drieu a instancias de Robert Brasillach, uno de nuestros mejores talentos, y un enamorado de España, como el mariscal, que fue nuestro embajador ante Franco...». El alemán arrojó sobre nuestros cuerpos expectantes una mirada aburrida, asintió, y la lona volvió a cubrirnos con celeridad de telón en un escenario callejero de títeres... Y ya está, nos habíamos librado, nuestra guía subía de un salto junto al parsimonioso conductor que le ofrecía en silencio un cigarrillo encendido, lo aspiraba con ansiosas bocanadas, y nos decía sin volverse *y ahora otra vez silencio, muchachos, si a alguno se le ocurre ponerse a cantar me lo como en menos que canta un gallo, por estú-*

pido o madrugador que sea ese gallo. Y dirigiéndose a Julián, el chófer, que quizá tampoco se llamase Julián, suspiró, en un español desastroso, que maldita sea, Dios, y pensar que se había largado en un tren nocturno a París apenas cumplió los veintiuno con la secreta ambición de no tener que volver nunca a madrugar, ni a las misas de maitines a que la arrastraba su madre ni a ningún otro asunto, *y mire, amigo, la mía vida. Vestida de monja y asomándome a todas las albas, si quiérase alguien este porco destino arrancóme el sombrero, qué me dice usted.*

Aquel piano blanco había tocado en su función, después de todo... Y «Mademoiselle Vaugirard» les relató en aquel granero de una bearnesa granja aislada historias del buen y tolerante rey Henri IV, llamado el *vert galant*, y aventuras de hugonotes perseguidos por la reacción y el poder católicos que sorteaban indemnes vicisitudes y emboscadas, y triunfaban de todos los males merced a su astucia y a su coraje templado. Les avisó luego de que el día siguiente sería extraordinariamente largo, les deseó un buen sueño y no dejó de añadir, como desde la noche primera que pasó con ellos a su salida de la parisiense calle Varenne, «y ya saben lo que dice Radio Londres, chicos. Y por si alguien no lo sabe, se lo comunico. Arriba esos corazones y Viva Francia». Esa noche, una niña muy delgadita añadió tímidamente: «y que Viva Grecia también, señorita, que aguante y que viva y buena. Y la Sefarad nuestra, también, que viva», *Émilie Vaugirard* se detuvo en seco y los miró uno tras otro, a la luz de su linterna. «Sefarad grita ahora mismo con todos nosotros Viva Francia y Viva Inglaterra y Viva la URSS y Viva América», dijo muy despacio, «y Viva Grecia y sus valientes partisanos, y Viva Yugoslavia tan joven, y Viva Holanda y Viva Bulgaria... Que Vivan Grecia y Sefarad, claro que sí, dadme vuestras manos, y que el 14 de julio del 43 nos encuentre de vuelta en París festejando, atracados de cordero, entre platos rotos y ríos de vino dulce cayendo de los manteles, la Victoria».

«Unimos nuestras manos a las suyas, y aunque apartó el rostro a la oscuridad de sus espaldas comprendimos que estaba llorando, nuestros dedos estaban helados y a la vez sudorosos, y los suyos temblaban mientras aferraban los nuestros entrelazados. *Viva Salónica*, apuntó Yorgos, y Antonio continuó *Viva la calle Jules Verne*, y Vassilía añadió entusiasmada *Que viva mi clase de Cinquième B, cours des filles, en la calle St. Jacques*, y yo dije, con mucho esfuerzo, *Y que vivan mi madre y mi hermanito que se llama Herschel*, y Catherine Ravel, que entonces no se llamaba así, rozó mi pelo con sus labios, musitó *Que vivan*, y luego, y mientras nos soltaba los dedos, *Y que vivan los bosques que nos ocultan y los montes que mañana van a protegernos. A dormir, rápido.*»

Al día siguiente despidieron a Julián, y el silencioso conductor, ante su asombro, los besó por turnos y le regaló a cada uno de ellos una blanca moneda española. «Y empezamos la marcha», había escrito sucintamente su madre.

La marcha... Sumidos en un silencio absoluto, iban los niños en fila india hacia España, camino de Portugal, tras los pasos veloces del antiguo contrabandista a quien la señorita Vaugirard pagó aquella increíble suma de billetes al principio, asegurándole que el resto quedaba para cuando estuviesen del otro lado, y eso siempre que no los descubriesen los guardias civiles de Franco. «Si surge algún problema, no abras la boca, Ilse.» En Yrati unos pastores les proporcionaron un migoso queso de cabra y pan, y no aceptaron cobrarles. «No desfallecí en ningún momento, ni siquiera cuando el pequeño Yorgos se arrojó al suelo, y lloriqueó que no aguantaba más, le sangraban los labios cortados y las piernas se le doblaban, *sigue tú y a mí déjame,* se soltó de mi mano y se tiró de bruces, *quiero ir con mi madre, quiero volver a París,* lloraba. Y entonces la señorita Vaugirard me ordenó que avanzase, se agachó a su lado y lo levantó a la viva fuerza, susurrándole *a palos te hago seguir, hijo, si es necesario, a bofetada limpia, me oyes.* Continué andando y vi como se lo cargaba al costado, el niño le aferraba el pelo, y ella se libraba de sus tirones a manotazos... Logró calmarlo recitándole al oído lo poco que recordaba de la *Chanson de Roland.* Los últimos metros hubo prácticamente que arrastrarlos, a él y a Vassilía... Pero yo resistí, no sé ni cómo, pero resistí. Y pasé a España. Y allí estaba Dalmases.»

Allí estaba Dalmases... era extraño recordar la voz del anciano en una mesa del Select, y aún más extraño asociarla al retrato del joven que miraba de perfil a la adusta muchacha rubia acodada sobre el pretil de un puente. En una de sus amorosas cartas de exaltada timidez, le agradecía «la extraña suerte de mi vida, ya que no a todo el mundo le es dado vivir dos veces... La línea demarcatoria de mi vida la marcaste tú, y apenas la crucé supe que estaba a salvo del autómata en que me hubiera definitivamente convertido de haberme plegado a mis propios y odiosos *ocupantes.* Ten ese niño, niña de mi vida, tenlo y vive. Diviértete y vive en tu hermosa plena luz de burladora de las sombras».

Al revés que Javier, había anotado ella para él, Konrad nunca le «perdonó» que hubiera sobrevivido. «Me observaba de reojo, lleno de malestar. Mezquino, piadoso... esa clase de piedad repulsiva que te perdona la vida mientras te reprocha no haber muerto. *Qué valiente fuiste, Ilse... yo jamás hubiese podido abandonar allí a los míos, la familia cuenta para mí más que nada en el mundo, es una pena que tu tía no haya tenido hijos, pero de haberlos tenido sé que los hubiésemos educado para compartirlo todo con nosotros, claro que tu padre, mi pobre y querido medio hermano, manifestó siempre unas ideas disparatadas respecto a tantos temas, me pregunto si supo proporcionaros de veras un ambiente de familia, sería buen estudiante pero era un desastre, mi pobre Arvid, incapaz de orientarse en la tierra, nunca entendí cómo esa chica Blumenthal se obsesionó de esa manera con alguien que jamás sería capaz de asegurarle, al menos, el tren de vida a que ella estaba acostumbrada desde la cuna.* Cada vez que lo escuchaba mentar aquello del "tren de vida", precisamente aquello del *tren*, hervía de ira por dentro y soñaba con matarlo. Eso estuvo repitiéndome durante años, poseído por la auténtica crueldad de los torpes, hasta la mañana en que cobré valor y lo eché de mi vida, no había sobrevivido, recalqué, para trabajar hasta el fin de mis días a las órdenes de un miserable *kapo* cuya esposa se queja de lo mucho que le comen "sus" empleados negros, palideció intensamente y dijo que se alegraba de que *mi futuro bastardo y yo* saliéramos por esa puerta para no volver... *No se te ocurra volver*, gritó, *no vuelvas nunca, eres igual que tu maldito padre, él era un don nadie y tú una buscona, una desagradecida.* Reconozco que te he espiado durante muchos años, Herschel. Te observaba y trataba de calibrar tus reacciones en el momento en que supieras... Porque hay un momento en que se sabe. Y si he retrasado ese momento es por simple cobardía, Herschel. No hay nadie más cobarde que un valiente, hijo mío. Así sigan ofuscándose Miranda y Javier conmigo, ésa es la verdad. Salí del *Vel d'Hiv* porque tenía miedo. Mi hermano pensaba que yo no le temía a nada ni a nadie, pero no era verdad, o era, sólo, su verdad de niño que no ha cumplido diez años. Yo le temía a todo. Igual que los otros. Y después temí tanto que no entendieras o que me despreciaras...»

Tonta como una niña pequeña, madre, la regañó mentalmente, tonta y tan lista, eso eras, eso has estado siendo siempre, porque nadie, exceptuando a Annelies, claro, te habría admirado jamás tanto como yo... Nadie va nunca a admirarte más que yo.

*   *   *

En su sueño, recordó mientras abandonaba el hotel, ella era muy joven y estaba muerta y ya lo sabía, pero no le importaba, porque la tapia a cuyos muros avanzaba pegada desembocaba del lado otro de la frontera de sus vidas. En su sueño ella le sonreía, con frágil y no escatimable coquetería de desconocida en una reunión de adolescentes, le rozaba los rizos con unos labios muy húmedos, se desabrochaba la chaqueta de punto y se llevaba la mano, en lenta caricia, muy cerca de la altiva estrella amarilla.

En su sueño de la noche, ella se izaba de puntillas sobre unos brillantes y gastados zapatos de niña, lo miraba a los ojos y le pedía: «déjame entrar».

Igual que la sirena ascendiendo, brazos en alto, desde el fondo de las aguas, hacia su superficie, de una quietud de espejo bajo las sombras monótonas del horizonte... Igual que la sirena, pensó, la sirena del antiguo grabado que acababa de comprar, llevado por un rapto y un impulso de capricho, en una diminuta, pero atestada librería de viejo de la calle Francs-Bourgeois... Era domingo, un domingo cálido y soleado, por la mañana, y Le Marais, el *Plitzen*, bullía de animación, una y otra vez regresaba sobre sus pasos, retrasando el instante de tomar el metro, miraba a los niños que corrían hacia la plaza de los Vosgos con balones y combas en las manos, miraba los cafetines orientales y las frutas expuestas en cajas al sol delante de las tiendas recién barridas, y los escaparates de las pequeñas librerías de viejo con sus rótulos en francés, hebreo y *yiddish*... Entonces divisó a la pequeña sirena, detrás de aquel escaparate con altas letras azules esquinadas que rezaban: «Max Baum, librero. Compra y venta de bibliotecas y grabados.» Un hombre alto, de rojo y ya escaso cabello algo encanecido, pasaba un cepillo jabonoso sobre el batiente de la puerta de cristal. Su madre había amado obsesivamente a las sirenas, recordó estremeciéndose, un sentimiento, le confió ella, heredado por otra parte confusamente de su propia madre, que antes de dormir solía leerle de pequeña aquel cuento, de una tristeza atroz, de Andersen...

Viéndolo dudar, el librero le sonrió y entornó la puerta.

—Está abierto, pase, por favor. Es sólo que soy tan vago que los domingos nunca logro levantarme a mi hora. Y la escarcha pone perdidos los cristales. Tómese su tiempo.

Un espacio diminuto y atestado de libros del suelo al techo, con una trastienda de tragaluces tendidos sobre un patio de arbustos plantados en anchos canteros de granito... y aquel olor que lo conducía de regreso a la almoneda de la calle de la Luna, donde su madre se enfrascaba en la tarea de reordenar el cúmulo de objetos salvados por su mano de la quema y el olvido, el lugar del misterio donde tantas veces se escondió de niño a jugar con su disfrazada sombra que nunca terminaba de caer sobre los muros, ni de perderse tras de los espejos rajados, de marcos acribillados de carcoma... Donde al principio de la adolescencia su rabiosa timidez sedujo a jóvenes turistas de cabellos largos y desflecados que le hablaban, inevitablemente, de Jamaica, entornando sus ojos de hechizo y rozándolo enseguida con sus manos que «lo tocaban todo sin comprar nada», protestaba furiosa Bettina Basilia, entre las risas de su madre, «pero qué quieres que compren, mujer, a su edad al pasado se le admira en los museos. Les gusta entrar aquí porque aún no salieron del todo de la niñez. A la mayoría de los niños les encantan los desvanes. Y a mí me gusta que vengan». «Les gusta entrar aquí y no salir, en el caso de que las atienda quien yo me sé», se burlaba de su azoramiento Bettina Basilia, apenas su madre se daba la vuelta. Aquel olor a maderas transhumantes, a tejidos revueltos, a secreta memoria de lo que fue y perdura, increíblemente perdura, nómada y de mano en mano... Aquel olor...

Rozó el suave cuero de Rusia de una cubierta de volumen entreabierto sobre el mostrador, imaginando sobre sus dedos el roce frío de unas manos de otro tiempo, y se sintió extrañamente reconciliado consigo mismo.

—En realidad, me interesa esa sirena... ese grabadito.

El hombre lo sacó del escaparate y se lo tendió.

—Tiene usted buen gusto... es anónimo, pero a mi juicio es obra de un excelente grabador. Pensaba enmarcarlo, de hecho lo puse ahí para acordarme de hacerlo. Me lo trajo una mujer hace unos meses, junto con una pila de libros al peso, estaba deshaciendo la casa de un pariente muerto... Curiosamente, el hombre había insistido antes de morir en que sus libros y sus cosas fuesen traídos a este barrio. En fin, algo por el estilo, la mujer no hizo mucho caso, su pariente chocheaba, declaró. Se metió en la primera librería a la vista. Es decir, en ésta. Yo mismo le ayudé a sacar las cajas de su coche mal aparcado.

Los ojos de la sirena se alzaban, muy abiertos, hacia la línea del agua...

—Es alemán, del XVIII.

—Ya veo. Teniendo en cuenta su origen, espero que me rebaje un poco su precio...

Se echó a reír.

—Desde luego. La próxima vez que me busque entradas para Beethoven trataré de emplear el mismo argumento... No se preocupe, yo también estoy de broma, le haré un buen precio, he visto que el grabado le gusta... ¿Es *sefardim*? Lo digo por su acento.

—Tal vez. Soy español y vengo de Puerto Rico. Pero mi abuela era alemana. Judía alemana.

—Comprendo.

No quiso regatear y pagó un precio, bastante moderado, por la pequeña sirena que pensaba regalarle a Estelle, alguna vez iba a leerle ese cuento, a leérselo y a explicarle que la horrible sirenita de Walt Disney no era sino una impostora, la mentira inventada por cobardes a la búsqueda del final feliz de las pantallas para no tener que enfrentarse nunca a los finales del mundo, y no le importaba en absoluto si Camilla se ponía histérica «porque a quién se le ocurre leerle a una niña tan pequeña historias tan crueles y tan tristes». «A mí, se me ocurre a mí.» Imaginó su desconcierto, divertido. «A mí. No soy políticamente correcto, y no lo siento, querida.»

—De modo que Puerto Rico... Mi padre era checo y estuvo después de la guerra unos años en Guatemala, sabe. Leyó en alguna parte, mientras estuvo escondido, que ese pequeño país le había declarado la guerra a la Alemania nazi y se fue para allá lleno de entusiasmo... Naturalmente, tuvo que volverse. A partir del 45 el gobierno guatemalteco era otro, de signo bien distinto, y había allí tantos alemanes huidos, al amparo de otros nombres, de otras identidades... Aquí tiene. Le doy mi tarjeta, también. Vuelva cuando quiera.

Estrechó su mano tendida y sonrió, cálido.

—Volveré, desde luego. Con mi hija.

El Sena relumbraba bajo el sol del frío, estuve mucho rato mirando sus aguas desde lo alto del puente de Passy, oteando el bamboleo de las barcazas amarradas al muelle y la isla de los Cisnes, diciéndome que la foto donde tú miras hacia el objetivo callejero, el retrato donde Dalmases aguarda contigo noticias del retorno que sospecha imposible, no fue tomada aquí, ni en ningún otro puente parisiense, porque el pretil de espera sobre el que apoyaste tus codos flacos de muchacha fue volado en pedazos mucho antes de que alguien armado de trípodes os convenciese de posar ante el ojo de su cámara que viaja, nómada, por la ciudad liberada. Aquel puente, donde si los vivos giran un segundo el rostro lo ven ahogarse en el vertiginoso remolino de los muertos, no sostiene los pasos a dar, no retiene los cumplidos... Caminabas sobre el puente de la espera, y te detuviste un segundo, y miraste al frente, seria y triste, temerosa de que por encima del agua ya no hubiera nunca sino un silencio de escombros, una espuma de cenizas.

Tantas veces te busqué, también yo, desde antes de existir siquiera en ti, y después, cuando te llamaba en las noches, y tú tardabas en sentirme porque yacías muy quieta, y acurrucada, dentro de tu sueño de pastillas de colores. He leído tus palabras, me he adueñado de ellas y ellas se han apropiado de mí, esas palabras que dibujan el texto sagrado de tu vida y esa escapatoria hacia el encuentro conmigo, que también soy todos los tuyos. Tu padre, que vivió asomado al río ancho de las palabras, tu madre que lloró de alegría, ojalá te acompañase la suerte, al saberte lejos, tu hermano que se llevó consigo el lento arrullo de tu voz en el viaje hacia sus mañanas de otras noches sin peligro. Y tus amigas de la escuela, y los chicos que te miraron encima de un sillín de bicicleta en velódromos que no son más que calles y soportales de una plaza de fachadas rosas, también yo soy todos ellos, también todos ellos se despiertan en mí, un poco menos muertos a través del tiempo que nos conseguiste para vivir.

Te busqué en esa foto, detrás de las filas de las gentes sentadas, detrás de la mujer rubia, detrás de las niñas y de la anciana y del gendarme, primero aterrado, y después contento porque paso a paso llegabas hasta esa puerta...

Llegabas hasta mí, que soy todas las calles de tu vida, aquella, tan empinada, de Toledo que ascendiste muy pequeña de la mano de tu padre, y la de Rosiers, que cruzabas corriendo porque allí vivía tu amiga Hélène, que fue atrapada en el 41 al tratar de pasar la línea, nunca más supiste de ella, y la de São Tomé, donde escuchabas los avances aliados en la radio, y la de la Luna, en San Juan, donde urdiste tu fantástico universo del rescate, y las que te llevaron hacia el amor de varios hombres, para que de uno de ellos naciese yo, lejos del tiempo y la miseria de las cenizas, y más tarde llegases a ver a esa nieta que mira con tus mismos ojos. Yo soy todas las calles y todos los puentes y todos los barcos de tu vida, y he venido para que no tengas tanto frío, al fondo de esa foto tomada cuándo y por qué manos asesinas, he venido al lugar que ya no existe, y ahora estoy aquí, en la calle Nélaton, delante del blanco edificio que construyeron sobre los cimientos del *Vel d'Hiv* en un intento inútil de eliminar las huellas del crimen, de borrar la «infernal ronda» de los días de julio de 1942. He venido para salir contigo hacia el metro que tomé hace unas horas, recorriendo, a la inversa, los mismos trayectos que tú, para decirte que tengo que dártela entera, mi vida, para que salgas de ahí, y no olvides nunca, y abras tu cuerpo al principio del mío, y te atrevas a contarme, y me digas alguna vez, tantos, y tan pocos años más tarde, *no tengas miedo, hijo.*

Cierro los ojos irritados, pica mucho la garganta, el sol de julio arde bajo los zapatos... Palpo la estrella amarilla sobre la camisa, y tiendo mi mano, mi mano que se aferra a tu mano de niña, y pienso: «vamos, sal, sal y sobrevive, sal y cuéntalo».

Y entonces oigo mi voz que dice «Ilse, soy Herschel. Soy tu hijo».

ÍNDICE

Premio Biblioteca Breve

Esta edición de *Velódromo de Invierno*,
Premio Biblioteca Breve 2001,
ha sido impresa en marzo de 2001
en Talleres HUROPE, S. L.
Lima, 3 bis
08030 Barcelona